쿨 *Cool* *Worm* &웜

쿨&웜
Cool Worm

김용희 평론집

쿨&웜 Cool & Worm

작가

사람들은 더 이상 착하기를 원치 않는다. 착하다니? 과거 시대 미덕으로 칭송되던 '겸양'은 더 이상 우리시대 종교가 될 수 없다. 사람들은 '나쁜 남자'를 좋아하고 '팜므파탈'을 좋아한다. 집단적 온정주의보다 개인적 내적 감수성을 소비한다. 새로운 반역의 세대가 도래했다.

개인적 일탈과 반항은 어느 시대든 있어왔다. '신세대'라 명명되는 일군의 무리들은 역사적으로 어느 곳에서든 기성세대들을 신경 쓰이게 하는 족속이었다. 그러나 청춘의 자의식 과잉으로 환부의 상처를 안고 신음하는 환멸의 시대는 갔다. 공공연한 감상주의를 혐오하고 아이러니를 사랑하게 되었다. 모든 이데올로기에서 정신적 도주를 시작하고 폭력과 죽음에 전율하기 시작했다. 좀더 심오하게 쾌락적이고 초연한 듯하면서도 열정적인 자기도취의 스타일, '쿨'이 나타나게 된 것이다.

이들 1970년산産, 1980년산産 세대들은 엽기와 잔혹, 동성애와 그로테스크한 피의 한 풍경을 전달한다. 혹은 아예 현실적으로 냉담한 히피적 낭만성과 '뽀다구' 나는 멜랑꼴리를 뿜어내기도 한다. 영적인 자연이 사라진 비정한 도시에서 삶은 젊은이들에게 좀 더 '담담한 열정'의 한 방식을 요구하는지 모른다. 텔레비전-자궁 속에서 모니터 킨터로 살아가기(유형진), 야구장에서 날

5

아가는 플라이 아웃을 지켜보면 서서히 다리가 사라지는 듯 가벼워지는 현실감(여태천), 식당에서 애인과 밥을 먹고 결별하는 통제된 슬픔의 이별……. 깃발이니 조국이니 사창가니 유년의 골목길이니 하는 것들, 더 이상 믿었던 혁명은 결코 오지 않을 것이라고, 차라리 모호한 휴일의 일기예보를 믿겠다(심보선)고 젊은 허무주의자는 뇌까리고 있다.

한편 이러한 진지한 회의주의, 쿨한 '개인주의' 너머에 사색과 고독이라는 웜의 세계가 있다. 삶에 뭔가가 있을 거라고 '아직도' 믿고 있는 자들. 삶이 부려놓는 적막함, 혹은 죽음, 혹은 불멸이라는 시간의 분비물 속에서 죽음을 팔아 광기를 얻고 다시 광기를 팔아 불멸을 얻으려는 정신적 고투(조용미)의 현장 말이다. 정신적인 것들을 찾으려는 모든 안간힘은 시간과의 싸움처럼 어떤 헛된 고뇌의 시작인지 모른다. 그러나 존재 너머의 세계, 미지의 비밀로 감싸인 존재에 대한 탐구는 곧 삶이란 소화기관으로 재빨리 흡수되는 자기 자신을 어느 집중의 시간에 붙들어 매는 순간이기도 하다. 생은 여전히 구절양장인 것이다. 우리는 여전히 격렬한 상처의 현장에 있다. 시인은 그 지독至毒을 견디며 자기자신을 과녁 삼아보라고 한다(손택수). 그리고 다시 평화와 화해의 밥을 해먹어 보자고. 쌀과 불과 물의 평화로운 화해 속에서 "불을 다치지 않게" 켜 놓자고. 시인은 기어이 따뜻한 고봉밥 한술을 화해의 목구멍 속으로 밀어 넣는다.

여기 이렇게 두 개의 세계가 있다. 쿨Cool & 웜Worm의 시학, 서늘한 열정의 개인주의와 따뜻한 교신의 추구. 나는 여기, 지금 한국 현대시를 이렇게 이야기하고 싶다. 이것은 단순한 도식화일 수 있다. (양분화는 시세계의 다양성을 획일적으로 재단하는 비평가의 폭력적 경계짓기처럼 보인다.) 그러나 두 개의 세계로 나뉘었다고 해서 서로가 서로를 밀고 배척하는 것일까. 아니다. 쿨은 웜을, 웜은 어떤 쿨을 상상하고 있는지 모른다. 격정의 환희와 절망이 성적으로 밀통하듯, 지극히 개인주의적 감수성 속에 복합적인 정서주의가 요동치고 있다. 사랑에 대한 극단적 냉소가 사랑 과열분자의 징표인 셈이다. 어떤 해방을 향해 혹은 김수영이 말하는 '자유'를 향해, '고통'과 '설움'을 향해 우리 모두는 나아가는지도 모른다. 나는 이 두 개의 시세계가 어떤 고독을, 어떤 기원을 향해가는 변증법적 존재 운동 안에 함께 놓여 있다는 생각을 한다. 양쪽 뺨을 타고 흘러내린 눈물이 턱 끝에서 다시 만나듯(김소연).

오래고 아름다운 감옥(글쓰기)에서 살고 있다. 이것은 고통의 사치인지 모른다. 이 광기의 시간에서 놓여날 수 있을까. 광기가 시간을 이길 수 있을까. 알 수가 없다. 어찌할 수 없으니 어찌할 수가 없다. 다시 책상 앞에 돌아와 앉는다.

2009. 여름
김용희 쓰다

1부 쿨Cool

2부 웜Worm

쿨 Cool 1부

어떤 쿨cool
— 심보선과 여태천의 시

1. 2000년대 새로운 기호, '쿨'

　　반문화적 실천에 대하여서는 이미 할 말이 많다. 1980년대 한국 현대시에서 죽음과 비극적 경험에 대한 기이한 이미지들은 검은 우화처럼 떠돌아다녔다. 이성복과 기형도의 과도한 자의식과 섬뜩한 공포가 검은 재처럼 내려앉을 때 우리는 이미 죽음의 페이지를 읽어버렸다. 세계의 잔인함은 시인들에게 폭력과 광기, 거대하게 부풀어 오른 기형적 이미지들을 가르쳤다. "죽음 이상으로 침침해서 발이 빠져 나가지/못하도록 잡초 돋아나는" 이성복의 시는 깊고 어두운 무의식의 바닥에서 정신의 질병을 앓고 있었다. 부적응과 무력감, 그 안에서 환영의 현기증이 겹쳐질 때 기형도가 할 수 있는 것은 "나는 내 정신의 모두를 폐허로 만들면서 주인을 기다"리는 일이었다(「포도밭 묘지1」). "검은 포도알들은 목적도 없이 떨어지고" "숨죽인 희망"마저 거추장스러웠던 그해 가을, 시인의 정신은 천천히 힘을 잃어가고 있었다. 괴로워할 권리마저 신에게 맡기는 깊고 어두운 절망과 무기력과 폐허들. 이 검은 감수성은 1990년대 시인들에게 '스타일'로서 나타났다. 흔히 '신세대적 징후'로서 반역의 정신, 정신적 부적응과 반항이 그것이다. 함성호, 강정, 서정학 등 이들의 시는 현대문명에 대한 불온한 야유를 멈추지 않았는데 이것은 현대적인 삶에 대한 철저한 모욕적 비난이기도 했다.

질병과 마비, 자폐적인 감수성, 거대한 폐허에 대한 예감, 광기의 육체, 폭력에 대한 새로운 징후들, 자본 아케이드를 들락거리며 잡다한 광기로 개성을 주장하고자 하는 우연에 바쳐진 세대들. 그리고 이들이 내는 파열음은, 현대예술의 중요한 특징이다. '반문화' '반미학'으로서의 진보적 문화실천이며 현대예술의 '분열증'의 일부라 할 수 있다.

필연적으로 현대사회에서 개인은 분열되어 있다. 우주와 화해할 수 있는 자리는 없다. 사람은 스스로에게 되돌아오는 시선과 의식을 통해서만 자기 자신을 인식한다. 한계지어진 의식을 한 인간은 세계의 근원성으로부터 분열되어 있으며 분열되어 있는 한 그는 불행하다. 이와 같은 분열증은 현대인들 보편적 '증상'이다. 상실된 전체성에 대한 희구, 선험적 결여감에서 오는 '우울함' 이것이 바로 우수(멜랑콜리)이다. 우울과 멜랑콜리는 실재를 다른 모든 교환가치로 환원하는 화폐자본주의와 라캉적 의미 상실, 즉 매개항의 자리를 점하는 대타자와 타대상의 자리와 연결된다. 욕망은 욕망을 욕망하고 욕망을 욕망하는 한 그 과정은 끝없이 작동할 뿐이다. 끝없는 경쟁 속에서 삶을 소진하고 자신 스스로가 욕망과 매혹의 희생자로 기표화되는, 그리하여 스스로 무無라는 의식 속으로 탈주하려 애쓰지만 애쓰면 애쓸수록 새로운 무익한 열정만이 자신을 황폐화 시킬 뿐.

어떤 무익한 열정과 싸우고 있다는 느낌이다. 기이한 허구들과 길잃은 자의 열에 들뜬 환영들. 근대의 에피스테메에서 인간은 완전히 자신이 이해하거나 정복할 수 없는 노동, 생명, 기원, 비극적 시간성의 문제와 투쟁하고 있는 것이다.

　한국 현대시에서 보여주는 기이한 낭만과 불온성은 이성복의 "앵도를 먹고 무서운 아이를 낳았으면 좋겠어"라는 구절처럼 1990년대 무서운 아이들을 탄생시킨다. 자신의 팔뚝에 마약 주사바늘을 꽂거나 기꺼이 더러운 변기 속으로 빨려들어가는 나쁜 젊음(?)은 일종의 '절대 고독'과 같은 자기 고립의 개인주의와 쾌락주의, 극단적 불온의 무정부주의라 할 만하다.[1] 정든 유곽을 들락거리고 막힌 골목을 질주하던 무서운 아이들은 새로운 '스타일'의 매혹으로 빠져든다. 스타일이란 윤리나 가치판단의 문제가 아니라 새롭고 신선한 '자기 개성' 혹은 '개성 양식'이다. 새롭고 혁신적인란 점에서 현대사회에서 모든 것은 '쿨'이란 명명으로 지칭되곤 한다. 쿨이라는 말은 현대사회에서 너무 다양한 의미로 쓰이고 있어 관습적이고 의례적인 어투로 남용되기까지 한다. 마약하는 사람도 쿨하고 단정한 제복을 입고 절도 있게 걷는 사관생도 쿨하다. 하지만 쿨의 분명한 이미지는 청년문화의 역사를 가로지르는 어떤 새로운 기질이나 취향이라 할 수 있을 것이다. 딕 파운틴과 데이비드 로빈스는 쿨을 자기도취와 개성으로서의 나르시시즘, 역설적 초연함, 개인주의의 극치로서의 쾌락주의, 세 가지의 특징으로 살피고 있다. 나르시시즘은 외양을

---

1) 인생을 선택하라 직업을 선택하라 가족을 선택하라 대형TV도 선택하라 세탁기와 차도 선택하라 CD플레이어도 선택하라 자동병따개도 선택하라 건강을 선택하라 콜레스테롤 수치를 낮추고 치아보험도 들어라 고정된 수입원도 선택하라 새집을 선택하라 친구도 선택하라 운동복이랑 경기도구도 선택하라 좋은 옷감으로 만든 비싼 옷도 선택하라 DIY용품도 선택하라 일요일 아침엔 자성의 시간도 찾아라 쇼파에 앉아서 쓸데 없는 TV쇼도 보면서 인스턴트식품을 먹어라 결국엔 늙고 병들 걸 선택하라 자신을 그렇게 만든 이기적이고 재수없는 놈들에게 조소를 퍼부으며 초라한 집에서 임종을 맞이하라 미래를 선택하라 인생을 선택하라

　그런데 왜 내가 이런 걸 원해야 하지? 난 아무것도 선택하지 않는 것을 선택하기로 했다. 나는 다른 것을 선택했다. 다른 걸 선택한 이유? 이유는 없다. 마약할 때도 이유가 필요한가? (1996년 영화 〈트레인스포팅〉오프닝에서)

과장되게 드러내는 행위, 도취감이라 할 수 있고 역설적 초연함이란 감정을 숨긴채 역설적으로 반대되는 행동을 취하는 방식이라 할 수 있다. 쾌락주의는 개인의 육체적 자율성을 극대화하려는 성향이다. 쿨은 청년 문화의 새로운 반항과 저항의 코드 혹은 서구 소비 자본문화에 대한 환상과 환멸을 동시적으로 내포하는, 즉 이를테면 그 자체로 '역설적 함의'를 가지는 투쟁과 친밀의 패션(열정)이라 할 수 있다.

이 매혹적인 패션(열정) 속에 2000년대 한국 현대시가 놓여 있다고 말한다면 너무 쿨한 것일까? 도덕적 가치관을 전복시키고 탈정치적 정치성으로 역설적 초연함을 가장한 채 현실에 개입하는 반미학 실천을 우리 한국 현대시 청년문화의 정신분석이라 보면 억측일까. 스타일의 혁명이 1980년대 기형도, 이성복, 1990년대 함성호, 장정일, 유하를 거쳐 2000년대 하드보일드 저항의 모습으로 다시 탄생한다는 어떤 가설, 어떤 쿨한 발언을 하고 싶다. 이를테면 '영심위'에서 19세 판정을 받자마자 청소년들이 인터넷에서 그 영화를 불법 다운로드 받고 브로마일드를 찾아 책상 위에 붙여놓는 난리와 저항이 오히려 대중문화의 순수한 투쟁과 소비로 느껴진다. 청년 하위 문화가 매스미디어의 소비민주주의 속에서 개인적 스타일을 찾듯, 후기산업사회 한국 현대시도 '새로운 양식'으로 '개인적 내적 형식'을 찾고 있다. 그것은 '랩'이나 '힙합'류 혹은 댄디적 초연함으로 '뽀다구' 세우는 허무주의일 수도 있지만 분명 새로운 세대가 새로운 '포오즈'를 취하며 싸움(?)을 걸어오고 있는 것만은 분명한 것 같다.

2. 고독의 베가본드, 히피적 낭만주의

심보선의 시집 『슬픔이 없는 십오 초』는 시간과 슬픔에 관한 시집이다. 아니 슬픔의 부도를 막으려 하지만 자신이 가진 유일한 것이 슬픔이란 것을 확인한 자의 고백이다. 그것은 "부드러운 섬유질의 슬픔"(「그녀와의 마지막 테니스」)처럼 감미로운 상실, 고독과 시간의 풍화작용, 꿈이 휘발된 비루한 일상이기도 하다.

> 구름이 내게 모호함을 가르치고 떠났다
> 가난과 허기가 정말 그런 뜻이었나?
> 나는 불만 세력으로부터 서둘러 빠져나온다
> 그러나 그대들은 나의 영원한 동지로 남으리
> 우리가 설령 다른 색깔의 눈물을 흘린다 한들
> 굳게 깍지 꼈던 두 눈이 침착하게 풀린다
> 좋은 징조일까
> 그러나 기원을 애원으로 바꾸진 말자
> 붙잡고 싶은 바짓가랑이들일랑 모두 불태우자
> 깃발, 조국, 사창가, 유년의 골목길
> 내가 믿었던 혁명은 결코 오지 않으리
> 차라리 모호한 휴일의 일기예보를 믿겠네
>
> —「착각」중에서

이념이나 우정이나 혁명 따위는 이젠 낡은 종교가 되어버렸다. 세상에 무엇이 확실하다고 믿는 것만큼 확실한 오류는 없다. 세상을 재현할 언어는 불신의 대상이 되었고 이념은 텅 빈 구멍에 불과하다는 비밀이 밝혀진 이상, 이젠 모호한 것이 가장 확실한 현실[The real]이 되어 버렸다. 사람들은 잔인한 경쟁의 노예가 되었고 산업사회의 메커니즘에 적응하기 위해 자신을 스스로 던지는 투척자가 되었다. 시인은 이젠 "기원을 애원으로 바꾸진 말자"라고 말한다. "붙잡고 싶은 바짓가랑이들이랑 모두 불태우자"고. 더 이상 믿었던 혁명은 결코 오지 않을 것이라고. 차라리 모호한 휴일의 일기예보를 믿겠다고……. 이 계절은 시인에게 맞지 않았고 세상은 시인에게 "영원한 악천후"(「슬픔의 진화」)였으니 시인은 "하염없이 뚱뚱해져"가기만 한다.

분명한 것은 그가 존재하는 세계의 실재를 더 이상 믿지 않는다는 것이다. "지난 시절을 잊었고/죽은 친구들을 잊었고……," "오늘 나는 혼들리는 깃털처럼 목적이 없다"(「오늘 나는」). 역사에서 사라지고 싶은 은밀한 삶의 알리바이가 시작된 것일까. 시인은 침묵과 망각 속에서 이미 사라진 것들 뒤에 숨어 있다. 시인은 "내 몫의 비극이 남아 있음을 알 뿐"이라고 말한다. 운명의 일격은 외부로부터 주어지는 것이고 시인에게 남은 것은 역사의 조롱에 대하여 부유하듯 흐려지지 않는 눈으로 자신의 비극과 운명을 지켜보는 행위인 것. 세상은 불손하고 역사는 옛동지처럼 낯설다. 시간은 서늘하게 시인의 생에 빗금을 긋고 지나갔다. 시인은 망각 뒤에 숨어 사라진 것들 뒤에 몸을 움츠리고 이미 늙어버려 누수된 자신의 육체 안의 슬픔을 들여다본다("늙어가는 모든 존재는 비가 샌다/비가 새는 모든 늙은 존재들이/새 지붕을 얹듯 사랑을 꿈꾼다/누구나 잘 안다 이렇게 된 것은/이렇게 될 수밖에 없었던 것이다"「슬픔이 없는 십오 초」).

이렇게 된 것은 이렇게 될 수밖에 없었던 것이다!

육체와 성장의 불일치, 감정과 현실의 삐걱거림, 시간이 남기고 간 녀절한 육체와 눈물의 역사, 그러나 심보선이 보여주는 세상은 단순한 사랑의 허무주의, 특별한 관계로서의 세계와의 불화음이 아니다. 시인은 넘쳐나는 슬픔의 에너지를 위대한 잠언으로 바꾸는 계몽주의자도 아니며 나르시시즘의 과잉 속에서 침몰하는 검은 나르시스트도 아니다. 시인은 가난과 허기라는 지난 동료들과 설사 다른 색깔의 눈물을 흘린다 하더라도 이제 어떤 새로운 역설의 노선을 정하려 한다. 그것은 나르시시즘으로서의 자신에 대한 과도한 자의식적 넘침이 아니라 스스로의 감정을 찬찬히 태연하게 들여다보는 거리, 역설적 태도를 뜻한다.

"뒤돌아보면/강물 위를 사뿐사뿐 걸어가는 옛 애인/기적처럼 일어났던 사랑을 잃었다/꿈과 현실/둘 다//같은 고백을 여러 번 통과하며/형형색색 분광하는 생/지루함은 나의 무지개/내 그림자는 빛의 정반대/내 언어는 정반대의 정반대//버스는 갈팡질팡 달린다/그래도 좋다"(「미망bus」) 시인은 기적처럼 일어났던 사람을 잃어버리는 것으로 과거를 들여다보고 분광하는 색색의 생들을 바라본다. 이 지루한 생에 대한 관조는 사실 지루함을 과장한, 진지한 회의주의에서 비롯된다. 내가 꿈과 현실, 빛과 그림자, 양 극단을 왔다갔다 하고 내 언어가 이쪽과 저쪽을 왔다 갔다 하고 버스가 갈팡질팡 달린다. 사랑을 잃은 자의 극단적 노선, 비로소 분광하며 번지는 생의 모습들. 시인은 진지한 회의주의자이며 낭만적 허무주의자처럼 보인다. 물론 우리 모두는 알고 있다. 미치지 않으면 어떤 상황을, 주어진 조건을 타개할 수 없다는 것을. 그러나 시인은 자신의 마음의 경계를 찬찬히 들여다보기로 마음 먹는다. 이것은 감정적 표피성이나 열정과 의욕의 부족이 아니다. 시인은 내면의 실재를 천천히 들여다보는 것으로 현실을 매개하고 번역하려 한다. 순수하게 자신의 감정의 흐름을 복기를 하듯 들여다보는 쿨한 냉정함이 심보선 시를 현대적 자아의 강렬한 기호로 만든다.

> 하나의 이야기를 마무리했으니
> 이제 이별이다 그대여
> 고요한 풍경이 싫어졌다

아무리 휘저어도 끝내 제자리로 돌아오는
이를테면 수저 자국이 서서히 사라지는 흰죽 같은 것
그런 것들은 도무지 재미가 없다

거리는 식당 메뉴가 펼쳐졌다 접히듯 간결하게 낮밤을 바꾼다
나는 저기 번져오는 어둠 속으로 사라질 테니
그대는 남아 있는 환한 쪽으로 등 돌리고
열까지 세라
열까지 세고 뒤돌아보면
나를 집어 삼킨 어둠의 잇몸
그대 유순한 광대뼈에 물컹 만져지리라

착한 그대여
내가 그대 심장을 정확히 겨누어 쏜 총알을
잘 익은 밥알로 잘도 받아먹는 그대

—「식후에 이별하다」중에서

    사랑이란 무엇일까. 혹은 사랑하다 이별한다는 것은……. 시인은 그
대 심장에 겨눈 총알을 그대가 잘 받아먹는 것이라고 말한다. 바르트는
사랑의 붕괴에 대하여 극단적 환상을 스스럼없이 말한 바 있다. "내 육
체의 어느 곳에서도 피가 흐르지 않는 부드러운 출혈"이라고. 사랑과 고
통에 대한 환상은 수많은 이마쥬를 만들어내지만 언제나, 다시, 사랑의
담론은 표류하고 묽어진다. 모호하게 떠돈다. 사랑은 단지 호르몬에 의
한 화학작용에 불과한데도 말이다. 사랑에 빠진 자들은 모두 아름다운
몽상과 알 수 없는 곳에서 부드러운 피흘림의 서늘한 출혈을 감내해야

한다. 불안한 떨림은 늘 이런 데에서 온다. 사랑하는 것만큼 사랑받지 못한다는 것……. 하여 사랑게임에서 빠져나온 자들은 서둘러 어떤 기억을, 혼란을 재구성해본다. 그러나 하나의 고전적인 단어가 육체로부터 우러나와 이별의 아픔을 더욱 실감나게 한다. 그것은 그/그녀를 지금도 '갈망하고 있다'는 그것. 그러나 사실 사랑이라는 감정의 에너지는 균형을 맞추기가 어려워서 언제나 더하거나 덜한 법. 과잉과 결핍의 역학관계 속에서 이상한 기근이나 이상한 폭식이 되는 법. "하루하루가 풍년인데/일 년 내내 허기 가시지 않는/이상한 나라에 이상한 기근 같은 것이다"「식후에 이별하다」). 하루하루가 풍년인데 일년 내내 허기가 지는 이상한 나라의 이상한 기근. 이것이 사랑의 허기이고 사랑의 풍요인 셈.

그런데, 그렇다치더라고, 식후의 이별이라니. 연인은 조용히 밥을 먹는다. 하나의 이야기를 마무리하듯. 그리고 이별이다. 마음을 휘저어도 다시 끝내 제자리로 돌아오지 못하는 불가역적 시간. 연인은 식당을 빠져나온다. 거리는 현기증 속에서 식당 메뉴처럼 펼쳐졌다 접혔다 낮과 밤마저 바뀌는 듯하다. 나는 어둠 속으로 사라지고 그대는 환함 쪽으로 등을 돌릴 때 열까지 세고 뒤를 돌아보기. 그때 만져지는 것은 물컹한 두부 같은 어둠일까. 그러나 이 별리와 별리의 정념들은 그를 질식시킬지도 모른다. 심장에 겨눈 총알을 잘 익은 밥알처럼 잘도 받아먹던 그대는 착한 그대일 뿐이다. 사랑이란 그런 것이다. 한때 장대하고 거룩했다 잠깐 빛나는 폐허로 남게 되는 것. 시인은 시간의 흐름을 복기하듯 다시 필름을 되감기 한다. "먹다 만 흰죽이 밥이 되고 밥은 도로 쌀이 되어/하루하루가 풍년인데/일년 내 내 허기가 가시지 않는" 상실, 고독과 시간의 풍화작용 속에서 시인은 달달한 외로움에 빠진다. 그것은 황당한 외로움이기도 하다. 불안한 진실이기도 하다. "왜 사람은 사랑에 빠질까/그것은 아마도 진실이 없어 죽도록 불안한 탓이리라"(「나는 댄싱 퀸」)

시인은 "착한 그대"를 불러보며 자신의 사랑의 회로를 휘휘 저어본다. 자신의 사랑을 스스로가 바라보며 그대와 나의 오래되고 기이한 '기담奇談'을 떠올린다. 시인은 '사건'으로서 사랑을 다시 떠올리고 완성시키고자 한다. 시인은 스스로 사랑의 사건을 초연한 나르시스트로 완성하고 지켜보는 멜랑콜리의 귀재다.

> 오래된 습관을 반복하듯 나는 창밖의 어둠을 응시한다, 그대는 묻는다, 왜 어둠을 그리도 오래 바라보냐고, 나는 답한다, 그것이 어둠인 줄 몰랐다고, 그대는 다시 묻는다, 이제 어둠인 줄 알았는데 왜 계속 바라보냐고, 나는 다시 답한다, 지금 나는 꿈을 꾸고 있다고, 그대는 내 어깨 너머의 어둠을 응시하며 말한다, 아니요, 당신의 얼굴 위에 꿈꾸는 표정을 조각해 놓았을 뿐// (중략) 그대에게서 밤안개의 비린 향이 난다, 그대의 시선이 내 어깨 너머 어둠 속 내륙의 습지를 돌아와 내 눈동자에 이르나 보다, 그대는 말한다, 당신은 첫 페이지부터 파본인 가여운 책 한 권 같군요,
>
> — 「확률적인, 너무나 확률적인」 중에서

시인은 이미 세상의 어두운 페이지를 보아버렸는지 모른다. 오래된 습관을 반복하듯 창밖의 어둠을 응시한다. 그러나 시인은 어둠을 응시한 것이 아니라 오래 꿈을 꾸고 있었다고 말한다. 시인은 이 세상의 표층 너머 어느 지대를 텅빈 동공으로 누비고 있는 것일까. 아니 시인은 자신만의 꿈의 현실을 은밀하게 얼굴 위에 조각하고 있었는지 모른다.("당신의 얼굴 위에 꿈꾸는 표정을 조각해 놓았을 뿐") 꿈은 꿈꾸는 자조차도 이해할 수 없는 은밀한 이미지와 상징으로 가득하다. 현실의 표층 위로 되돌릴 수 없는 어떤 상념과 어둠의 냄새, 시인은 현실 너머에서 존재론적 허기에 시달린다. 상대와 마주보면서 꿈을 꾸는 것이 아니라 꿈을 꾸

는 표정을 '조각해' 놓은 채 이 세계가 아닌 다른 지대를 달뜬 채 돌아다니는 히피적 낭만 혹은 '뽀다구'로서의 허무. 시인은 세상에 대한 초연한 자기도취의 나르시시즘적 불안과 고독을 즐기는 순한 짐승인지 모른다. 시인이 키우는 어둠의 짐승, 내면의 습지 안에 당신을 받아들일 때 당신에게는 밤안개의 비릿한 향이 번진다. 당신과 내가 하나가 되는 어둠의 향연과 향내. 감미롭고 탐미적 자아의 충만과 확장이 일어난다. 시인은 "처음부터 파본인 가여운 책 한 권인지 모른다". 비극적 자아의 일탈과 댄디한 나르시시즘. 침착한 듯 어둠을 바라보고 어둠의 향내를 풍기고 개인적 자유의 어떤 지대를 꿈의 조각처럼 지나는 시인의 세상에 대한 방기. 세상에 대하여 이미 파본이 된 듯한 자기 방기. 이는 세상에 명분을 내세우면 진실을 억압하는 도덕적 청교도의식, 현실적 제도로서의 가족, 애국주의를 향한 열정, 윤리적 도덕적 분노 등과 같은 제도윤리에 대해 강렬한 저항처럼 느껴진다. 스스로 이성 제도적 인습을 떠난 영혼의 고독, 강렬한 감각으로 개인적 반항을 드러낸다.

진실이 찢겨진 거대한 폐허로 가득찬 세상, 진실을 알 수 없어 검은 페이지로만 가득한 세상, 이와같은 세상에 대한 심보선의 시선은 사실과 현실을 모호하게 뭉개놓는 '안개'로 드러난다. 시인은 "구름과 안개에 골몰하느라 학업과 노동을 작파한지 오래"라고 말한다. 삶에 대하여 초연한 일탈을 드러내는 시인에게 "몸의 중요 부위가 점점 구름과 안개로 화"(「구름과 안개의 곡예사」)하는 변화가 일어나기도 한다.

나는 그저 고독한 아크로바트일 뿐
굳이 유파를 들먹이자면
마음의 거리에 자우룩한 구름과 안개의 모양을 탐구하는 '흐린 날씨' 파
고독이란 자고로 오직 자신에게만 아름다워 보이는 기괴함이기에

타인들의 칭송과 멸시와 무관심에 연연치 않는다

즐거움과 슬픔만이 나의 도덕

사랑과 고백은 절대 금물

어떻게 살아왔고 어떻게 살아갈 것인지에 대해서는 결단코 침묵이다

―「구름과 안개의 곡예사」 중에서

심보선의 이 시에서 기형도의 그늘진 '혀'를 발견하는 것은 어떤가. 스스로 "고독한 아크로바트"가 되어 생의 균형을 찾기 위해 수십 번 흔들리면서 삶에서 몇 번의 암전을 생각하는 고독의 베가본드. 시인은 '흐린 날씨파'로서 비정한 도시와 삶의 거리를 고독하게 어슬렁거린다. "고독이란 자고로 오직 자신에게만 아름다워 보이는 기괴함". "타인들의 칭송과 멸시와 무관심에 연연치 않는다". 심보선은 '쿨'한 개인주의적 양식을 선보이며 자기만의 아름다운 기괴함, 기괴한 고독으로 개인적 삶을 선택한다. 그 누구에게도 간섭받지 않고 타인의 칭송과 멸시와 무관심에 연연해 하지 않는 자기만의 순수한 열정(패션)에 집중한다. 시인은 세속의 계급과 시선과 시장과 학교를 비웃으며 고독이라는 자기만의 차별적 기괴한 일탈을 스타일화한다. 혁명도 사랑도 더 이상 신념이 될 수 없는 시대, 혁명도 사랑도 요구하지 않는 시대, 미치지 않으면 어떤 현실도 관통할 수 없는 시대, 고독의 베가본드는 스스로 고독의 방랑자처럼 감정적 초연함 속에서("사랑과 고백은 절대 금물") 오직 스스로의 개인적 감각 "즐거움과 슬픔만이 나의 도덕"이라고 외친다. 순수한 고독의 개인화이며 '쿨'한 감각의 진정성이다. 감각이 진정성을 지닐 수 있다면 이러한 세속의 감정을 벗어나 자기만의 영혼의 혁신과 일탈에 침잠하는 일일 것인 바. 시인은 그리하여 "어떻게 살아왔고 어떻게 살아갈 것인지에 대해서는 결단코 침묵이다."라고 말한다. 시인은 고독

의 베가본드, 틀에 박힌(도덕적 규율) 존재와 운명을 거부하는 댄디하고 교양적인 우수(멜랑콜리)로 스스로 포오즈를 찾는다. 세상의 도덕과 또 그것에 대한 감정적 연루로부터 자신을 분리하는 어떤 '히피적 낭만주의', 세상에서 벗어난 '폼나는' 고독이다.

3. '뽀다구' 나는 허무, 플라이 아웃

혁신적이고 사이키델릭한 전자음악으로 시대의 세속성을 조롱해주고자 하는 반문화 실천주의자들은 급진적 정치색을 지니기도 하고 코믹한 위트와 조롱으로 저항을 드러내기도 한다. 하지만 어떤 경우엔 적절한 냉담함과 권태로 저항을 표하기도 한다. 세상에 대하여 초월한 듯한 담담한 표정과 시선이 오히려 세상의 깊은 슬픔과 접속하고 있다는 느낌을 줄 때가 있다. 가령 여태천 시를 읽으면서 어떤 여백과 은폐가, 어떤 느림과 적절한 공허감이 쓸쓸한 무의미를 퍼올릴 때가 있다. 우선 그의 이러한 태도가 '멋있게 보인다'는 것이다. '멋있게 보인다'는 세상에 대한 무관심, 권태를 가장한 역설적 초연함이 빚어내는 어떤 '포오즈'로서의 '쿨'함이다. 이것은 의미가 제거된 언어들끼리의 어울림, 공명에서 비롯되는 낯선 세련됨 등과도 연관 있다. 실제 그의 두 번째 시집 『스윙』은 개인주의의 새로운 양식에 대한 또 다른 시도라 할 만한다.

이번에도 중견수는 머리 위로 날아오르는 볼을 놓쳤다.

조명 탑의 불빛 속으로 사라진 볼.
뻔히 눈 뜨고도 모르는 사실들.

판단에도 경계라는 게 있어
봐서는 알 수 없는 사실의 자리가 있다.

플라이 볼의 실재는
볼에 있는 걸까, 플라이에 있는 걸까.
비어 있는 궁리窮理에 있는 걸까

플라이 볼이 흔적만 남기고 간 허공.
모양이라고도 할 수 없게
물방울들이 모여 있다.

커피 잔 위의 방울들
유난히 골똘하다.
물일까 아닐까.
안과 밖 어디도 아닌 곳에서 동글동글 굴러다니는,

어떤 날은 몸도 마음도 공중에 있다.
공중을 선회하는 비행기는
날아가는 중일까, 가라앉는 중일까.
갑자기 다리가 사라진 듯 가볍다.

(중략)

적당한 높이에 마음을 걸어 두면
어두워서 뚜렷해지는 생각들.

모두 플라이 아웃이다.

―「플라이 아웃」 중에서

  야구 경기는 축구에 비해 사유적인 스포츠다. 여태천의 이번 시집은 '야구'와 오버랩되면서 천천히 사유하고 느리게 진행되는 긴장을 보여준다. 그것은 여백을 통해 의미를 만들고 다시 그 의미를 무의미로 만들어가는 과정의 긴장력이라 할 수도 있다. 일정하게 만들어진 규칙으로 진행되고 다시 그 규칙들을 비규칙으로 만들고 그것을 무심하고 담담하게 바라보는 무료한 시선. 이 무료하고 냉정한 공허가 여태천 시 전체에 안개처럼 가득하다. 모든 것들이 스피드있게 속도를 내고 광포할 만큼의 기괴함과 급진적인 것으로 스스로를 위장할 때 여태천의 시는 지독한 속도 따위는 전혀 상관이 없다는 듯 무심하게 툭 상념 하나를 던진다.

  머리 위로 날아오르는 볼, 조명 탑 가까이로 가다 사라진 볼은 실재의 경계를 넘어 소실점으로 사라지는 보이지 않는 생각의 꼬리일 수 있다. 플라이 볼의 실체는 무엇인가. "볼에 있는 걸까. 플라이에 있는 걸까." 시인은 생각한다. 흔적만 남기고 간 허공. 그것은 모양이라고도 할 수 없는, 금방 모양을 만들었다 다시 모양의 경계를 지우면 허공중으로 스스로 자진해서 사라질 어떤 '경계' 같은 것인지 모른다. 시인은 공중에 나르는 몸과 마음, 비행기를 생각한다. 날아가는 것들은 날아오르다 문득 어느 소실점으로 사라진다. 사라지기에 더욱 뚜렷해지는 것들. 어두워지기에 뚜렷해지는 생각들. 규범과 실재와 욕망의 한계를 넘어서는 어느 지점에 대한 어떤 허구적인 힘이 여태천 시를 허공 중에서 힘을 얻게 한다. 볼이 사라지는 의미의 삭제, 그리고 볼이 날아간 플라이의 흔적만이 남는 진공의 상태, 날아갔던 실체들을 다 집어삼키고 텅 빈 곳에서 상념으로 남는 행위들. 이런 무관심, 내지 무관심으로 위장한 지독한 몰두는 일종의 '역설적 초연'의 포오즈를 보여준다. 공공연한 감상주의를 거부하고 청년세대들이 갖는 일종의 '쿨'한 무관심, '쿨'한 지성, 개성적 사색을 암시한다. 이는 세상과 충분히 격리된 순수한 일탈, 순수한 자기상념으로서의 나르시시즘이기도 하다.

여태천이 사유의 포오즈를 취하는 이와같은 느닷없는 무관심, 무관심적 태도, 태도로서의 '쿨한 개성'은 청년 문화가 갖는 탈정치적 냉담, 담담한 전복, 이런 방식이라 할 만하다. 이데올로기로부터 정신적 탈주, 탈정치적 정치색으로서의 현대 청년문화의 특징을 보여준다.

"외로운 사람들은 모두/암스테르담으로 간다./콧수염을 달고 빨간 나비넥타이를 하고/커피 하우스가 있는 암스테르담으로/암스테르담/암스테르담/우리는 조금씩 정상인을 닮아 가는 거겠지.//낭만적인 중년의 며칠을 위해/사람들은 물위의 도시로 간다./어둠의 숲에서 반딧불이가 동시에 빛을 내는/세상의 모든 것들이/어느 순간 닮아 가고 있을 때//왜 이 순간 역전 홈런이 아니라 파울플라이가 떠오르는 걸까.//일요일 저녁이면 우리는 조명 탑 아래서/나아질 게 없는 우리의 중년을 생각하지." (「암스테르담」)

콧수염과 빨간 나비넥타이, 그리고 커피하우스의 향긋한 커피향, 어떤 교양있는 멋쟁이의 현대적 패션과 세련이 있는 곳. 암스테르담이라는 북유럽의 이국적 도시에 대한 몽상 속에서 시인은 '낭만적 중년'을 생각한다. 그 중년은 역전 홈런으로 끝나지 않고 파울플라이가 될 것 같은 빗나가는 비행飛行의 과정에 있다. 파울플라이처럼 끝장날 중년이지만 경계가 지워지는 암스테르담의 깊은 밤을 생각하며 사유의 매혹에 빠진다. 삶이란 피치못할 어긋남 속에서 진행되고 시인은 스스로 무라는 자명한 의식 속으로 탈주하려 애쓰는 것처럼 보인다. 시인은 "암스테르담 암스테르담" 이라고 반복해서 중얼거려 본다. 생각을 허공중에 플라이 볼처럼 던지고 그 볼이 서서히 어둠 속으로 사라지는 것을 주시한다. 이 댄디한 청년은 삶의 소외감에서부터 적절한 냉담함을 던지는 것으로 시적 저항을 하고 있는 셈이다.

(생략)

2
당신이 어둠을 밀어내는 동안
고양이 자세로 모든
아침이 시작된다.
길게 팔다리를 뻗고
결코 놓치지 않을 한 줌의 빛.

이 고전적인 아침에
크게 입을 벌리고
슬프게 쌓여 있는 공기를 마신다.
드문드문
내리는 아침의 비.

빗소리에
처음으로 눈뜨는
일년생 수목의 뿌리.
수목의 가장 오래된 잎과
오늘 당신의 얼굴이 만드는

외로운 각도.
모든 감정은 그 어디쯤에서 출발한다.

3
우리는 집을 잃은 고양이.
아주 조금씩 서로를 할퀴고
아주 조금씩 서로를 사랑하지.
날 선 발톱의 길이와
어둠의 깊이, 그리고
싸우는 일과 사랑하는 일
그 유별난 모양에 대해
우리는 다 말하지 못했네.

(중략)

우리는 고양이처럼
어둠의 맹원이 되어
주인을 버리고
얼굴을 찌르고
그렇게 사라지고 싶은 거였지.
아무것도 정해지지 않았지만
저녁은 빨리 당도했네.
뒤늦게 떠밀려 오는
이 별난 물질의 감정들로
우리는 아파하지 않았네.

여태천의 시는 어떤 '냉소'의 형식이라기보다 무심한 듯 드러내는 강렬한 공허와 무력감의 한 풍경이다. 그것은 의미를 스스로 지우면서 만들어내는 거대한 허무이기도 하고 쓸쓸한 보헤미안적 이미지이기도 하다. 이를테면 "모든 것이 분명하지 않은 채/우리는 또 봄을 맞았고/눈을 감고 침묵했다."(「국외자3」)에서처럼 그는 '국외자'로서 세상의 바깥에 있다. 둔중한 분노로 세상의 멱살을 잡는 환멸의 시간이라기보다 신념과 근원을 잃은 채 어떤 고립을 선택하여 살아가는 막막한 개인주의를 암시한다. 당신과 마주보고 있는 '외로운 각도' 이 각도 만큼 당신과 나 사이는 거리가 있고 세상과 나는 서로 물러 서 있다. 이 적절한 초연한 거리감 속에서 시인은 어떤 실체의 내용에 대해서도 침묵하고자 한다.("싸우는 일과 사랑하는 일/그 유별난 모양에 대해/우리는 다 말하지 못했네.") 서로 사랑하고 서로 할퀸 사랑의 행위들, 실체(사랑)는 실체의 내용에 대해 침묵할 때 오히려 실체의 본질을 간직하는지도 모른다. '얼굴 없는 요일', 하여 그대와 나의 시간들은 얼굴 없는 시간들이다. 시인은 집잃은 고양이, 보헤미안처럼 조금씩 서로를 상처내고 보듬었던 일들을 생각한다. 어둠 속에서 맹렬히 어떤 반역("어둠의 맹원이 되어/주인을 버리고/얼굴을 찌르고/그렇게 사라지고 싶은 거였지")을 꿈꾸기도 하지만 "뒤늦게 떠밀려 오는/이 별난 물질의 감정들로/우리는 아파하지 않"는다고 노래한다. 어떤 상황에 대해 지나치게 진지해하지 않기, 세속에 대하여 초연하기, 감정에 깊이 있게 연루되지 않기. 시인은 어둠의 맹원처럼 방탕하고 비순응적인 제스처로 사회에 결별을 고려하고 미지의 여행을 떠나려는 것 같다("우리는 고양이처럼/어둠의 맹원이 되어/주인을 버리고/얼굴을 찌르고/그렇게 사라지고 싶은 거였지"). 시인은 어떤 목적지, 어떤 목표도 없는, 회의적 모험을 즐기는 개인주의자가 되고 만다. 시인은 '허공' 중에서 "크게 입을 벌리고/슬프게 쌓여 있는 공기를 마시"는 수동적 허무주의, 내성적인 거부의 표현을 드러낸다.

댄디한 적절한 허무, 냉담하면서 일탈한 듯한 보헤미안적 상념이 여태천의 시를 독특한 '쿨'의 시학으로 만든다.

"횡단보호 신호등이 깜빡거린다./우체통 앞에서 안절부절/마음도 함께 점멸한다./어둠이 번지고 은행나무 아래로/오래전에 지나갔거나 지나가야 할/얼굴들이 쌓인다/표정을 되찾은 이들은 두 갈래 길로/은행잎이 되어 하나둘 떠났다,//이게 마지막이다./다시 우체통에 편지를 넣는 일은 없을 거다./마주 보지 못한 사랑은 냄새를 피웠다."(「그리고 백 년 동안」)

시인의 언어는 최대한 절제되고 역설적으로 냉담하다. 어둠이 번지고 마음이 신호등과 함께 점멸해갈 때 별리의 사랑으로부터 시인도 멀어진다. 우체통에 마지막 편지를 넣는다. 이 모든 일련의 과정들, 시인은 감정주의에서 벗어난다. 서로를 구속하지 않는 소유욕적인 치정을 벗어나 자유롭고 침착한 사랑의 방식을 보여준다.

이러한 개인주의적 양식으로 인해 여태천의 시는 현대적 심리 감각, 불안과 그리움을 담담하고 냉담한 이질적 이미지로 그려낸다. '의미없음'을 의미하는 서늘한 회의적 태도가 쿨한 일탈의 한 방식이란 점에 동의하게 된다.

4. 새로운 '쿨'의 정치학

진정성과 영혼을 운운하는 시대가 지났다. 환멸과 수치로 상처의 문제를 들고 나오는 자의식 과잉의 시대도 지났다. 1970년대 초입에 태어난 이들 시인, 심보선(1970), 여태천(1971) 이런 류의 시인들은 세계와의 부딪침에서 지독한 파열음을 전달하기보다 스타일을 드러내기를 원한다. 그것은 히피적 낭만이기도 하고 '뽀다구' 나는 허무의식이기도 하다. 1990년대 대학 청년시절을 보내고 영상/소비/저항의 대중문화를 거쳐온 세대. 서태지가 마음 속 심볼이고 신해철을 우상으로 생각하던 시대. 하루키와 기형도와 왕가위를 연모하던 세대. 1990년대 신세대라고 명명되어온 이들이 보여주는 이 역설적 초연함은 어떤 새로운 감수성과 감각을 지향하는 한국 현대시의 새로운 '쿨' 의 정치학일지도 모른다. 이들은 냉담함으로서 세계에 반역하고 '쿨' 한 개성으로 세계의 의미들을 지워나간다. "꿈은 서럽고 삶은 폭력적이다"(「높은 나무 흰 꽃들은 등을 세우고」) 라고 이성복이 노래할 때 이들에게 '삶과 죽음' 은 더 이상 어떤 현실[The Real]이 되지 못한다. 공기인지 먼지인지 물방울인지 모호한 이 세계의 풍경(영화 〈안개 속 풍경〉처럼) 속에서 다만 비틀어진 역설적 냉정함으로 낭만적 히피로 정신적 도주를 감행하고자 한다. 영적인 자연도 사라진 비정한 도시에서 삶에 대한 응시는 어떤 댄디한 담담함으로, 역설적인 낭만성으로 가득차 있다. 한국 현대시를 꿰뚫는 새로운 '개인주의 양식' 이 아닌가 한다.

시에서 하위 문화는 가능한가

— 낯선 아이들의 검은 동화책

1

동화적 환몽이 악몽의 기억과 겹쳐 있다는 것은 이제 낯선 일
도 아니다. 아이들은 이제 더 이상 '착한 아이'들이 아니며 자신이 프린
스와 프린세스가 되리라 상상하지도 않는다. 아름다워지고 행복해지는
로망의 세계는 이 세속의 세계에서 결코 보호받지 못한다. 아이들은 이
미 세상의 권태를 다 알아버린 '늙은 아이'가 된 것이다. 부모의 말에 순
종하고 근대 학교에 규범적으로 적응해야 한다고? 나무인형에서 진정한
인간이 될 수 있다고 생각하는 '피노키오'는 단순한 고전이 되어버렸
다.

1990년대는 일그러진 어른의 세계와 현실에 저항하며 성장을 거부하
는 '피터팬'들이 거리를 질주하기도 했다. 1990년대 신세대는 스스로
'아이'의 이미지를 극단으로 몰아가며 파열의 이미지를 삶의 전형으로

삼고자 했다. 1990년대 배수아 소설에 등장하는 집 밖으로 뛰쳐나온 아이들에게 가족의 오이디푸스 구조는 더 이상 관심사가 될 수 없다. 이모가 엄마이고 사촌과 사랑에 빠지는 이들은 나이가 들어도 '아이'로 불려진다. 근친상간과 가출, 폭력과 자해는 휴머니즘의 신화에서 벗어나 세상에 대한 환멸과 무관심의 표적이 되었다. 이 낯선 아이들의 질주는 이상의 「烏瞰圖」안에 있던 불온한 아이들처럼 계몽의 훈육을 거부하는 '스타일로서의 탈주'라 할 수 있다. 미성숙에서 성숙으로 옮아가야 하는 계몽의 서사에서, 마땅히 책임져야 할 역사와 현실의 논리에서 비껴 있기. 이것은 또 다른 환멸과 냉소다. 현실 너머에 대한 매혹이자 권태이기도 하다.

왕자가 용을 물리치고 공주를 구출해서 아름답고 행복하게 사는 이야기, 두꺼비 왕자가 마법을 풀고 원래의 신분으로 돌아가는 이야기, 구두 한 짝으로 신데렐라가 되는 이야기. 동화는 비현실의 로망을 전파하며 이 세계의 지배담론을 철저하게 호명해 오고자 한다. 이를테면 「효녀 심청」 이야기에서의 '효 사상', 「춘향전」 이야기에서의 '일부종사—夫從事', 「백설공주」 이야기에서 '아름다움 = 착함'이라는 등가성과 남성에 의한 구원이라는 가부장적 의존, 「해와 달이 된 오누이」에서 어리석은 여동생과 현명한 오빠라는 남성우월성, 「나무꾼과 선녀」에서 어머니와 아내 사이에서 갈등하다 어머니가 있는 현실에 붙박히게 되는 친혈연주의[2] 등을 환기해 보자.

이제 권선징악의 계몽과 지배 이데올로기 담론은 낡은 신화가 되었

---

2) 「나무꾼과 선녀」는 구전동화로서 수많은 버전을 가지고 전승되고 있다. 나무꾼이 두레박을 타고 선녀가 가버린 하늘나라로 다시 올라가 행복한 결합을 하는 버전도 있지만 하늘에 올라간 나무꾼이 땅에 있는 자신의 어머니를 그리워해 백마를 타고 내려갔다 어머니의 뜨거운 팥죽 한 그릇으로 말이 놀라 뛰는 바람에 땅에 고꾸라져 하늘로 다시 올라가지 못하고 지붕위에 올라가 하늘을 쳐다보며 매일 우는 닭이 되었다는 버전도 있다. 이는 어머니와 아내, 두 세계 사이에서 갈등하는 남성의 표본이다.

다. 최근 영화에서 '동화'의 패러디는 극단적 악몽과 잔혹한 공포로 변주되고 있다. 영화 〈신데렐라〉(2006)에서 성형중독과 아름다움에 대한 집착을 가진 여자아이들은 잔인하게 살해된다. 〈장화, 홍련〉(2003)은 끔찍한 가족 구조 속에서 발생하는 가족 살해를 보여준다. 〈분홍신〉(2005)은 아름다움을 서로 탐하는 엄마와 딸의 갈등, 여성 질투와 살해를 보여준다. 가족은 공동 살해를 하고 공동 암매장할 수 있는 범행의 공모자이면서 (〈조용한 가족〉, 1998) 아이들을 죽음의 숲으로 내쫓는 음모자이기도 하다(〈헨젤과 그레텔〉, 2007). 우리의 아이들은 어른세계의 생존경쟁보다 더 치열한 입시경쟁의 현실에서 살아가기에 학교담론의 끔찍한 파시즘을 이미 숙지하여 버린 것일까. 귀밑 몇 센티의 단발머리와 퍼머 금지, 염색 금지, 칼라 옷 금지 등에서 학교의 제도적 억압은 시작되고 있었다. 학생과 학교의 갈등은 기성세대의 기대와 아이들의 갈등을 고스란히 옮겨놓은 것이었고 그 안에서 아이들은 지배담론의 철저한 희생자가 된다.(아악, 그러니까 귀신은 학교에, 교실 안에 살고 있었던 것이다!!! 〈여고괴담 시리즈〉)

　공포물에 아이들이 등장하는 방식, 동화가 공포물로 변주되는 방식은 단순히 반문화로서의 엽기성을 의미하진 않는다. 가족은 이제 '이상한 가족'이 되었다. 그들은 생래적으로 근친상간에 의해서인지 아니면 다른 무슨 악의 저주를 받아서인지 고립되고, 갇혀 버린 몰락의 가족이 되어버렸다. 잔혹한 폭력의 이면을 숨긴 채 평화와 사랑을 가장하는 어두운 위선의 최전선 위에 '가족'이 있다. 가족은 윤리적으로 조화로운 삶의 형식이 되지 못한다. 가족과 가족 사이의 신뢰라는 것은 이제 난센스에 불과하다는 것을 반反가족 서사의 악몽은 보여준다. 그 안에서 아이들은 그들을 키워낸 팔 할의 '동화'가 비현실의 로망 뒤에 음험한 억압과 금지의 불문율을 가르치고 있었다는 것을 알게 된다. 아이들은 그리하여 세상을 저주하며 폭발하는 '좀비', 세상의 공포와 대면하면서 스스로 '공포' 그 자체가 되어버린 '낯선 아이들'이 된 것이다. "오, 아이들이 귀신이었다니! 아이만이 귀신을 볼 수 있다니……."(영화 〈식스센스〉)

2

이제 아이들을 가르치는 것은 혈연적 어머니나 아버지가 아니다. 아이들의 거울은 '텔레비전'이나 '모니터'다. 모니터의 눈은 아이들을 보살피며 남루한 현실을 가르치는 환상적인 '전자총'이 되었다. 브라운관은 끝도 없이 전자빔을 쏘아댄다. 빛의 점들이 모여 오로라 공주도 되고 손오공도 된다. 전기신호들은 이내 바로 아이들 자신과 동일시된다. 만화와 동화에서의 주인공들은 서로가 서로를 호명하며 섞이다가 아이들의 새로운 정체성이 되거나, 일용할 양식으로서의 텍스트가 된다. (권혁웅 시집 『마징가 계보학』에서 「마징가 제트」「원더우먼」「태권V」) 1990년대 이후 한국사회는 문화 이미지의 과잉을 향해 질주했다. 그 안에 컬러 텔레비전이 자리하고 있다. 총천연색의 만화영화 주인공들, 이들은 그 빛의 환상으로 세상을 구성해내며 현실을 보상받고자 한다. 빛은 환상의 물질적 근거가 되어 일루전을 만들어내고 이미지와 실재를 오가는 테크놀로지 킨트를 만들어낸다.

불지 마 꺼질 것 같아
건드리지 마 다칠 것 같아
상처 옆에 눈이 내린다 창문을 두드린다

한밤중에 일어나 눈동자를 열고 모니터를 꺼낸다

붉고 싱싱한 잘 익은 놈으로

너에게 줄게 아무 것도 먹지 마

이것만 있으면 모니터 속 아이리스

보라색 꽃잎 가장자리 휘어진 엷게 눈웃음치는

이슬보다 영롱한 0과1

샤갈의 마을에 내리는 눈은 녹지도 않고

나의 모니터 속에 쌓인다

— 유형진 「모니터 킨트—eyeless.jpg」 중에서

모니터를 보면서 자란 모니터 킨트는 온갖 난장으로서의 대중문화를 혼성모방 형태로 호명해 온다. 대중문화적 소잿거리는 이제 단순한 통속적 감각을 넘어 텍스트로서의 현실을 의미한다. 재생된 이미지는 현실을 그대로 모방하는 것이 아니다. 이들은 서로가 서로의 이미지를 탐한다. 끝없이 생산된 문화 이미지들끼리 서로가 서로를 모방하는 재규합과 재질서가 일어난다. "불지 마 꺼질 것 같아/건드리지 마 다칠 것 같아"의 첫 싯구는 이승철의 노래 〈안녕이라고 말하지 마〉의 첫 구절 "소리 내지 마 우리 사랑이 날아가 버려/움직이지 마 우리 사랑이 약해지잖아/얘기하지 마 우리 사랑을 누가 듣잖아/다가오지 마 우리 사랑이 멀어지잖아"의 구문을 조심스럽게 따라하고 있다. 모니터 킨트는 텔레비전 속에서 모든 잡동사니로서의 통속과 오락과 흥분을 보아버렸고 그들은 그것들을 모니터(시 텍스트) 안에서 새롭게 조합하고 키치화 한다. 모니터 킨트의 눈 속에는 모니터가 숨겨져 있다. 수 천만 개의 눈이 모니터 안에 살고 있다. 그곳은 샤갈의 마을에 내리는 눈도 녹지 않는 전자공간이다. 눈들은 녹지 않고 모니터에 쌓인다. 여기서 눈은 눈[目]과 눈[雪]으

로 이중 중첩된다. 그리하여 '눈이 없는 꽃' '아이리스'는 보라색 꽃 '아이리스'이기도 하고 또 'eyeless'(눈이 없는)의 의미가 되기도 하면서 이중 중첩된다. 아이리스는 "천 만 개쯤 되는 눈을 달고/늘 살아야 되는 꽃"이면서 동시에 눈[目]이 없는 eyeless 모니터이기도 하다. 그러니까 모니터를 보는 순간 눈이 없어지는, 모니터에게 눈을 빼앗기는, 저당 잡히는 모니터 킨트들은 그들의 영혼을 텔레비전 현실에 바친 자들이다. 모니터는 그의 눈을 폭식하며 모든 것을 먹어치운다. 시인은 모니터를 먹여 살린다. "너에게 줄게 아무것도 먹지 마". 그러니 모니터는 또 다른 괴물, 눈을 빼앗아먹는 공포의 하얀빛이다. 공포영화 〈링〉시리즈에서 "보는 자는 다 죽는다"라는 명제, 곧 비디오를 트는 순간, 보는 순간 그는 결국 '전자총'에 맞아 찢어지며 피 흘리며 죽게 되는 저주를 받게 되는 것이다.

모니터 킨트들은 어른으로 현실 물질세계로 나오지 않고 이 휘황한 빛의 스크린 앞에서 매혹과 권태의 시간들을 살게 되는 것이니 이들은 결코 어른이 되지 못한다. 상징질서보다 상상계에서 이미지를 즐기는 '아이'의 차원에 머문다.

3

최근 한국 현대시단에서 이러한 낯선 아이들이 '동화적 상상력' 혹은 우화적 캐릭터로 등장하는 것은 특이하고 흥미로운 사건이다. 일테면 이장욱 시 「기린의 사랑」「근하신년-코끼리군의 엽서」「엉뚱해」 등에서 출몰하는 동물들, '기린' '코끼리' '펭귄'이라는 시적 주체들. 황병승 시 「고양이 짐보」「앨리스 맵map으로 읽는 고양이좌座」「살인마殺人魔

_Birthday Rabbit」에 나오는 '고양이' '토끼' , 김민정의 시 「고등어 부인의 윙크」에 나오는 '고등어 부인 씨' , 「젖소 아줌마가 작아지는 비밀」에서 '젖소 아줌마' , 「가재발 달린 집게벌레의 방문」에서 '집게벌레' 등.

이들이 들고 나오는 동물 캐릭터는 야만성과 원시성을 지니지 않는다. 그렇다고 해서 동물적 우화성, 알레고리적 계몽을 표방하지도 않는다. 어떤 아이러니도 역설도 없이 등장하는 주체들은 다만 필름 속 세상 모니터, 스크린 안의 회로에서 발견되는 무수하고 복수적인 '되기' 의 타자들이다. 들뢰즈 식으로 얼마든지 생성 가능한 '─되기' 로서 분화되는 수많은 다중적인 주체다. 타자성은 하나의 타자뿐만이 아니라 거대한 복수적 양태로 유동한다. 동물들은 만화적 동화적 주체이며 애니메이션의 방식으로 '캐릭터화' 된다. 애니메이션에서 대중적으로 중요한 초점은 '캐릭터' 를 창조해내는 일과 '엔터테인' 이다. 최근 1970년산 세대 시인들에게서 나타나는 만화적 동물적 캐릭터는 수많은 영화, 사진, 음악, 만화 속에서 낯설지 않게 호명하며 동일화하는 명칭들이다. 이를 테면 「근하신년─코끼리군의 엽서」에서 코끼리가 상징하는 것이 무엇인지 의미를 추적할 필요가 없다. 철저하게 기표로 만들어진 유희의 차원이라는 점에 주목해야 한다. 문화적 기호들은 어떤 설명도 필요 없고 주석도 필요 없다. 기표의 차원에서 주체로 불려오기 때문이다. 그러니까 얼마든지 인간은 고양이든 코끼리든 기린이 될 수 있는 혼융의 놀이가 가능해진다. 그러하기에 문화텍스트놀이의 공간에서는 우상을 만들어 스스로 노예가 되지 않는다. 억압 자체로부터 벗어나 있기에 자기 자신에게 쫓겨 다닐 필요도 없다. 왜? 자기동일성은 없는 것이기에.

심야 택시가 동부간선도로를 질주할 때
긴 목을 하늘거리며 한 마리의 기린이

도로를 횡단하였다
기린은 잠시 고개를 돌렸다.
나는 그의 무심한 눈망울을
영원히 기억하였다.

　　　　　　　　　　— 이장욱「기린의 사랑」중에서

내가 갸르릉거리면요, 딴 뜻이 있어서 그런 건 아니니까요
내 이름은 짐보 나쁜 친구들과는 더 이상 어울리지 않아요 쥐는
옛날부터 싫었구요 이 골목은 누구보다 제가 잘 알죠

　　　　　　　　　　— 황병승「고양이 짐보」중에서

　이장욱 시에서 시인은 장례식장에 가는 길 위에서 한 마리의 기린을
발견한다. "심야 택시가 동부간선도로를 질주할 때/긴 목을 하늘거리며
한 마리의 기린이/도로를 횡단하"는 것을 본다. 기린의 무심한 눈망울과
마주친 시인. 시인이 밤의 도로에서 마주친 기린의 눈망울은 환영이었
나 실제였나. 기린은 있는 실제의 우화적 기표이면서 없는 실제이기도
한 것.
　황병승 시에서 시적 화자는 스스로 '고양이'라고 말하며 갸르릉거린
다. 현대시에서 '고양이'는 보들레르 이후 현대예술의 '부정적 기표'처
럼 되어왔다. 시인들은 세상에 대한 변덕스럽고 불온한 상상력, 공격적
이면서 대립적인 것의 공존을 '고양이'라는 아이콘으로 드러내고자 한
다. 시인은 기꺼이 고양이가 되어 '갸르릉'거리면서 우화적 이야기를
이끌어간다. 동물적 캐릭터들은 영화, 사진, 만화 등에서의 문화적 대상
이다. 얼마든지 '놀이'의 표지들로 혹은 실제를 뒤집는 환영, 차이의 표
식들이 된다. 시인에게 동물적 우화는 사회적 위계에 대한 배반이다. 동

화적 캐릭터는 기표적 차원에서의 아나키즘이라 할 수 있는 흥미로운 '상상' 의 작동들인 것이다.

4

I
나는 나의 백성들을 밑으로 데려갔다

절망과 불만을 구별하는 것이 오리앵무새의 과제였다
한 번도 단어 카드를 제대로 물어오는 법이 없었다
헤맸다, 왜일까

여왕은 안심이 되었다

태엽장치 돼지들은 성문城門 앞을 오가며 쓰다 달다 말이 많았고
뒤죽박죽이 좀 심한 녀석들은 단칼에 혀가 잘렸다
그러나 대부분은 밤이 되면
여왕의 숲에 쓰러져 얌전히 코를 고는 것이었다

(허공에서 장미를 따고
품속에서 비둘기를 데려오는 시간······.)

이쪽으로 가면 석 달 열흘 춤만 추는 광대 원숭이가 나오고
저쪽으로 가면 밤낮 겨울 봄 슬픔을 길어올리는 울보 토끼가 살지

어디로 가고 있는지 모른다면 어느 쪽으로 가도 상관 없어
나무둥걸에 서서 체셔 고양이가 커다란 엉덩이를 흔들었다
　　　　— 황병승 「Cheshire Cat' s Psycho Boots_7th sauce — 여왕의
　　　　　　　　　　　　　　　　오럴섹스 취미」 중에서

　황병승의 위의 시는 동화 「이상한 나라의 앨리스」를 패러디한 것이라
고 할 수 있을까. 시인은 동화의 이념을 전유하면서 현실에 대한 풍자를
의도하지 않는다. 시인은 다만 이종, 혼종적인 것들을 동화에서부터 가
져와 뒤죽박죽 무질서하게 나열한다. 차이들이 만들어내는 흥미로운
'잉여' 들을 유희한다. 루이스 캐럴의 동화 「이상한 나라의 앨리스」는
앨리스가 토끼를 따라 이상한 나라로 여행하면서 겪게 되는 신기하고
이상한 일들을 보여준다. 담배 피우는 애벌레, 가발 쓴 두꺼비, 체셔 고
양이, 비둘기 같은 희한한 동물들과 이야기를 나누고 춤을 추고 이상한
나라 재판에 참석하기도 한다. 트럼프 나라에 여왕과 함께 크로케 경기
도 하고 안고 있던 아기가 돼지로 변하는 일도 겪는다. 황병승의 시에서
동화 속 개체들은 혼용되며 뒤섞이는 카드처럼 겹쳐진다. 뒤죽박죽의
이미지로 엉킨다. 상상할 수 없는 것들은 체제의 작동과 상관없이 한없
이 증식하는 이미지 괴물처럼 번져간다. 첫 번째 시행 "나는 나의 백성
들을 밑으로 데려갔다"라는 싯구. 별난 상상을 하기 위해서는 '밑의 세
상' 으로 내려가야 한다. 그 밑이란 토끼굴의 세계, 별난 동물들과 별난
잡종들의 분출이 일어나는 곳이다. 정교한 지상 위의 질서와 체제를 거
부하는 그곳에 "오리앵무새" "여왕" "태엽장치 돼지" "허공에서 장미"
"품속에서 비둘기"가 있다. "광대 원숭이"가 석 달 열흘 동안 춤을 추고
"울보 토끼"가 밤낮 슬픔을 길어 올리고 "체셔 고양이"가 커다란 엉덩
이를 흔들며 나무 등걸에 서 있다. 이 모든 동물들은 무수한 이종적인 것

들끼리의 결합을 통해 혼합성을 만들어낸다. 기존의 것들은 단칼에 혀가 잘리고 이런저런 독특한 이미지의 결합으로 새로운 기이한 동물들이 비명처럼 탄생한다. 여왕의 숲에는 어떤 신성한 것이나 역사 현실적인 것이 아닌 전적으로 '환상'의 힘으로 만들어지는 이미지들이 나열한다. 시인은 동화 「이상한 나라의 앨리스」에서 자유로운, 그러면서 게릴라와 같은 우연의 이미지들의 겹침, 무질서한 상상의 스타일을 가져오고자 애쓴다. 동화는 이제 어떤 알레고리도 아니며 계몽은 더더욱 아니다. 시인은 '동화' 속에서의 상상 동물과 상상의 숲을 배경으로 현실 억압적인 사실 재현을 벗어나고자 한 것이다. 즉 "어디로 가고 있는지 모른다면 어느 쪽으로 가도 상관 없어". 그래, 어느 쪽이든 상관이 없으니까……. 환상을 따라가며 기표와 기의의 견고한 결합, 인공적 구축에서 해방되고자 한 것일까. 황병승 시는 이러한 유희적인 장난, 만화적 캐릭터, 놀이로서의 현실을 만화적 스타일, 하위 문화적 상상의 결합으로 엮어낸다.

> 웃으면 좋다는 거고 인상 쓰면 싫다는 거지 어렵게 생각하는 습관을 버려
> 문어는 만화에서처럼 코가 달렸고 먹물을 발사하지
>
> 언젠가 나는 소문이 싫어 고양이 수염을 잠깐 달았지만
> 그림자에 지나지 않았어 아직은 별명을 쓰는 친구들이야 모두들 체스
> 를 좋아해
> 앞치마 두른 동물들은 모두 일하러 가고 이렇게 큰 풀밭은 처음 봐
> 나른한 텐트 속에 버려진 네 두 다리는 꼭 투명한 푸딩같구나
>   — 황병승 「핑크트라이앵글 배氷 소년부 체스 경기 입문入門」 중에서

'핑크트라이앵글'은 시의 각주에서 보면 "동성애 운동과 게이 프라이드의 상징마크"라 되어있다. 이를테면 시인은 동성애자들의 거리 행진을 하는 듯한 각양각색 다양한 것들의 나열, 은폐된 것들의 상징적 교란을 이질적 문화로 스타일화한다. 모든 것들은 오히려 단순하고 명약관화하다. "웃으면 좋다는 거고 인상 쓰면 싫다는 거지 어렵게 생각하는 습관을 버려" 이 말은 표면과 이면이 나뉘어져 있는 복합적 현실, 지배/피지배, 노동/놀이, 억압/저항, 효용/무용이라는 이분법적 현대문명, 사회적 가치 대립양상에 대한 명백한 해체다. 정체성과 직관에 대한 솔직하고 정직한 대면, 숨기고 은폐한 것들을 남김없이 드러내는 동물들의 퍼레이드, 이질적인 것들 되기, 동물 되기라는 들뢰즈 식 '되기'(생성)의 자유로운 분화를 만끽한다. 이를테면 "문어는 만화에서처럼 코가 달렸고 먹물을 발사하지//언젠가 나는 소문이 싫어 고양이 수염을 잠깐 달았지만" 등에서 등장하는 "문어" "고양이" "꼬리없는 고양이 핑키". 무수한 동물들은 우리가 가지고 있는 성 정체성이란 얼마나 변화 가능한 것들인가를 깨닫게 한다. 복수적이고 이질적인 형식들 아래서 얼마든지 우리는 복수적인 타자가 될 수 있다.
　이와같은 상상력은 애니메이션에서 보여주는 변화무쌍한 동물변화, 변신들, 형태들의 모호한 지점을 뒤트는 방식들(특이하고 기이한 모양의 만화적 변신, "투명한 푸딩")이라 할 만하다.

> 어느 밤 베개가 진동으로 울어 그 밑을 들춰보니
> 글쎄 두꺼비 한 마리 넙치처럼 짜부라져 있지 뭐예요
> 두껍아, 두껍아, 난 있잖아, 지지리 궁상은 딱 질색이야
> 내가 휴우 똥구멍에 입을 대고 바람을 불어넣자
> 두꺼비는 울퉁불퉁한 양말처럼 부풀었지요, 마치

행군 삼일 동안 벗지 못한 군화 속의 발처럼 고린내를 풍기면서요
두꺼비는 책 읽는 두꺼비 나라의 두꺼비 왕자
다음 페이지가 자정 넘어 삼경인데 난 몇 시에서 건너 온 걸까
그는 끈끈한 제 침으로 백지장처럼 창백히 입 벌렸던
전사통지서를 마저 풀칠했어요 열아홉 삼촌은 죽고
배게 홑청을 마스크로 파스 붙인 나는 길고 긴 입맞춤으로
두꺼비 왕자의 감추었던 물갈퀴를 찾아낼 수 있었지요,

　　　　　　　　　　　— 김민정 「두꺼비 왕자는 냄새나서 슬퍼」 중에서

　　김민정 시에 나타나는 "젖소 아줌마" "고등어 부인" "기린 그림 기
림" "고슴도치 아가씨" 등 동물 캐릭터, 「엄마, 학교 다녀오겠습니다」에
서 동화적 유아적 발화법, 구어체의 발화와 장광설 등은 어떤 동화적 만
화적 국면을 암시한다. 시인의 발화는 모두 유아들의 뜻없는 말들처럼
끝도 없이 자신의 상상으로 만들어지면서 사물들을 이리저리 연결한다.
그것은 마치 스스로 자신의 상상으로 만들어내는 동화적 연상의 이어짐
처럼 나타난다. 시인은 온통 분탕질하는 난장으로 시적 작난作亂을 맘껏
유아적으로 즐긴다. ("그녀가 내게 윙크하는데 새까만 그녀의 눈동자가
데굴데굴 굴러오더니 가속도가 붙은 볼링공처럼 삽시간에 날 쓰러뜨리
며 말했다. 너 하고 싶지? 네? 에이 하고 싶으면서 뭘. 아뇨, 나는 아냐.
순간 나는 하이힐 벗어 그녀의 양쪽 뺨을 후려찍고 말았다. 거짓말! 분명
넌 하고 싶은 거야! 이런 씨발, 아니 아니라잖아. 참다 못한 내가 그녀의
알주머니를 싹둑싹둑 가위질하자 김말이 속 당면처럼 빼곡히 들어찬 그
녀들이 잘린 입 밖으로 일제히 폭소를 터뜨렸다. 이봐 고등어 부인 씨,
난 단지 갑갑증이 나서 살짝 따고플 뿐이라고!" 「고등어 부인의 윙크」)
시인은 온갖 하위 문화적 욕설과 엽기적 것의 혼합적 스타일을 보여준

다. 매저키즘적이며 새디즘적인 것, 장난 섞인 능욕과 분열증적 비명, 환상적인 펑크록의 폭발적인 리듬과 난잡한 전복의 무대를 연상시키는 방식, 이러한 하위 문화적 스타일은 누구에게도 유쾌하지 않다. 김민정이 노리는 것은 스스로 자기유희의 하위적 장난질 속에 독자들을 불편하게 참여시키는 방식이다.

「두꺼비 왕자는 냄새나서 슬퍼」에서도 시인은 시종일관 '구어체' 발화를 구사하면서 독자에게 말을 걸어오지만 그 말은 결코 소통가능한 대화 방식이 아니다. 독백과 정신분열증 연상으로 가득하다. 분열적 성격의 스펙터클한 낯선 아이의 언어, 초연한 언어로 일관하는 공포 호러 무비 내지 불쾌한 하위 문화의 진창이라 할 만하다. 위 시에서 시인은 "두꺼비 왕자" 서구 동화를 재료로 삼지만 그 안에는 "두껍아 두껍아 헌 집 줄게, 새 집 다오"와 같은 전래 구전동요도 함께 믹스시킨다. 그야말로 혼종문화의 파편이 즐비하다. 나쁜 마법에 걸려 두꺼비가 된 왕자, 두꺼비는 우리나라 전래동화 속에 새 집 주는 두꺼비가 되기도 하다가 "똥구멍"에 바람을 불어넣어 양말이 되기도 하다가 책 읽는 두꺼비 나라의 두꺼비 왕자가 되기도 한다. 마침내 "나"는 두꺼비 왕자의 감추었던 물갈퀴를 찾아내고야 만다. 김민정 시에서 무수하게 나타나는 동화 캐릭터, 상상 동물들의 우화 서사는 오이디푸스 가족관계를 뒤흔들고 정상과 변태, 슬픔과 유쾌를 널뛰기하면서 유희적 폭력을 즐긴다.

5

나는 이것을 '구강기적 언어'와 '낯선 동화 속 낯선 아이들의 세계'라 명명하고 싶다. 현대시에서 보여주는 동화 캐릭터와 구어체 상상력

속의 연상들, 혼융의 혼종성은 다문화 세례를 받은 세대들, 이국과 자국의 구분없는 유목민적 사이버공간 세대들의 발화법이라 할 만하다. 현대시에서 '동화'는 엽기적 상상, 퍼포먼스 실천을 위한 문화전복의 의미로 다가오고 있다. 행위예술처럼 동화적 소재, 만화적 인물들은 섞이고 뒤엉키면서 견고한 현실체제, 언어에 반란을 시도한다. 그것은 '구강성'으로 돌아가면서 나타나는 돌연변이적인 주체의 출현, 유아적 상상 속에서 감각폭발의 열정, 타자되기 욕망과 관련이 있다. 현대시에서 보여주는 동화의 이질성은 상이한 요소들이 결합하여 정서적 감염을 전파하고자 한다. 동화의 내재적 아이콘들은 이제 공포 호러 엽기 그로테스크 하위 문화의 새로운 감염자들이다. 근대 계몽 지배담론을 조롱하는 천진하며 악마적인 유희의 방식, 공포의 동화는 그리하여 불쾌한 검은 유희의 극단적 엔트로피를 생산해 내고 있다.

모니터 킨트와 국경 위의 소녀들

1930년대 김기림의 시 「바다와 나비」(『여성』 1939. 4)에서
'나비'는 중요한 시대적 상징 코드다. 나비는 1930년대 후반 '근대'라
는 위력 속에 무력했던 한국 모더니즘의 초상이기도 하고 피식민주체
지식인의 낭만적이고 병적인 영혼이기도 하다. "무우밭인가 해서 나려
갔다가는/어린 날개가 물결에 저러서/공주처럼 지쳐서 돌아온다." 삼월
의 푸른 바다와 새파란 초승달, 그 속에서 날고 있는 흰나비의 날갯짓은
근대문명 앞에서의 모험과 시련, 순수한 이상과 그 좌절을 암시한다. 정
지용의 시 「나븨」에서도 '나비'는 근대의 유리창에 갇혀 "주먹쥐어 징
징 치며 날을 氣息도 없이" 산장 밤 창유리에 딱 붙어 있는 가엾은 '환상
幻想'이다. 비맞은 환상, 나비는 수심을 알 수 없는 바다를 홀로 나는
1930년대 말 식민지 지식인들의 열망이자 서글픔 그 자체였다. 일제 말
최승희의 춤은 비맞은 환상으로서 나비의 날갯짓이자 무도회장에서 춤
을 추며 지친 공주의 환각이리라.

시대적 상징 알레고리로서 '나비'는 2000년대 한국시에서 새로운 동물상징으로 변화한다. 순수하지만 반항적이며 주인 품에 있지만 언제나 영혼이 자유로운 고양이. (고양이는 보들레르 이후 이미 근대의 상징이 되었지만) 최근 젊은 시인들의 시에서 고양이는 포스트모던의 거리와 담벼락을 뛰어넘으며 불온하고 낯선 미학으로 독자의 얼굴을 할퀸다.

어쩜 너는 고양이처럼 생겼구나. 죽은 고양이 미미,
죽은 고양이 샤샤, 죽은 고양이 쥬쥬, 저 골목과 함
께 사라지면서 그림자가 되는 고양이 라라를 정말이
지 군데군데 닮았어.

나는 고양이가 되려고 생선 한 마리를 물고 집
을 뛰쳐나왔으니까. 야아옹 만세! 네가 아는
미미와 샤샤와 쥬쥬와 라라에 대해 얘기해줘.
그들의 독특한 취향과 보편성에 대해.

내 인생의 하루는 미미를 생각하며 울었어. 울면서
생각했어. 미미는 아파트먼트 같은 닭장을 실은 트럭
에 깔려 납작해졌고, 그래서 내가 운다고 미미의 배
가 불룩해지지 않는데,
— 김행숙 「소녀 고양이군을 만나다」(『이별의 능력』) 중에서

고양이는 현실과의 고리가 미약한 머릿속 상상의 '실상'이자 상상의 '실감'이다. 고양이는 반항적이고 순수하고 자유롭고 불안한 사춘기 소녀의 감수성이다. 소녀들은 "고양이가 되려고 생선 한 마리를 물고 집/

을 뛰쳐나"와 "야아옹 만세!'하고 해방을 외친다. 소녀는 고양이들의 "독특한 취향과 보편성"에 골몰하기도 하고 죽은 고양이 미미를 생각하며 울기도 한다. 고양이들은 흔하게 도시 보도블록 위에서 납작하게 깔리기도 하지만 이 폐허와 같은 산문적 현실에 대한 유연한 이탈과 유희적 냉소의 극대치인 바. 사춘기 소녀들의 상상 속에서 "거대한 고양이가 이 세계의 이름"(김행숙「고양이군의 25시」)이며 고양이의 시간은 "불가사의에 흡수된 시간"이다. 그리하여 "고양이들의 물결은 이 세계를 출렁이게"하는 것이다. 고양이는 세계에 대한 유희적 패러독스와 수수께끼이며 지리멸렬한 현실을 부드럽게 이탈하며 비웃어주는 창조적 반항이다. 2000년대 시인들은 사회역사적 체험현실에서 벗어나 디지털 감각속에서 가상현실을 직접적 현실로 물려받은 세대들이다. 게임과 만화, 영상물을 문화적 아비로 둔 이들에게 리얼리티는 고정된 현실이 아니라 감각과 상상에 의해 끊임없이 사건을 만들고 우발적으로 기억을 접합해 나가는 이미지의 우생학인 것이다. 현실이 환멸이고 권태이다. 이제 세상에는 아무런 일도 일어나지 않는 권태의 운명속이다. 오히려 사이버 공간은 극적 현실이며 삶과 기억의 역사를 만들어가는 텍스트가 된다. 배수아 소설의 인물 미호는 "나는 이미지다"라고 선언한다. 영사기의 불빛만 비치는 하얀 스크린 속으로 실재와 이미지의 구분을 거부하고 실재를 버리고 이미지의 세계로 함몰해버린 인물들, 이미지 안에서 함몰되어 달랑 '기표'만 남은 의미들. 이 기표의 외피성이야말로 "저 골목과 함께 사라지면서 그림자"가 되고마는 "죽은 고양이"들의 너덜너덜한 재킷이 아닐까. "뒤돌아보면 꼬리뿐인/고양이" "꼬리에 꼬리를 물고 돈다면/그건 사라지는 놀이"(이근화「칸트의 동물원」)일 뿐인 기표들의 움직임이 아닐까. 그리하여 실재는 영상을 잡아먹고 영상은 실재를 잡아먹으면서 영상 주인공들은 실재가 이미 먼저 보아버린 운명이 되고 만다. 소녀들은 부드러움 속에 "열세 번째 발톱"(김행숙 「고양이군의 25시」)을 숨긴 채 고양이들의 불가사의의 시간, 즉 또 다른 25시(디지털 시간, 상상의 시간)를 산다. 계몽과 이성에 너덜너덜해진 기의를 벗어던지자 의미들은 이제 스스로의 규정력에서 벗어나고 마는 것이니 "고양이는 파도 같고 눈송이 같고 모포 같고, 중간 같고"에서처럼 무수히 결정적 기의를 삭제해 가는('~ 같은'의 세계) 기표 위를 부유한다. 그것은 '~ 같은' 세계이며 기의를 잡음으로 만드는 세계이다. 이와같은 기표의 산포, 이미지의 합성은 바로 죽으면서 사라지는 고양이의 그림자(기표의 흔적)가 아닐까. 꼬리에 꼬리를 물고 돌면서 그저 사라지는 놀이를 하는 "칸트 동물원"의 고양이인 것이다.

　흔적과 이미지의 놀이, 제 꼬리를 물고 돌다 사라지는 2000년대 고양이는 어떻게 태어난 것일까. 1990년대 한국 문학계에는 변혁을 위한 사회학적 상상력이 줄어들면서 디지털 코드 문화, 신세대 중심 대중감각 문화, 거대 물질자본을 중심으로 한 출판유통체계 등이 출현하게 된다. 마르크스가 기획했던 정치경제학적 변혁을 넘어 개인적 일상을 둘러싼 다양한 미시권력이 배치되고 영상 권력이 핵심적으로 자리잡게 된다. 사실 영상물 보급은 1970년대부터 가정에 일반화되기 시작한 텔레비전에서부터 시작된다. '텔레비전—아비' '텔레비전—신'은 '텔레비전 키드'을 낳고 새로운 매체의 매혹의 세례를 받게 되는 바. 이들의 일상과 정체성은 만화 주인공과 동일화되고 그들을 기념하는 세레모니로 존재근원의 기원을 삼고자 한다. '텔레비전—자궁'에서 만화영화 주인공들은 때때로 오랜 문화적 기억으로 각인되면서 세상의 실재와 결합하거나 현실을 비추는 기호로서의 '거울'이 된다. 텔레비전 속 허구는 현실을 발견하는 하나의 알레고리적 우회로이자 몸에 각인된 상상적 매혹인 것이다.

　권혁웅의 시에서 만화영화는 구체적 디테일을 얻으며 등장한다. '영웅만화/현실적 가난'은 은유적으로 오버랩된다(「거미인간」「선데이 서울, 비행접시, 80년대 약전略傳, 마징가 계보학」). 그러나 1980년산 세대의 2000년대는 더 이상 동화와 로망에 의해 보호받지 못하는 권태의 세계다. 의미는 기표와 표면적인 이미지에 의해 끝없이 표류한다. 끊임없이 과잉 이미지로 재생산되는 세계다. 실재(몸)를 버리고 이미지의 세계로 나아간 세계, 펑키스타일의 헤드뱅잉으로 세상을 유희적 난장판으로 만드는 세계, 자유롭고 반항적인 아바타로 이상한 나라의 앨리스 맵을 그려나가는 세계다. 이들이야말로 주체와 세계의 접점이라 할만한 동일화의 소실점을 깨버린 무정부주의 폭주족 소년, 소녀들이다.

나에겐 고향이 없지 고향을 잃어버린 것도, 잊은 것도 아닌, 그냥 없을 뿐이야 그를 만난 건 내가 Time Seller Inc. 라는 회사에서 일할 때였지 그곳은 시간이 없는 자들에게 시간을 파는 일을 해 그것은 불법이지 그곳의 시간들은 대부분 훔친 것들이거든 나는 시간의 장물을 관리하는 일을 맡고 있었지 어느날 그가 자신의 시간을 사줄 수 없겠냐고 문의를 해왔어

(중략)

그래서 그의 시간을 헐값에 샀어 아무도 사가지 않은 그의 시간을 쓰겠다고 한 순간부터 이상한 일들이 벌어졌지 밤이면 잠을 이루지 못하고 신호등을 기다리다가도 깜박 깜박 잠이 들었어 끝내는 눈을 뜨고 꿈을 꾸며 걷게 되었지 꿈꾸며 걷는 길가엔 은갈치떼가 몰려다니고 해초들이 발목을 감싸서 걸을 수가 없었지 나는 예전의 고향 없는 내가 그리워졌어 그때의 평화로움은 다시는 나를 찾아와 주질 않았지.
— 유형진「피터래빗 저격사건—의뢰인」중에서

"캔디바를 물고" 영화를 보고 눅눅해진 "팝콘을 씹으며 스포츠 신문의 오늘의 운세를 보"(유형진 「캔디바를 물고 있는 폭풍 속의 하록 선장」)는 이들의 세계는 오직 두 가지다. 그것은 스크린의 밖과 스크린의 안. 1960년대 투사들의 광장과 밀실은 이렇듯 스크린의 안과 밖이라는 두 공간으로 지형변이하게 된다. 스크린에서 살육을 즐기며 원양어선 하록 선장이 폭풍과 싸우고 있고, 영화관 밖에는 비가 내리고 있다. 스크린은 매혹이며 환상이며 권태의 근원, 모든 주체는 스크린 빛 속으로 소실되어 간다.

스크린 안과 바깥이 경계 구분 없는 세대, 스크린 속 현실이 체험적 삶보다 더 직접적인 현실이 되어버린 세대, '모니터 킨트들'이다. 실제의 현실을 뒤집고 나타난 텍스트적 현실은 시뮬라크르로서의 현실과 마주하기에 이른다. 가상현실은 실재와 허구의 명백한 이분법 대립을 삭제하면서 현실에 대한 새로운 층위를 만든다. 텍스트화된 현실에서 불안한 상상력으로 놀고 있는 이 검은 놀이를 상상해보자. 이상의 「오감도」에서 막다른 골목으로 달려가는 무서운/무서워하는 아해들처럼. 그것은 감각과 상상과 환각의 환유로 가득 차 있다. 아이들은 영상 속으로 탈주해간 것이다. 현대사회 과잉 생산된 이미지 속에 역사적 체험 토대는 사라진다. 모니터 킨트에게 유년을 키워준 자연은 없다. 기억, 고향, 유년은 '피터래빗'을 '저격'해서라도 용도 폐기되어야 할 것들이다.(유형진 「피터래빗 저격사건) 이들에게 고향, 자연, 안온함, 가족은 지루하고 권태로운 체제의 코드일 뿐. 이를테면 손택수의 시 「아버지의 등을 밀며」에서 아버지 어깨 지게자국에서의 슬픈 기억과 반성적 회상, 함민복의 시 「눈물은 왜 짠가」에서 어머니와 설렁탕을 먹으며 눈물 찍는 체험들은 시의 진정성을 담보하는 체험적 진실을 담고 있다. 그러나 모니터 킨트에게 기억과 체험은 축복도 아니며 존재 근거도 되지 못한다. 도시적 디지털적 감수성으로 무장한 이들은 매체체험이 직접적 체험을 압도해 버린 세대인 것이다.

판타지 영화 게임 서사에서 영향을 받은 다분히 탈주적이고 유희적인 세계는 분명 현실에 대한 조롱과 역사 진보에 대한 무관심을 담고 있다. 아버지 질서가 지배하는 상징계로의 편입을 거부하는 십대 소녀들의 '산만한' 질서다. 자율적 유희, 감각과 강렬한 충격 등이 세상에 대한 로망을 대신하게 된 것이다.

그렇다면 다시 시적 체험, 시적 현실은 무엇인가. 생피가 뚝뚝 떨어지는 삶의 이력을 뒤로 한 채 무시간적인 현재의 부유浮遊만이 나타날 뿐이다. 다시 말해 끊임없는 현재만을 감지하는 병리적인 시간감각은 몰역사성으로 나아갈 수 있다. 현실이 텍스트화되고 이미지화된다면 구체적 물리적 현실성은 사라지는 것인가. 다음 시를 보자.

이제 나는 남자와 자고 나서 홀로 걷는 새벽길
여린 풀잎들, 기울어지는 고개를 마주하고도 울지 않아요
공원바닥에 커피우유, 그 모래빛 눈물을 흩뿌리며
이게 나였으면, 이게 나였으면!
하고 장난질도 안 쳐요
더이상 날아가는 초승달 잡으려고 손을 내뻗지도
걸어가는 꿈을 쫓아 신발끈을 묶지도
오렌지 주스가 시큼하다고 비명을 지르지도
않아요, 나는 무럭무럭 늙느라

케이크 위에 내 건조한 몸을 찔러넣고 싶어요
조명을 끄고

누군가 내 머리칼에 불을 붙이면 경건하게 타들어갈지도

늙은 봄을 위해 박수를 치는 관객들이 보일지도

몰라요, 모르겠어요

추억은 칼과 같아 반짝, 하며 나를 찌르겠죠

그러면 나는 흐르는 내 생리혈을 손에 묻혀

속살 구석구석에 붉은 도장을 찍으며 혼자 놀래요

— 박연준 「얼음을 주세요」 중에서

자본주의 사회와 성이 분리될 수 없다는 것을, 그 결합이 끔찍한 권태라는 것을 보여준다. 이기인 시집 『알쏭달쏭 소녀백과사전』에서도 확인하였듯 공장은 사회의 축소판이며 '공장―사회'는 소녀들을 성적으로 육체적으로 관리하는 시스템이다. 박연준의 데뷔작이기도 한 「얼음을 주세요」에는 남자와 잠을 자고 홀로 새벽길을 걸어 나오는 소녀의 목소리가 흘러나온다. 소녀들은 자라지 않고 자라기를 원치도 않은 채 어른도 되지 않은 채 "무럭무럭 늙"어갈 뿐이다. 소녀들의 취향은 원래 "커피 우유" "오렌지 주스"(우유, 주스 등은 청소년들의 음료 기호로 대변된다)지만 소녀는 이제 "공원 바닥에 커피우유, 그 모랫빛 눈물을 흩뿌리며/이게 나였으면, 이게 나였으면!/하고 장난질도 안 쳐요"라고 말한다. 소녀는 자기망실로 절규하지도 않는다. 꿈을 좇아 "신발끈을 묶지도" 않고 오렌지 주스가 시큼하다고 어린애처럼 투정을 부리지도 않는다. 자신의 몸을 생일축하파티의 촛불처럼 태우면서도 날카로운 추억만을 떠올릴 때도 소녀들은 스스로를 자조하는 듯 "몰라요, 모르겠어요" 하며 자기인식을 애써 거부한다. 이제 새벽 휘어진 계단에서 늙은 신문배달원과 마주칠 때도 소녀는 "울지 않"는다고 말한다. 성과 자본의 결합에 스스로 자신을 방기한 채, 이제부터 모텔이나 여관을 나와 "얼마나 많은 새벽길들"을 걷게 될 것인가를 생각한다. 수많은 어둠과 재화가 소녀의 몸을 무겁게 통과할지라도 소녀는 더 이상 울지 않을 것이라 말한다. 소녀에게 유일하게 남아 있는 순결의 표식은 '생리혈'이다. 소녀는 "흐르는 내 생리혈을 손에 묻혀" 자신의 몸에 고통과 욕망과 자조의 놀이를 하듯 "속살 구석구석에 붉은 도장을 찍으며 혼자 놀"겠다 말한다. 소녀에게 매춘은 슬프지만 놀이이며 퇴폐적 일탈이지만 가벼운 일상이 되어버린 열정과 허무의 총화일 뿐이다. 커피우유와 같은 검은 눈물을 흩뿌리며 소녀는 이제 무럭무럭 늙어가는 자신의 몸과 일상을 자조적으로 콜라쥬한다.

박연준의 시는 성체험과 자본의 결합을 필연적인 것으로 자조하는 체념의 고통, 위악이 숨겨져 있다. 자본주의 언어에 조응하는 위장과 어떤 전도傳導를 보여준다. 현실에 대한 '우화적 음화'는 구체적 현실, 구체적 일상이라는 현실적 아젠다를 제시한다.

10대 소녀들에게 가장 예민한 감수성의 문제는 신체 불안과 신체 매혹, 신체 성 매매라는 신체 순결/오염이다. 박연준은 이러한 열림/닫힘, 신비/타락이라는 소녀 신체의 비밀스러움을 미망과 두려움("몰라요, 모르겠어요")으로 드러낸다. 소녀화된 목소리의 현실은 '소름끼치도록 잔잔한 일상'이다. 일상 속으로 몸 깊숙하게 찔러 들어오는 자본의 폭력과 공격이다. 사실 이와같은 일상과 구체로서의 현실이 구체적 현실언어, 이미지를 둘러싼 환경으로서의 역사 현실이란 점에 주목할 필요가 있다. 일테면 1987년 6·29 선언 이후 세대들이 영상, 신세대와 연결되어 있다면 97세대는 1997년 시장경제로 급변한 한국 정치사회적 변화의 산물이다. 1997체제 하의 한국 상황은 시장만능주의와 폭력적인 글로벌리즘의 각축장이 되었다. 백수과 룸펜, 청년 장기실업과 비정규직, 국민연금과 노인문제, 젊은 세대들은 새로운 시장상황을 맞게 되었고 사회적 낙오자들은 계급혁명의 주체가 되기는커녕 근대시민사회의 시민으로도 전화되지도 못한다.

그러면서 동시에 세계는 변화해 가 국민국가의 경계를 넘어선다. 시적 상상력의 영토성은 전 세계로 경계넘기를 한다.

겨울 사막을 막 건너온 길이었다. 홑겹 단화 밖으로 맨발목이 발갛게 드러난 여자가 딸애의 누더기 바지를 벗기고 철화덕 옆에서 오줌을 누이고 있었다. (중략) 딸애가 나를 쳐다보며 물 번진 성에꽃처럼 웃었다. 발갛게 언 엉덩이를 아직 내놓은 채였다. 나는 10위안을 여자에게 건넸다. 여자가 거스름을 찾는 동안 딸애의 물기가 내 넝쿨 시든 잎사귀 몇 장을 적셔주었다. 그걸로 충분했으므로 나는 거스름을 사양했지만, 여자가 내 넝쿨을 휘잡아 채며 검고 큰 눈망울로 나를 닦아세웠다.

부야오*!

여자는 거스름을 주지 않았다. 봉지를 도로 거두어 고구마를 미어지게 더 담은 후 내 넝쿨에 다시 올려 주었다. 여자가 무어라 빠르게 소리쳤고, 고개를 갸웃하자 내 손을 잡고는 알아들을 수 있을 만큼의 말만 또박또박 넝쿨 위에 얹었다. 게이 니** 리우***!

* '필요 없다, 이러지 말라' 는 뜻의 중국어
** '너에게 준다' 는 뜻의 중국어
*** '선물' 이라는 뜻의 중국어

— 김선우 「어떤 포틀래치」중에서

시인은 국경을 넘어 상상력의 영토성을 확장하게 된다. 시의 영토는

다른 시공간의 현실적 영토를 갖게 된다. 긴 겨울 사막을 건너온 시적 화자는 겨울 중국 북방에서 "얼어 터진 볼"을 한 딸애를 업고 군고구마를 파는 중국여인네를 만난다. 홑겹으로 추운 겨울에 딸애의 오줌을 누이던 차여서 딸애는 "발갛게 언 엉덩이를 아직 내놓은 채"이다. "나"는 10위안을 여자에게 건네고 거스름돈을 사양했지만 여자는 끝까지 연민과 동정을 거절한 채 거스름돈 대신 군고구마를 더 봉지에 담아준다. 여기서 "부야오!" "게이 니" "리우!'로 발음되는 음성은 한국어 모국어와 구분되는 물리적 기표로서 이국성과 시적 수수께끼를 동시적으로 함축한다. 알아들을 수 없는 중국어는 가난한 중국여인의 진정한 내면이 담긴 중요한 전언이기도 하지만 한국 독자들에게는 시적 함축을 담고 있는 비밀스러운 음성, 의미가 숨겨져 있는 시언어의 물리적 상징이기도 하다. 일테면 숨겨진 진정이란 체계화된 기호, 계량화된 언어체계로 드러날 수 없는 것이다.

중국 북부 여행지에서 만난 가난한 여인의 음성, 각주라는 매개를 통해 다시 번역되어져야 하는 이 순수한 발음이 상징계 너머의 시적 순결을 보장하는 듯하다. 겨울 사막여행, 중국여행에서 발견되는 시적 현실은 구체적 세계현장에 대한 체험적 진실성을 지닌다. 지구화시대가 되었고 세계화가 되었다. 사람보다 국경을 잘 넘나드는 것은 이제 '자본'이다. 자본의 착취는 세계화라는 기치로 포장되어 오히려 이면의 착취를 공고히 하고 있지만 겨울 사막 끝에서 만난 이국의 가난한 여인은 자본 권력에 포섭되지 않는 '어떤 포틀래치' (어떤 답례의 축하)가 되는 것이다.

……우리가 끌려간 곳은 코롤병원 뒤의 위안소
……그러니까 이건 옛날 얘기, (아주 오래된 오늘 얘기란다),

방마다 이름과 번호가 붙어 있었네 파라오에서도 내 이름은 마이코, 춤
추는 마이코, 옷이 발가벗겨져, 좁다란 방 안에 던져졌을 때, 춤추어라 마
이코야, 죽음보다 깊은, 내 나이 열네 살……

……하나 둘 셋 넷 다섯 여섯……입에서 코에서 밑에서, 온몸의 구멍에
서 피가 터져 나올 때까지……춤추어라 마이코야, 온몸이 마비되어 황천
을 보았네 검은 하늘 까무룩 찢기며 황천 물 쏟아져……

(중략)
………………………606호 주사, 애 못 낳는 주사, 아주 힘들다고 하면 잠
오는 약을 하나씩 주었네 내 나이 열네 살……(그러니까 이건 옛날 얘기),

(중략)

파라오에서 당한 일을 입 밖에 내본 적 없네 평생 누구와도 목욕을 같이
가지 않았네 나는 용띠, 1928년 히코네시에서 태어났지, 이름은 순애, 열
살이 되던 해엔 마산에 살았지……

— 김선우 「열네 살 舞子」중에서

국경을 넘나드는 일은 역설적으로 우리 내부를 들여다보는 것이다.
김선우 시는 '정신대 위안부 할머니' 이야기를 무당의 무가처럼 읊조리
고 있다. 무자(마이꼬)는 당시 마산에 살고 있었는데 열네 살의 몸으로
국경 넘어 끌려가 유린당하는 '군국주의 폭력-신체'의 장본인이다. 치
욕과 육체적 고통의 힘겨움을 시인은 춤추는 여자, 즉 무자舞子,마이꼬라
는 이름으로 부른다(실제 일본인들이 지어준 이름이기도 하다). 일본 군

인들에게 유린당하는 장면은 무자가 춤을 추는 모습으로 환치되면서 역설적 비극을 묘파한다. 헌병대에 잡혀가 군대에 인계된 이후 무자는 "방마다 이름과 번호가 붙어 있"는 좁은 방에서 "옷이 발가벗겨"진다. 시인은 "춤추어라 마이코야, 죽음보다 깊은, 내 나이 열네 살……"이라고 노래한다. "징용 끌려온 조선인 군인들이 아스피린 같은 걸 얻어주"면 약을 먹으며 고통을 참고 "606호 주사, 애 못 낳는 주사"를 맞으면서 고통을 견딘다. "사타구니 양쪽이 터져 피고름이 흘렀"고 "군의관이 와 터진 것 닦아내고 가제를 붙여두"기도 했다. 이 끔찍한 여성 몸의 유린 속에서 "치욕을 견딘 살점들"이 춤을 추는 넋처럼 흐른다. 말줄임표의 슬픈 호흡처럼, 무당의 주술처럼 흘러나온다. 넋을 위로하는 진혼곡처럼 피고름 흘리며 춤추는 열네 살 소녀 무자에 대한 이야기. 무가적 리듬으로 살려낸 여성 고난사의 재현은 또 다른 방식의 디아스포라의 재난사이며 사회적 상상력의 시적 재현이라 할 수 있다.

2000년대 중반 이후 현대시는 대중문화의 환각이 시적 매재로 섞이고 유희적 기표로 세상을 희화화하는 시도들이 지속된다. 동시에 현금의 한국시는 자본현실과 국경을 넘나들며 전 지구의 공간과 시간을 배회한다. 역사의 회고(김정한 『하노이―서울』, 구도(최승호 『고비사막』), 치욕의 역사와 개인 삶의 흔적(김선우 『내 몸속에 잠든 이 누구신가』)이라는 다양한 형태로 전 지구 역사적 국경을 넘어서고 있다. 자본의 권력이 세계화라는 이름으로 파시즘적 전횡을 펼치는 이때, 한국시는 성과 자본, 역사와 현재 안에서 다시 한번 공동체의 이름을 불러본다. 어쩌면 그것은 스크린 속 시뮬라크르가 아닌 실제 역사와 국경 위에 벌거벗은 삶의 모습을 일깨우고자 하는지도 모른다.

기괴하고 새로운 어휘 사전
— 황병승의 시

1. 새로운 어휘 사전의 기괴함

황병승의 시가 주는 곤혹과 기괴함을 무엇이라 말해야 하는 가. 힙합 소년 j가 달콤한 구석방에서 창녀 셋과 뒤엉킨 채 숯불구이가 되어 있다. 이소룡 청년이 차력사 아버지를 때려 눕힌 뒤 늙은 남자의 항문에 쌍절곤을 쑤셔 박는다. 저팔계 여자가 순돈육 자지를 달고 불 속을 걸어간다(「에로틱파괴어린빌리지의 겨울」). 그로테스크한 성적 도착과 폭력과 과장된 반역의 몸짓을 시도한다. 제도적 가족적 서열과 규범을 조롱하고 퍼붓는 불온한 야유들. 멋진 옷에다 오줌줄기를 쏘아올리고 있는 저 구토의 자국들. 황병승 시는 거북하게 일그러져 있고 성적 불쾌 감을 자극한다. 성적 계급을 교란하고 순열을 탕진하고 있다. 기호들은 파편적으로 흩어져 있어 이미지들은 간신히 연결되다 다시 끊어진다. 장면들은 겹쳐지다 파열되고 파열 속에서 생성되려 한다. 시적 주체는 끝없이 의미와 현실의 투명한 관계를 뒤집으면서 정체성 위기의 병을 앓고 있다. 오히려 지배 통념을 해체하고 무한히 개작되는 그 '과정' 속에서만 확인되는 정체성이다. 황병승 시는 예술의 고정성에 대하여 과정을, 통일성에 대한 분열을, 연계에 대한 충돌의 승리를, 기의에 대한 기표의 승리를 말해주는 논쟁적인 입장을 수반한다. 텍스트의 '전체성'을 '균열'과 '모순'의 가치로 대체하려는 급진적 콜라주 미학의 실천은 하위문화적 지저분한 모든 것, 상징적 대상물의 집단적 상황들을 단절과 교란의 극대치로 나아가고자 하는 것이다.

이를테면 황병승 시가 보여주는 전위적 요소들, 기표의 수준에서 텍스트 안에서 이루어지는 저항적 인식과 작동은 분명 모든 권위적 해석에 도전하고 있다.

> 불—무당집, 죽은 할머니가 지저분한 손으로 자꾸만 권하는 약과
>
> 꽃—타오는 이마, 할머니가 준 약과를 먹고 항문에 수북이 난 털
>
> 새—싫증난 애인의 입술, 처음 하는 질문의 얼룩
>
> —「똥색 혹은 쥐색」 중에서

새로운 어휘사전을 만들어가듯 시인은 시어 감각의 새로운 이정표와 환유적 연쇄적 연상고리를 이어간다. "불"이 "무당집", 죽은 할머니가 지저분한 손으로 자꾸만 권하는 "약과"로 연결되는 것은 불이 가지는 시각적 화인 자국과 유년의 장소, 시간의 문제를 연상시킨다. 지배 기성문화에 저항하는 복수적 사고의 만개라 할 수 있다. 불, 꽃, 새와 각각 연결되는 이질적인 기표들은 서로 조합되고 미끌어지면서 방향적 감각을

잃어버린다. "새—싫증난 애인의 입술, 처음 하는 질문의 얼룩", "구름-불거진 문장文章, 한편 굿을 마치고 벗어던진 겹버선" 상상력은 미끌어진다. 유희를 즐기며 무한한 상상의 영역을 허용한다.

황병승의 시가 범람하는 연쇄적 연상과 상상적 감각의 논리를 궁극적 시적 해방의 요소로 삼는다면 어떤 점에서 그의 시를 담론적 구속 안에 이론화하거나 해석하려는 모든 시도들은 무모하다. 담론화란 이론의 유기적 관계를 지향하며 범주화와 개념화, 동일화의 논리를 구현할 뿐이다. 황병승의 시는 시적 해석의 잣대를 배제한 채 온전히 고스란히 남겨두는 것으로 스스로의 정치적 탈계급적 자유로운 시적 개성을 완성시킬 수 있을 지도 모른다. 그럼에도 황병승 시가 가지는 시어와 감각이 보여주는 불길한 환각과 지배문화에 대한 공공연한 의도적 조롱은 새로운 세기, 새로운 시적 감수성으로서 또다른 해독을 기다리고 있는지 모른다.

2. 정신분열적 저항, 새 이모티콘의 발견

황병승 시의 시적 주체들은 정신분열증적 상상으로 무수하게 갈라지는 혀처럼 불타오른다. 시인은 스스로 자신의 타자성과 기이한 지향을 선언하는 셈이다.

호주머니를 잃어서 오늘 밤은 모두 슬프다
광장으로 이어지는 계단은 모두 서른두 개
나는 나의 아름다운 두 귀를 어디에 두었나
유리병 속에 갇힌 말벌의 리듬으로 입 맞추던 시간들을.

오른손이 왼쪽 겨드랑이를 긁는다 애정도 없이
계단 속에 닫힌 시체는 모두 서른두 구
나는 나의 뾰족한 두 손을 어디에 두었나
호수를 들어오리던 뿔의 날들이여.
새엄마가 죽어서 오늘 밤은 모두 슬프다
밤의 늙은 여왕은 부드러움을 잃고
호위하던 별들의 목이 떨어진다
검은 바지의 밤이다
폭언이 광장의 나무들을 흔들고
퉤퉤퉤 분수가 검붉은 피를 뱉어내는데
나는 나의 질긴 자궁을 어디에 두었나
광장의 시체들을 깨우며
새엄마를 낳던 시끄러운 밤이여.

— 「검은 바지의 밤」 중에서

　황병승 시에서 신체 부위는 각각의 주관적 주체로 분해되고 해체된
다. 호주머니는 당당하게 검은 바지를 헤치고 도망가 버렸다. 나의 아름
다운 두 귀는 어딘가에 숨어 있고 나의 뾰족한 두 손도 어딘가로 사라졌
고 새엄마는 죽었다. 신체와 옷가지의 몇몇들은 갈갈이 찢어지고 흩어
지고 사라졌고 계단 속에 서른두 구의 시체만이 갇혀 있다. 나는 나의 새
엄마를 낳던 나의 질긴 자궁을 어디에 두었는지 모른다. 새엄마를 낳던
밤이 시끄럽게 울고 있다.
　연계적 계기성으로 시를 독해해 가는 방식은 무효하다. 황병승 시는
여전히 비밀스러운 대상들을 증식시키며 건전치 못한 함의들로, 초현실
적 환상으로 광장을 메운다. 환상은 고통스럽고 괴물스럽고 부자연스럽

다. 이 우연성의 결합은 시적 연상의 이음새들을 부드럽게 하지 못하고 둔탁하게 한다. 이물질들의 무딘 경계를 서로 부딪치도록 의도화한다. '호주머니—계단—두 귀—오른손과 왼쪽 겨드랑이—신체—두 손— 뿔—여왕—별—검은 바지—나무—분수—나의 자궁—광장의 시체—새 엄마' 시의 각 행마다 새로운 시적 주체들이 시적 대상들로 등장한다. 불 안정하기 짝이 없는 시적 대상들의 결합과 연결 속에서, 통합되지 않는 저 불길한 환각의 개념들 속에서 시인은 불안한 정신분열적 우울증을 앓고 있는지도 모른다. 시적 화자의 질긴 자궁과 그 자궁으로 낳은 새엄 마. 새엄마가 죽은 오늘 밤, 검은 바지의 밤, 검붉은 피의 분수. 원색적 무의식의 꿈 이미지와 억압된 욕망의 정신분열적 표출이 암시된다. 정 신분석적으로 '언캐니', 즉 억압에 의해 낯설게 된 익숙한 현상이 회귀 하는 현상이다. 황병승의 시는 성적, 생식적, 유년적 무의식의 순간들을 낯설게 호명하고 있다는 점인데 그것은 어떤 실재와 꿈의 세계를 잇는 듯한 초현실주의 텍스트와 이미지의 동굴을 탐사하는 듯한 풍경을 던져 준다.

노랑 안에서 새빨간 뱀 한 마리가 나의 침대를 차지하고

파랑 속에는 막 불타오르는 꽃나무들

새들은 빨강 안에서 건성으로 노래하다

검정 속에는 복면을 한 아버지가 누이의 스커트를 입은 채 잠이 들고

초록 안의 어둠 속에서 늙은 개와 비밀을 한 가지씩 털어놓을 때

노랑 속의 나의 눈은 멀고

파랑 안의 장미는 녹고

때를 기다리면 시간은 순간처럼 지나가지

―「겨울_홀로그램」 중에서

노랑과 파랑, 빨강과 검정, 초록과 또다시 노랑, 파랑, 원색적 감각의 상상이 정서불안정한 정신분열적 공간을 살려낸다. 겨울의 '신비한 형이상학적 회화'가 살아나는 순간이다. 설명할 수 없는 삶의 기이한 우울과 음울함과 무의식적 억압이 죄의식과 근친상간과 두려움의 이미지들로 솟아난다. 노랑 안에 새빨간 뱀 한 마리, 나의 침대, 파랑 속의 꽃나무, 빨강안에서 노래하는 새, 검정 복면의 아버지, 초록의 어둠과 늙은 개······. 시인은 겨울이 주는 시간의 때, 황량함 속에서 불안한 시간이 무수하게 흘러가는 이상하고도 기이한 계절에 대하여 백일몽같은 초현실주의의 그림을 준비한다. 정신분열적 불안증에 대한 시인의 징후는 시에서 무수하게 나오는 아버지 처벌 환상, 모성 충만성에 대한 환상, 자궁과 잉태, 죽음에 대한 공포 등으로 발작한다.

"북향이던 집이 남향이 되고/더워 못 살겠네 무덤 속에나 있어야 할 아빠가/흙발을 탈탈 털며 이 방 저 방 들락거리고/엄마 옷을 꺼내 입은 친할머니가 내 등을 토닥이며/독 안에라도 들어가야지 죽는 것보단 낫잖니/빼빼 마른 배를 쓸며 나는 울긋불긋 입덧을 한다/살아야지요"(황병승「존재의 세 가지 얼룩말」) 죽은 자와 산 자 사이의 넘나듦, 늙음과 젊음의 넘나듦, 남자와 여자의 넘나듦, 시공간 장소의 갑작스런 교체. 안정된 존재 규범 질서 체제를 뒤섞고 엉기게 한다. 황병승 시가 분절시키고 교란시키는 것들은 결국 지배적 의미들에 대한 분열이며 텍스트란 '완결된 구조물' 이라는 전체성에 대한 파괴라 할 수 있는 것이다. 황병승 시가 벌이는 난장질과 작란作亂은 궁극적으로 리얼리즘 미학의 토대인 재현적 현실을 파괴한다. 그것은 오히려 불가해한 현실과 존재에 대한 역상으로서의 미메시스일 수도 있는 것. 백일몽적 몽상과 불길한 환각들은 불안하고 기괴한 존재의 마음풍경, 새로운 이모티콘의 탄생이라 할 수 있다.

3. 트랜스 젠더, 성 도착자의 허밍

황병승 시에서 주체는 성적 일탈을 즐기면서 존재의 정체성을 열어놓는다.

> 친구에게, 라고 적어봅니다
> 비 내리는 오후 유리창이 침을 흘려댑니다 배가 고파서
> 사실 가정을 갖는 일에는 늘 실패합니다
> 책임감은 언제나 그림자의 발뒤꿈치로 달아나고
> 하루는 그림자와 손을 맞대고 다짐합니다 서로에게 본보기가 되자고
>
> (중략)
>
> 종이 위에 친구에게, 라고 적습니다
> 친구여 자네를 누나라 불러도 좋을까, 꾸욱 눌러쓰며 말이죠
> 매형, 세상에는 참 불쌍한 놈들이 많습니다.

시적 화자는 처남이라는 남성이 되었다가 남자친구에게 '누나' 라고 부르고 싶다고 말한다. 성의 교환과 교차의 방식은 사회적 가족제도에 대한 궁극적 파기를 지향한다. "사실 가정을 갖는 일에는 늘 실패" 하는 저 "불쌍한 처남의 세계" 는 남자 동성친구를 '누나' 라 부르고 싶어하는 트랜스젠더의 정체성 파기를 의미한다. 자기동일성 파괴의 과정, 이성애 중심의 가족제도에 대한 완벽한 거부를 책략화한다. 불쌍한 처남들은 매형을 친구라고 불렀다 누나라고 불렀다 매형이라 불렀다 한다. 처남들은 세상에 붙박지 못하는 어긋난 정체성, 비틀거리는 주체의 모순에 경사되어 있다. 부르주아 가족제도, 이성애적 가족중심주의, 젠더적 성정체성의 결정을 의도적으로 휘저어놓는다.

'나' 는 탄생의 그 현장부터가 강압적 이성애주의에 의해 태어났기에 '나' 의 엄마는 대개 '새엄마' 이다. 나는 '새엄마' 의 발소리를 무서워하면서 가족끼리의 식사를 피하고 가족들의 모임을 의도적으로 회피한다. 가족은 '나' 를 제도화된 '정체성' 으로 덧씌워 나를 잡아먹으려는 괴물이며 또다른 이성애적 가족제도를 생산해 나를 저 "불쌍한 처남들의 세계"(돈 벌어오고 가족을 먹여 살려야 하는 가장)로 집어넣으려는 억압기제의 근거다. 주체와 정체성 이탈은 가족관계에 대한 철저한 조롱에서 시작한다.

리타 아침 먹어라 리타 배도 안 고프니 리타! 리타!
새엄마의 발소리가 사라진 뒤에야, 나는 도어 록을 풀고 식당으로 내려가죠
대개 가족들이 식사를 마치고 난 후에 혼자서 밥을 먹는데

어떤 날, 내가 미처 모르는 무슨무슨 기념일이나 축하연 자리에
언니 형부 이모 나부랭이들이 식당을 꽉 메워버린 날,
맙소사! 그런 날은 마치
새엄마가 나를 똥구덩이에 처넣은 듯한 기분이 들곤 했죠
그 피할 수 없는 함정,
처음엔 입을 다물었어요
다음에 용기를 내어 옆사람의 수프를 떠먹었고
그 다음엔 이모부에게 이렇게 말했죠
내 꺼 볼래?

— 「리타의 습관」 중에서

    가족의 식탁에는 온 가족이 모여있다. 가족이라는 이름으로 모두 즐거워하고 행복해하며(?) 식사를 하는 시간, '나'는 가장 곤혹스럽게 똥구덩이에 처박히는 기분이 드는 것이다. 화자는 무례하게도 남의 수프를 떠먹으며 식사예절을 망치고 극단적으로 이모부에게 자신의 성기를 보여주려고까지 한다. 가족은 무슨무슨 기념일이라는 이름으로 모두 모여있고 역겨울만큼의 다정한 이야깃거리를 의례적으로 주고받아야 한다. 가족제도의 의무와 의례적 예의와 책임으로서의 사랑은 현대성의 가장 악의적이고 강제적인 규범이라는 사실. 하여 아버지가 네 발로 걷기 시작하고 어머니가 망할 놈의 영감탱이라고 말하며 엽총을 가지러 간다. '나'는 그 사이 꿈틀거리는 핏덩이를 자궁 밖으로 밀어내고 아이는 울지 않고 무서운 속도로 걸어다니며 사방에 피칠을 한다. 어머니는 기다란 꼬리를 끌며 도망가는 겁에 질린 아버지를 죽이겠다고 엽총을 들고 따라다니고 아이는 더벅머리 스무 살이 되어 나의 머리통을 겨누고 있다 (「벤치 스텝핑bench Stepping」). 황병승의 가족은 극단적 악몽 서

사이고 주체억압의 실체이다.

하여 시인은 동성애자, 트랜스 젠더의 삶을 표면으로 형상화하는 것으로 이성애중심주의 폭력적 서열화와 강제를 비웃고자 한다.

열두 살, 그때 이미 나는 남성을 찢고 나온 위대한 여성
미래를 점치기 위해 쥐의 습성을 지닌 또래의 사내아이들에게
날마다 보내던 연애편지들

(다시 꼬리가 자라고 그대의 머리칼을 만질 수 있을 때까지 나는 약속하지 않으련다 진실을 말하려고 할수록 나의 거짓은 점점 더 강렬해지고)

(중략)

미래를 잊지 않기 위해 나는 골방의 악취를 견딘다
화장을 하고 지우고 치마를 입고 브래지어를 푸는 사이
조금씩 헛배가 부르고 입덧을 하며

도마뱀은 쓴다
찢고 또 쓴다

포옹을 할 때마다 나의 등 뒤로 무섭게 달아나는 그대의 시선!

그대여 나에게도 자궁이 있다 그게 잘못인가
어찌하여 그대는 아직도 나의 이름을 의심하는가
시코쿠, 시코쿠,

이름은 제도 현실에 등록된 기표와 정체성의 표징이다. 여장 남자 시코쿠는 진실을 가린 채 사랑을 한다. 여장남자의 진실이 밝혀지는 순간 그대는 "나"를 무섭게 달아날지도 모른다. 아니 위장 여장 순간의 거짓의 현실이 오히려 강렬한 사랑의 진실을 담보한다. 신체적 비밀과 진실의 발각(?)이 사랑의 진실과 일치하는 것은 아니기에 신체(자궁)와 마음의 진실은 언제나 어긋나면서 미끌어진다. 자신을 위장(여장)하는 것으로 사랑을 얻는다면 "나"는 끝없이 나의 "그림자"와 악수하며 개운치 않은 좌변기에 앉아 지독한 냄새를 풍길 수밖에 없을 것이다. 어긋나고 맞지 않은 정체성, 정체성의 내파內破는 주체의 파편화를 향해 번져간다. 도망가는 도마뱀처럼 자신의 꼬리를 자르고 몸을 형성하고 다시 끊고 도망가는 끝없이 탈주하는 정체성이다. 도마뱀은 쓰고 다시 찢고 다시 뛰고 날아간다. 동성애자로서의 정체가 탄로나면 도망갈 수밖에 없는 "그대", 하여 "나"는 "그대에게 마지막으로 한번 더 강렬한 거짓"을 말하려 하는 것. 하여 사랑이란 강렬한 거짓이며 진실이 탄로나는 순간 달아나는 도마뱀 같은 것이다.

4. 일본 문화 '혼선 주체'와 롤 플레잉 다중 주체

아니다. 황병승의 시를 해독하면 할수록 황병승 시의 함정에 빠지게 되는 것인지도 모른다. 어떤 점에서 황병승 시를 계기적 연속성 속에서 해석해내는 것은 그의 시를 근대의 명백한 계기성으로 회귀하여 재단하는 일에 불과하다. 그의 시를 '불안한 부유' '정신분열증적 분산'으로 남겨두기, '불안증'의 극치 그 자체로 그의 시를 남겨두어야 할지도 모른다. 그의 시는 분명 리얼리즘과 서정 미학에 대한 극단적 반동을 보여준다.

그러나, 그렇다치더라도 그의 시에 등장하는 "시코쿠"는 누구인가. 시코쿠는 사람 이름으로 등장하지만 일본의 4대 섬 중의 하나. 그렇다면 "시코쿠 만자이"(「시코쿠 만자이[漫才]」)는? 시인의 각주에서 보면 만자이는 "일본의 전통 예능. 만담의 한 종류"란다. 황병승 시에서 일본식 이름이 자주 등장하는데 이를테면 이와같다.

> 나 아끼코는 그렇게 하는 것이 나쁘다, 하고 생각하지만
> 그거은 나빠요 싫은 행동이예요, 라고 말하는 순간
> 나 아끼코가 더 나쁜 사람이 되고 마는 건 왜일까
> 그렇다고 침묵을 하면 뭔가 달라질까
> 그래도 역시 나쁜 사람이 되고 만다

시인은 "나 아끼코"라고 명명하는 것으로 "아끼코"로서의 자기 자신의 이름을 또렷하게 명시하려 한다. 즉 시적 화자로서의 "나"는 "아끼꼬"라는 것, 시는 진행되면서도 "나 아끼꼬" "아끼꼬 상! 아끼꼬 상!"을 연이어 연발한다. 이 시가 한국 독자에게 일차적으로 읽힐다는 것을 염두에 둔다면 이 시가 분명 인종적 성적 경계를 잠식하려 한다는 것도 알게 된다. 황병승 시는 한국 현대시에서 모국어, 조선 문화의 반대급부로서 일본 문화, 일본어라는 민족적 아픈 성감대를 건드리고 있다. 그의 시는 인종적 민족적 국가적 의미있는 변경들을 넘어 근원, 동일성, 조화라는 궁극적 서정적 동일성을 극단적으로 파괴한다. 소월의 민요시에서 한국적 전통 서정성을 출발하고자 하는 한국 근대시는 우리말에서 근원

적 향수와 기품을 찾고자 하여 왔다. 전통 서정성이 순수한 '조선어'로서 '모국어', 향토성으로서의 생활과 정서에 심취해온 것도 사실이다. 모든 혼종성과 하이브리드의 강력한 변동의 시대를 살고 있는 것은 사실이지만 여전히 '일본어' '일본문화'를 한국 조선시에 강력한 전조로 들이대는 것은 다면적이고 복합적인 독법을 환기시킨다.

"히데키는 죽을 고비를 여러 차례 넘긴 신사복 모델처럼 호리호리하나 어딘가 공포에 질린 듯한 표정을 지닌 중년의 사내. 노리코를 버리고 리사와 동거 중이며 렌에게 휘파람 부는 법을 배우고 있다//리사는 알래스카 북쪽의 한 통조림 공장에서 십 년 넘게 근무한 경력을 가지고 있다"(「혼다의 오·세계五·世界 살인사건」)

황병승 세대라고 할 수 있는 1970년산産 세대들은 일본 만화, 일본 영화, 일본 게임이라는 대중문화에 거부적인 자의식 없이 노출되어 왔다는 점, 오락이나 소비의 이미지 속에서 그들의 정체성은 민족 이념적으로 형성되었다기보다 자유롭게 선택적으로 복합적으로 형성되어왔다는 것에 주목해 볼 수 있다. 그러나 황병승 시에서 자주 남발되는 일본어 이름과 일본 문화는 그가 일본에 특히 심취한다는 것을 의미한다기보다 미국이나 일본 등 이민족, 이국가들을 동시적으로 동등하게 다양한 파편들로 받아들인다는 사실을 암시한다. 4·19 한글세대를 이어받은 386세대들은 1970년대 청소년기, 박정권 하에서 민족주체성의 시대를 살아왔다는 점에서 '일본어' '일본 문화'에 대한 무의식적 이질감과 알레르기를 느끼는지 모른다. 이때 황병승이 일본 이름(시코쿠, 히데키), 미국식 이름(메리제인, 리사)을 불러보는 것은 무수하게 유동적이고 복합적이며 극적으로 변화하는 롤 플레잉의 다변성, 불안정성을 암시한다. 이와같은 변동은 단일적 남성 주체를 근간으로 하는 강력한 근대에 대한 저항이면서 지배적인 관습과 모럴에 반하는 탈현대적 자아의 모습이다.

이것은 반도덕적이거나 도덕을 위협하는 이미지로 극단적 모호한 주체, 유동 불안한 주체를 극명화하고 있다.

5. 소음, 스타일, 세대

황병승이 보여주는 환상은 황당하고 병적이다. 환상은 주체와 세계와 언어가 만나는 동일성의 지대를 의도적으로 이탈한다. 환상은 고통스럽다. 그러나 기괴한 것들의 우연한 병치들을 우리는 거리의 상점 윈도우에서 얼마든지 볼 수 있을지 모른다. 무수한 혼성성의 하이브리드의 결합은 스스로 창조적 충동의 순수한 표현으로 약호화되곤 한다. 이 혼종과 혼성성의 퓨전 속에서 의미있는 경계들은 모두 해체된다. 해체의 실천적 양식, 양식의 해체화는 1980년대 해체 실험시인들의 실험성과는 분명 변별점을 지닌다. 최근 2000년대 첫 시집을 낸 일련의 시인들, 이장욱, 김행숙, 이민정, 황병승 류의 환각과 모험은 얼핏 주체로의 경사 속에서 주관성 과잉으로 표출될 수 있다. 1980년대 시인들이 폭압적인 현실에 대하여 실어증 속에서 양식 파괴를 보여주었다면, 최근 젊은 세대의 시는 주체 과잉에서 주관성의 과도, 수다스러운 변죽, 장면의 과도한 몽타쥬, 양식 파괴와 파괴적 현실을 보여준다. 가족제도에 대한 조롱과 야유, 괴물적 환각과 장광설, 이와 같은 것은 현대적 불안증의 극치이다. 사이버시대 다중 주체들, 환상 게임과 롤 게임에서의 다중 주체의 변주를 암시한다.

우리가 살아가는 이 세계가 하루아침에도 여러번 옷을 갈아입듯 우리도 매번 주체를 갈아입는 혼종 주체라는 사실. 나는 여기서 혼종이 아니라 '혼선' 이라는 말을 하고 싶다. 즉 이들은 세계 깊숙한 곳에 존재를 닻 내리거나 존재의 의미를 깊고 강하게 견인하려는 것이 아니라 롤플레잉 게임처럼 끝없이 컷(시행)마다 존재이동하면서 새로운 정체성으로 변주하는 삶을 산다. 부유하는 것은 어떤 대립항을 파괴하며 공격하는 것이 아니라 단지 법을 혼선시키는 데 만족을 한다. 즉 혼종으로서의 종種 단위가 아니라 제도와 규범선을 이탈하는 혼선混線의 의미이다.

탈현대적 사회에 있어서 정체성은 소멸된다기보다는 기존의 것과는 다른 새로운 상황에 놓이게 되며 이는 새로운 가능성과 양식, 규범과 형식을 낳는 것으로 보인다. 젊은 세대들의 시는 과잉된 주체, 범람하는 주체, 성도착적 모순과 외래 다문화주의자의 혼선과 혼성의 의미를 지닌다.

그럼에도 몇 가지 남는 문제에 주문해 본다면 우선 극단주의에 심취하고 있는 점을 들 수 있다. 시의 파편성의 현장은 독자를 다시 한번 괴롭히며 독자를 비틀거리고 현기증과 혼란에 빠지게 한다. 하여 젊은 세대들의 시는 지독하게 난해하면서 동시에 너무 난해하지 않다. 이들의 언어 유희적 의미를 단순하게 감각적으로 독자가 즐기기만 한다면, 말과 언어감각에 몸의 리듬을 맞추기만 한다면 시는 난해하지 않을 수 있다. 그렇다 하더라도 결국 근대적 명제, 즉 시라는 근대적 장르가 갖는 역사적 호명, 역사성과 유기적 의미화에 어떤 방식으로 교응하며 대응할 것인가 하는 문제가 남는다.

두 번째 이들 정체성은 유아적 환상과 모험과 롤플레잉을 즐기며 이성적 계몽의 규범을 벗어난다는 점에서 진보적이지만 동시에 퇴행적 요소를 구비한다는 것에 주목할 수 있다. 십대 소녀, 소년 화자가 갖는 기표놀이로의 순수성, 유희성의 조롱과 폭로의 전략은 자신의 세대적 징표를 드러내는 방식이다. 기성세대에 대한 노골적 불만, 불온성의 의미를 지니지만 자신의 관념적 구성이라는 혐의를 갖지 않을 수 없다. 솔직한 육체적 까발림, 성적 노골화 이상의 진보적 의미를 지니지 못한다는 점에서 자칫 소녀 소년 화자들의 자기 유희적 퇴행성을 담보할 수 있다는 점.

세 번째 주체의 과잉과 주관주의의 극치라는 점을 지적할 수 있다. 소음을 내는 것으로 미시정치학이라는 문제틀을 형성했다고는 생각된다. 하위 문화의 미시권력이 육체에 각인되는 방식으로 젊은 세대들은 흔하게 자신들의 성기, 오물, 자궁과 같은 생식기 등을 직접적으로 발설한다. 이것이 직접적인 개성적인 시인만의 육체의 체험화라는 생각보다는 재현 실재가 없어진 현실 속에서 관념적 감각적으로 구성된 일종의 유행적 징후로 남발된다는 점, 하위 문화와 주체의 해체가 미숙한 시인들의 장기처럼 발휘될 수도 있다는 점이다. 억압된 위반과 금기의 언어를 까발리는 것이 새로운 정치학의 실험일 수 있지만 모든 위반이 문화적 생산성을 담보하는 것은 아니다.

황병승 시와 젊은 세대의 시들은 정신의 지독한 긴장상태이거나 정신의 지독한 공허상태이다. 아니면 둘 다일 수 있다. 자기동일성의 원칙을 파기해 가는 방식을 전략화 한 것이지만 그것이 파손된 순환성 안에서 자폐적으로 갇혀 있는 것은 아닌가 하는 의아심이 든다. 이와같은 나의 생각은 결국 동일성의 세계로 끝없이 회귀해가자는 관성적 관습, 보편적 총체성을 지향하는 '내' 세대적 한계인 것인지, 그것은 나로서도 알 수가 없다. 다중적 뒤틀림 자체가 아이러니하게도 펑크적 스타일로서의 자기인식의 방식일 수 있다. 그러나 주체와 세계와 언어가 만나는 교섭의 지점을 새롭게 구축하는 문제에 대하여는 여전히 아직도, 계속해서 문제적인 지점으로 논란과 소음을 일으킬 것은 분명하다.

몸 속의 무덤, 도시의 환각
— 이영주 시집 『108번째 사내』

어쩌면,

이 도시의 부패는 우리의 혈관을 통과한지도 모른다. 탯줄은 인터넷 모니터와 연결되어 기계의 피를 수혈받고 있다. 위장에는 페놀이 출렁이고 허파에는 다이옥신과 황사 바람이 불고 있다. 도시에 도착하면 새로운 인식의 바코드를 입력해야 한다. 이 별에서의 악과 폭력에 길들여져야 한다.

문명이 뿜어내는 광증의 현실은 시인들에게 현대의 열정과 악을 살게한다. 몸에 벌레의 알이 부글대고 있고 푸른 종양은 잘라내도 뻗어간다. 폭력은 이미 내부에서 서식하고 있었으니 어떻게 이 발작적인 몸의 경련을 진정시킬 수 있겠는가. 멈추어 설 수 없음, 점점 더 질주하는 자본과 기술의 끝없는 팽창 속에 우리 몸의 운명이 놓여 있다.

최근 젊은 시인들의 시세계는 황폐화된 문명현실에 대한 새로운 형식의 신경증을 내포한다. 이장욱 시가 느닷없는 이미지의 새로운 겹침 방식을 보여준다면 김행숙 시는 악의적 유희를 실험한다. 황병승이 판타지와 현실적인 것의 만화적 결합을 보여준다면 이병률은 적막한 서사 속에서 삶의 파동을 찾고 있다.

이영주 첫 시집 『108번째 사내』는 삶의 폭력성을 감각적이면서 우화적 상상력으로 그려내는 매우 주목되는 시집이다. 이영주의 시는 도시의 증오가 점진적으로 폭력적 이미지로 변해가는 낯익지만 기괴한 분위기를 즐긴다. 폭력은 몸 안에 서식하고 부화하면서 서서히 순환해갔으니 병적인 광증은 폭력의 이미지로 전이되어갈 뿐이다. 폭력은 상상 속에서 더욱 자라나고 폐허는 이미지 속에서 완성된다. 폭력의 이미지, 이미지의 폭력.

시인은 도시 안에서 자행되는 끔찍한 폭력성을 세심한 묘사와 시적 직관으로 묘파한다. 화단에 쪼그리고 앉아 꽃 속의 벌레 알을 품고 새끼를 까려는 여자의 "희번득"한 웃음(「오후의 풍경」), 거품 게우고 파닥거리면서 "오늘 밤도 이불 둘둘 말고 침을 흘리"고 있는 어머니(「만선」). 늙은 어머니는 치매가 들어 있고 여자는 꽃 속에 벌레 알을 기형적으로 품고 히히득댄다. 이제 아이들은 학교에 가지 않고 "차가운 총구를 핥"거나 날아가버린 머리통을 매일 찾으러 다닌다(「이제 아이들은 학교에 가지 않고」). "부서진 다리로 해골을 툭툭 차는 어린" 아이들은 "당신을 뜯어먹고 있"다(「네크로폴리스 축구단」). 21세기의 새로운 천 년을 기념하기가 무섭게 사막에서는 가공할 전쟁이 벌어지고 아이들은 팔다리를 잃고 무기와 시체를 장난감 삼아 논다. 해골을 툭툭 차면서 죽음의 도시 네크로폴리스에서 축구를 한다. 피할 수 없는 공포의 유희다. 시인은 폭력을 조롱하듯 악의 현실을 리얼리티 쇼처럼 보여준다. 도시에서의 폭력은 익명적이며 그 두려움의 실체가 은폐되어 있기에 더욱 위협적이다. 일몰 속 물탱크 옆 만삭의 고양이가 아랫도리를 찢으며 신음 소리를 내고 피냄새가 열대의 도시를 배회할 때(「일식日蝕」) 이 도시는 더이상 생명을 잉태할 만한 곳이 되지 못한다. 약탈자들의 사막, 피의 방랑지가 될 뿐이다.

> 화면을 켜면
> 내 속으로 들어오는 새로운 피
> 고압전류에 휩싸인 그가
> 긴 담벼락을 지나 질주하네
>
> (중략)
>
> 컬러바 전자기호가 우르르 쏟아지네
> 나는 깊은 곳에 그를 수혈하네 화면을 켜면
>
> 너는 고아다
> 너를 키운 것은 기호였다
>
> — 「나쁜 피」 중에서

도시인을 키우는 것은 전자기호이며 뜨거운 고압전류다. 스크린 화면은 나를 키우는 아버지다. 도시인의 몸 안에 차곡차곡 금속의 비명이 쌓여갈 뿐이다(「일식日蝕」). 현대문명의 삶을 산다는 것부터 사실 폭력적이다. 1990년대 이윤학과 박형준은 도시의 폐허와 소멸을 노래했다. 그러나 이영주 시는 현대문명에 대한 단순한 분출로 그치지 않는다. 시인은 이 폭력적 현실을 파편적이고 분절적 이미지들로 겹쳐놓는다. 파편적 이미지들은 중첩되며 전염된다. 이미지는 이미지를 낳으며 증식한다. 폐허의 극단적 증거들이 '환몽적 이미지' 속에서 시적 분위기를 고조시키고 있다. 이영주는 '이미지의 연출'을 겨냥하고 있다.

> 녹물이 흐르는 계단에서 햇빛이 솟아오른다
> 지느러미를 흔들며 뭉게구름이 공장 지붕을 통과하고
> 반투명의 창문처럼 그가 계단에 앉아 있다
> 죽은 날벌레들이 달라붙은 얼굴
> 내가 탄 지하철은 그의 목을 가르며 지나간다
> 그는 검다
>
> 블록마다 늘어선 공장 쪽문 계단에는
> 눈이 깊고 검은 남자들이 앉아 있다
> 지난 밤, 무수하게 잘린 손가락이
> 공중에서 떨어진다
> 옛집의 기억을 더듬으며
> 계단 위로 기어가는 손가락
>
> ─「밀입국자」중에서

1980년대 박노해의 「손무덤」은 어떻게 변화해 갔는가. 1970년대 백낙청은 시민문학론과 민중문학론을 전개하면서 제3세계문학을 개념화하고자 했다. 이제 공장 노동자는 제3세계 밀입국자들로 채워지게 되었으니 상전벽해가 따로 없다.

한국의 공장 노동자는 검고 낯선 얼굴을 하고 있다. 그들은 검은 햇빛 속에 앉아 있다. 지하철이 지나가는 개찰구 계단에 앉아 있는 검은 남자들, "죽은 날벌레가 달라붙은"듯하다. 프레스 기계에 잘려진 손가락은 더이상 흙 속에 묻혀 손무덤을 만들지 않는다. 잘린 손가락은 환각처럼 옛집의 기억을 더듬듯 안양역 가는 그 길 위에, 지하철 계단에, 그 공중에 떨어져 있다. 지난 밤에 잘린 무수한 손가락은 벌레처럼 계단을 기어오르고 예민한 촉수처럼 내 얼굴을 더듬는다. 지하철을 타고 안양역을 지나는 "나"는 이렇게 남자들의 검은 얼굴과 꾸물거리는 손가락과 조우한다. 신체는 검게 타들어가고 목은 썩어가고 지하철은 칼날같이 그들의 목을 가르며 지나간다. 퀘퀘한 지하철 역은 검고 음침한 몽상들로 가득찬다.

시인은 침침한 도시의 어두운 내장 안을 몇 개의 풍경으로 겹쳐놓는다. 지하철이 지나가고 공장 기계음이 흘러들고 잘려진 손가락과 토막난 햇빛이 이미지의 병치처럼 나열된다. '환몽적인 그로테스크함'이다. 치명적인 리얼리티의 연출을 보여주는 듯하다. 폭력적인 현실은 이미지의 폭력으로 진화해 간다.

여자는 오랫동안 형광등 아래서 타이핑을 했어요

부글거리는 형광등의 알들로 여자의 배가 부풀고

마른 어깨에 이빨을 박는 밤은 끝나지 않아요

여자는 낙타처럼 등을 말고 창가에서 몸을 날리는데요
— 「오피스 걸」 중에서

오피스 걸은 "밤마다 사무실 의자에 앉아 딱딱한 어깨를 뜯어 먹"는다. 형광등은 "슝슝" 하루 종일 꺼지지 않고 "여자의 휑한 내장을 핥고"

있다. 형광등의 날카로운 빛은 여자의 뱃속으로 들어가 알을 부화한다. 여자는 등을 말아 낙타처럼 창가에서 몸을 날린다. 사무실의 환한 형광등은 밤에도 꺼지지 않고 계속되는 '낮'의 불빛이며 '이성'의 감시다. 형광등은 날카로운 송곳처럼 여성의 신체 모든 구석구석을 찌른다. 아니 형광등의 신경증적인 하얀 빛은 흡혈귀의 이빨처럼 오피스 걸의 피를 빤다. 모든 범죄는 환한 곳에서 일어나고 모든 우발적 행위들은 밝은 빛 가운데서 자행된다. 일체의 폭력은 명백하다. 그러나 시인은 우화적으로 이야기하고 있다. 여자의 뱃속이 기계의 알들로 부글거린다고 말한다. 여자가 "등을 말고 몸을 날리는데요"라고 장난기 있게 말한다. 컴퓨터 화면에 지친 여자의 눈빛을 "난간에서 빙글빙글"도는 "바람의 동공"이라고 유희처럼 말한다. 도시의 폭력은 조롱과 우화처럼, 일종의 연극처럼 진행되기 때문이다.

　도시문명은 무엇보다 남성성을 흡혈해 왔다. 문명은 남성의 근대적 노동력을 물적 기반으로 하면서 남성을 소모적 객체로 만든다. 이영주 시에서 사내는 점점 작아가는 몸으로 깊게 고개를 숙이고 있거나(「터널을 지나며」), 배관공처럼 바닥에 엎드려 지하방에 살고 있다 (「그녀가 사랑한 배관공」). 아버지는 "솟구치는 자라의 붉은 피"를 뒤집어쓰고 "방 안으로 들어와 등을 구부리고 앉아" 있다. 아버지는 연못처럼 깊어져, 앉은 자리에 검은 못물이 고이기 시작한다. 아버지는 몸의 핏줄을 풀어 연못물을 메우면서 썩어가는 아버지다(「아버지의 작업」). 혹은 담에 기대 담배를 피우다 벽에 박혀 재와 같이 된 아버지다(「어떤 통증」). 아버지는 서서히 사라져가고 매립되어야 할 아버지다. "못을 메워라, 얼른!/마당에 쌓은 흙을 져 나르는 어머니의/야윈 등이 딱딱해져 갔다" (「아버지의 작업」). 장정일이 말하는 '신버지'로서 가부장적 압제자의 모습이라기보다 치명적으로 고갈되고 손상된 불모로서의 아버지다. 오이디프스적 거세에 시달리는 문명 속에서 사생아는 아버지 없이 스스로 자신의 메마른 우물을 파야만 한다.

결국 황폐해진 '남성성'은 자신의 내부에서 우물같은 여성을 찾아간다. 오랫동안 스스로 내부에서 상징적으로 살해해 왔던 여성성으로의 귀환이 그것이다.

> 사내의 꼬리가 사라진다 골목 끝에서 불어오는 모래 바람 이 여관 4층 창문에는 가느다란 빗금이 그어져 있다 어딘가로 사라진 꼬리를 찾느라 길게 늘어난 사내의 팔 어지러운 모래를 헤치며 빗금에 가 닿는다 창문 속 잘게 찢어진 살을 만지며 전율하는 사내 네 몸을 몇 번이나 넘어야 찾을 수 있니 초원으로 가는 마지막 부장품 난 집으로 가야 해 울먹이는 사내의 팔이 쏨벅쏨벅한 모래 무덤들을 헤집는다 창문처럼 납작해진 여자가 등을 돌리고 쿨럭거린다 4층은 너무 높아요 이곳을 거쳐간 사내들의 꼬리는 모두 녹아버렸어요 그들은 모두 집을 잃고 이 방으로 숨어들어요 모두 이곳에 번뇌를 두고 사라져요 빗금이 가득한 여자의 얼굴이 허공에 둥둥 떠서 방안을 들여다본다 108번째 사내는 창문 속으로 손을 넣는다 골목을 떠돌던 바람이 여자의 길게 휜 척추를 쓸어내며 전생을 부른다 먼 곳에서 사막의 회오리가 서서히 여관으로 몰려온다
>
> ─ 「108번째 사내」 중에서

남성의 지배와 약탈은 여성 육체만을 식민지화한 것이 아니다. 스스로의 주체적 삶을 훼손하였으니 그들은 스스로 말라버린 우물을 품에 안고 사막을 키워낸 것이다. 사내의 몸 속에는 사막의 심연이 입을 벌리고 있다. 사내의 모래눈물이 벽을 타고 스르르 흘러내린다. "비릿한 피 냄새가 퍼진다". 사내는 사막의 고독한 도마뱀처럼 여자의 몸을 넘는다.

사내는 모래 무덤을 헤치면서 여자의 몸 속에서 초원으로 가는 길을 찾고 싶어 울먹인다.

우리가 익히 알고 있지만 오랫동안 여성 몸은 남성중심주의자들에 의해 억압되고 약탈당해 왔다. "108번째 사내는 창문 속으로 손을 넣는다 골목을 떠돌던 바람이 여자의 길게 휜 척추를 쓸어내며 전생을 부른다". 창문 속으로 손을 넣는 행위나 여자의 척추를 쓸어내리는 행위는 성행위를 상징한다. 그러나 시인은 오히려 "내 몸을 빌려줄게"(「내 몸을 빌려줄게」)라고 노래하면서 몸의 문을 연다. 여성의 몸이 열리자 전생의 바람이 불어온다. 문명과 권력의 행사가 오직 키워낸 것은 살얼음 같은 불안감과 두려움뿐. 사내는 헐떡이는 숨소리를 내뱉으며 여자의 몸을 통해 이생의 고달픔을 넘고자 한다.

이 기묘하게 쓸쓸하고 적막한 섹스는 도시에서 상처입고 위축된 남성이 위로받을 곳은 따뜻한 육체로서 여성뿐이라는 것을 보여주는 듯하다. 그럼에도 사막의 도마뱀이 꼬리를 잘라버리고 도망가듯 사내는 여자의 몸 속에 "빗금"만 긋고 달아난다. 그것도 "108번째 빗금"을. 여자의 몸에는 또다시 남성의 칼날진 꼬리에 의해 108번째 상처의 현실이 그려진다. 여성 몸은 남성에 의해 그려지는 여백이며 자기 영토 확인의 점령지가 된다(빗금은 경계를 의미한다).

그러나 불교적 용어에서 "108"이라는 숫자의 함축적 의미를 상기해보자. 여성의 몸에 그려지는 상처와 사내들의 흔적은 현세에서의 수많은 번뇌와 갈등을 내포하지만 108번뇌는 궁극적으로 평온한 열반의 경지에 다다르기 위한 수많은 번민의 통과를 의미하기도 한다. 모든 괴로움의 근본들, 마음의 성냄과 탐욕들, 108번뇌. 108번째 사내를 통해 여자는 진토인 이 땅에서의 괴로움을 넘어 깨달음(悟)의 경지로 나아간다. 수없이 많은 동물의 꼬리(남성 성기의 상징)가 여성의 몸을 혹사하고 질곡 속에서 지치게 한다. 여성은 오히려 자신의 몸을 남성에게 끊임없이 내어줌으로써 번뇌의 깨달음을 찾는다. 남성이 여성의 등을 넘어갈 때마다 여성은 스스로 자신을 정화한다. 108번째의 사내는 결국 여성 몸의 108번째의 탈피脫皮 과정을 암시한다. 자기 방기로서의 '존재 허여許與'다.

하여 여성 몸은 가장 세속적인 곳에서 가장 숭고하고 성스러운 장소가 된다. 중생의 탐욕을 정화하고 구제하는 신성한 터전이 된다. 여성 몸은 약탈의 대상에서 오히려 길고 수많은 번뇌를 통해 생을 불러오는 시원지가 된다. 거대한 수동성이 자신을 삼킨 타자를 삼투하며 번뇌를 넘어서는 일종의 관문이었던 셈이다. 타자에게 몸이 먹히면서 완전한 자기 소진을 겪고 완벽한 '자기 탕진'을 이룩하는 것, 숭고한 자아에 이르는 길이다. 번뇌가 근본적으로 자신에 대한 집착으로 일어나는 마음의 갈등이라 할 때 108번째 사내를 통해 여성은 짙은 존재의 휘발, 증발을 경험하게 되는 것이다.

존재 휘발이 가능한 것에는 그 연원이 있다. 여성의 자아에는 많은 구멍이 나 있기 때문이다. 여성은 모성과 관능, 성스러움과 금기, 희생과 타락을 동시적으로 내포하면서 무수한 존재의 갈라짐을 경험한다. 육체의 억압 안에 금기의 경계선을 위협하는 무수한 열정이 내포되어 있다. 여성은 구멍으로 생명을 낳고 다시 죽음을 흡수한다. 폭력의 현장이면서 희생과 생명의 전장戰場이다.

도덕적 반항과 열정이 실려 있는 여성 몸은 자기 집착의 번뇌를 넘어서게 하는 구도와 수행의 전장이었으니 108번째 사내는 여성 육체의 감응력을 통해 저 환몽의 현실을 산다. 여성의 몸은 전생을 열어 보이고 미래를 열어 보이면서 현재의 모래사막을 건너게 한다. 시인은 무수한 남성의 몸을 견뎌온 여성의 남루한 몸 안에서 무덤과 전생과 사막의 바람을 지켜본다. 그러면서 다시 힘겹게 108번뇌를 통과하는 관문으로서 여성 몸을 쓸어내린다.

이영주 시인의 첫 시집 『108번째 사내』는 그로테스크한 이미지의 유희와 우화적 상상력으로 현실의 음화를 그리고 있다. 이미지들의 겹침은 기이한 환몽의 현실이기에 오히려 지독한 리얼리티를 풍긴다. 배수관에서 박쥐의 날갯짓 소리를 듣는다거나 바람이 가득 찬 방 안을 죽은 물고기 떼가 가득한 만선의 풍경으로 환치시킨다. 그러나 그 모든 삶의 지리멸렬한 남루와 황폐는 108번뇌를 통과하여 나아가는 몸의 무수한 영겁의 과정이었으니 시인은 여성의 몸을 빌려 현실의 죽음과 환몽적 탈피의 몸을 동시적으로 꿈꾸고 있었던 것이다.

하여 이영주의 시를 읽는 독자들은 존재가 유령처럼 들락거리는 자기 탕진, 자기 허여의 몸을 감지할 수 있다. '무덤이 열려 있는 나의 몸' '몸을 넘어서는 환몽의 기괴한 상상력' 이다. 다만,

이영주의 시적 단초처럼 서성이는 김혜순, 남진우, 김선우 시의 그림자에서 시인이 어떤 방식으로 상상력의 착란들을 개성적으로 일구어 갈 것인가가 다음의 과제로 남을 것이다.

검은 환영이라는 시적 현실

— 유형진 시집 『피터래빗 저격사건』

기억의 고통이, 고통의 기억이 나를 찾아온다면 나는 어떻게 할 것인가. 어찌보면 문학은 모두 '애도의 형식'이다. 애도groan. 세상에서 버림받은 육체는 자신의 신원身元을 되찾기 위해 우리를 방문한다. 잘못 매장된 죽음에 대하여, 오해되어진 현실에 대하여, 부재하는 사랑에 대하여. 사랑이 떠나가고 난 자리에는 기억이 서식하며 자라날 뿐이다. 기억은 이야기함으로써 이야기를 욕망함으로써 고통을 견딘다. 애도는 고통을 길들이고 고통의 극치에서 스스로를 소진시켜 저 카타르시스의 세례를 받고자 한다. 그런 점에서 문학 독자는 애도의 현장에 호명된 관객들이다. 문학은 애도하고 애도함으로써 애도의 의식儀式을 문학적 운명으로 완성시키고자 한다.

사실 글쓰기는 기억을 추도하고자 한다. 문학은 기억을 완성시키고자 한다. 기억의 현실 속에 있던 서사를 가지고 와 지금의 현재 속에서 춤추게 하는 것. 이것이 이미지가 펼치는 고독의 춤이다. 기억이 격렬한 소음을 내며 스스로 자진할 때까지 육체 스스로가 말을 하지 않게 될 때까지.

유형진 시가 일종의 지독한 실연의 시로 읽히는 것은 그의 시가 애도의 형식을 담고 있기 때문이다.

식탁 위에 싹이 자란 감자 하나. 옆에는 오래전 흘린 알 수 없는 국물 눈물처럼 말라 있다 멍든 무릎 같은 감자는 가장 얽은 눈에서부터 싹이 자란다 싹은 보라색 뿔이 되어 빈방에 상처를 낸다

어느 날 내 머릿속 얽은 눈이 저렇게 싹을 틔운다면? 감자에 싹이 나서 잎이 나서, 보자기는 가위를 가위는 바위를 바위는 보자기를 이기지 못하지 숨바꼭질 술래를 정하면서 아이들은 삶의 부조리를 배운다 무궁화 꽃이 아무리 피어도 술래는 움직이지 못한다 얼마나 오래된 것들을 저장해야 저렇게 동그래질까? 추억은 때로 독이 되어서 요리할 때는 반드시 잘라 내야 한다 싹이 틀 때 감자는 얼마나 아플까 감자에 싹이 나서 잎이 나서,

— 「감자에 싹이 나서 잎이 나서,」 전문

감자는 오랫동안 동그랗게 자신의 몸을 말고 있다. 추억을 이기지 못해 잎을 피운다. 시인은 추억이 때로 독이 되어서 요리할 때는 반드시 잘라 내야 한다고 말한다. 사랑의 상처에 중독이 되면 신체의 어느 부분을 도려내야 할지도 모른다. 아니 오히려 그 상처의 독이 온 몸에 퍼져 싹이 나고 잎이 난다. 시인은 "내 머리속 얽은 눈이 저렇게 싹을 틔운다면?" 이라고 나직히 중얼거려본다. 시인은, 보자기는 가위를 가위는 바위를 바위는 보자기를 이기지 못한다고 말한다. 가위바위보는 서로가 얼마나 서로에게 어긋나게 맞물려 있는가를 보여주는 삶의 부조리다. 사랑은 늘 어긋나고 서로에게 지고 또 서로에게 이긴다. 사랑은 삶의 부조리를

가르쳐주는 가장 위대한 예언가인 것이다.

> 푸른 안구를 선물로 받았습니다
> 오래전 헤어진 애인이 보내준 것입니다
> 편지는 없고 상자 안에는 '품질 보증서'와 '사용설명서'가 들어 있습니다
>
> (중략)
>
> 오른쪽부터 낡은 눈알을 뺍니다 텅 빈 안구. 왼쪽 눈의 동공이 활짝 열
> 립니다 얼른 라텍스 장갑을 끼우고 푸른 안구를 끼워 넣습니다 새 안구와
> 낡은 안구 사이의 괴리에 잠시 어질합니다 왼쪽 눈알도 마저 뺍니다 아! 새
> 로 끼운 오른쪽 안구에 시력이 돌아오기 전이었습니다(….) 푸른 안구 속
> 에 펼쳐진 세상은 조용히 속삭이듯 시작합니다 윈도우가 부팅되는 시간보
> 다 조금 더 오래 걸리는 듯합니다 책상 위에 내가 쓰던 낡은 안구가 물끄러
> 미 나를 바라봅니다 재래시장 한 켠에 버려진 생선 눈 같은 눈빛입니다 새
> 안구를 끼우고 창문을 열어봅니다 창밖으론 처음 보는 4월의 하늘이 흐르
> 고 있고 머리카락처럼
> 마르지 않은 이끼가 자라 있습니다 그때까지도 머리는 식지 않은 상태
> 입니다
>
> ──「푸른 안구를 선물로 받았습니다」 중에서

옛 애인에게 선물로 받은 안구는 파랗다. 파란 눈의 서양인형처럼. 안
구에는 품질보증서와 사용설명서가 있다. 안구를 끼우기 전에 반드시
머리를 식힐 것. 포장을 뜯은 안구를 맨손으로 만지지 말 것. 새 안구를
착용한 후 시력을 회복하기까지 얼마의 시간이 소요된다는 것. 그러나

안구의 부작용은 사랑하는 사람과 증오하는 사람의 판별이 불가능하다는 것. 어지럼증을 겪을 수도 있다는 것이다. 시인은 뜨거운 안구를 건져내 낡은 자신의 눈알을 빼고 새로 갈아끼운다. 사랑을 갈아끼우는 교환행위. 내 신체의 일부분을 빼내어 기억의 머리를 식힘으로써 사랑을 잊을 수 있다는 것, 옛 사랑을 잊고 새로운 현실을 받아들이는 데에는 약간의 어지럼증이 동반될 수밖에 없다. 창밖에는 화창한 4월의 하늘이 흐르고 있다. 머리를 새롭게 식혀야 한다. 시인은 새롭게 선물받은 이 교환의 신체를 받아들고 있다.

사랑의 고통과 기억은 사라져가는 것으로서 지워지는 것이 아니라 단지 또다른 어떤 것으로 교체되어짐으로써 지워진다. 다만 약간의 어지럼증을 수반할 뿐. 푸른 안구는 저 인공적인 조형물로서의 신체를 드러내고 있다. 아니 안구는 다시 사이보그의 안구처럼 갈아끼워져 새롭게 조정된다. 신체는 끝없이 다른 무엇으로 대체된다. 신체는 과거의 것을 지울 수 있고 다시 다른 것을 이식받는 교환과 거래의 매개공간이다.

사랑은 매개되고 신체는 교환된다.

고통의 기억을, 사랑의 고통을 시인은 새로운 현대문명의 교환체계 속에서 호명한다. 문명의 방식으로 애도한다. 유형진 시의 새로움은 이와같은 신문명주의와의 접합과 풍경의 환상적 교환체계에 있다. 이것이 새로운 세기 새로운 시간의 간극에서 뿜어내는 기이하고 어두운 감수성이다.

유형진의 시에서 현대 기계문명의 징후들은 신체적 코드와 적극적으로 연결되어 있다. 이를테면 「모니터 킨트」에서 시인은 "한밤중에 일어나 눈동자를 열어 모니터를 꺼낸다"라고 노래한다. 아스팔트조차 제대로 밟지 않고 모니터만 바라보며 자라는 아이, 모니터 킨트는 그의 모니터 눈동자 안에서 눈과 꽃을 맞이한다. 모니터가 켜지면 세상이 열리고 비로소 의식이 움직이기 시작한다. 기억이란 늘 화면조정에서부터 시작된다. 버라이어티 쇼는 텔레비전에서 계속되지만 문 밖에서는 돼지 잡는 소리가 요란하다(「명랑청백전」). 신체는 기계와 함께 움직이고 함께 깨어난다. 텔레비전 속에서 명랑청백전이 한창이고 여전히 밖에서는 돼지를 잡는다. 스크린 속의 안녕한 현실과 대조적인 끔찍한 문 밖의 세계다. 시인은 기계와 코드 연결된 신체가 끔찍한 실제 현실의 세계를 체험할 수 없다는 것 자체를 기괴한 현실로 제시한다. 모든 것들은 점잖고 우아한 소리를 내고 유쾌하고 경쾌한 음악소리를 내지만 문 밖의 돼지는 죽지도 않고 그렇게 지루하게 비명을 질러대는 현실이다. 휴일 대낮 지루하게 이어지는 권태의 일종이다.

이와같은 두 개 현실의 병치, 신체와 기계의 병치 혹은 중첩은 우리가 살아가는 삶이 가지는 기괴한 몽타주다. 사실 명백한 것들은 결정적인 것들이 아니다. 욕망은 언제나 부재와 결핍의 형식들로 구성된다. 오히려 결정 요소의 많은 부분들은 불가해한 어느 곳에 위치하고 있다. 세속화된 현실은 지배적인 질서의 언어와 규범으로 은폐된 부재의 부분들을 숨겨왔다. 유형진이 문제삼고자 하는 부분이 바로 이곳이다. 물질적이고 세속화되고 명백해져 버린 세상은 오히려 비현실성의 문학 속에서 정확하게 그 '리얼리티'를 구현한다. 환상의 욕망은 문화적 질서와 연속성을 위협함으로써 지배적 질서에서 배제된 욕망의 힘을 수행한다.

장마에 편지를 쓴다 빗물은 한마디도 지껄이지 않고 잘도 흘러간다 흘러가는 빗물 편에 병을 띄운다 병 속엔 편지가 있다 나의 병은 오래되어 편지가 견딜지 모르겠다 그래도 나는 편지를 접어 병 속에 넣는다 나의 병은 도시의 하수구를 떠돌다 아픈 시궁쥐들과 떠돌이 고양이들에게 발견된다 하천에 사는 작은 물고기에게도 먼 바다의 플랑크톤에게도 태평양의 고래

에게도 발견된다 나의 병은 종려나무 우거진 남국의 파라다이스로 북극의
빙하 섬으로 안개 핀 갯벌 조개들의 무덤으로 도착한다 그리고 나의 병은
장마가 지나도 낫지 않는다

—「병」전문

여기서 시인은 유리 병甁과 아픈 병病의 동음이어를 겹쳐놓으면서 두
가지의 풍경을 겹쳐놓는다. 시인은 장마 속에 편지를 쓴다. 병 속에 편지
를 넣어 띄운다. 편지를 접어 넣은 병이 하수구를 떠돌다가 바다에 도착
할지도 모른다. 그것은 남극이나 북극 빙하 섬에 도착하기도 한다. 시인
이 띄워보낸 병甁은 사실 문명이 만든 도시의 광기이기도 하다. 광기는
시인의 몸 속에서 병病으로 자라나 아픈 시궁창의 쥐와 떠돌이 고양이처
럼 뒹군다. 시인은 몸의 아픈 고통을 띄워보내었던 것이다. 그러나 병病
은 끝내 장마가 지나도 낫지 않는다.

시인이 겹쳐놓는 두 개의 풍경, 사물과 신체, 기계와 신체의 중첩은
우리가 당면한 외부세계가 단순한 명료성에 의존할 수 없다는 것을 반
증하는 셈이다. 사실 한 조각의 '현실'이 의미를 가지려면 의식적이든
무의식적이든 단순히 현실을 재현하는 수준을 넘어서야 한다. 적절하게
변형된 '현실'을 바라보는 마술적인 시선을 담아내야 한다. 현실의 명
료한 재현이 이 진짜 현실을 충분히 담아낼 수 없기 때문이다. 오히려 보
여진 현실과 가상 현실 간의 충돌 속에서 그 간극 속에서 존재의 동요가
일어난다. 끝없이 가변적인 현실이 구성된다. 현대문명 속에서 개체는
끊임없이 출현하고 소멸하는 가운데서 부단히 움직이는 유동체이다. 현
실과 가상 속에서 안정과 환영 속에서 존재는 세계와 만난다. 환영이 구
축하는 끝없는 생성과 해체의 공간이다.

질척해진 구두를 끌며 퇴근하는 저녁. 프라자호텔 라운지의 불빛이 분수대 위로 쏟아져 흩어지고 있다 물 위에 춤추는 불빛을 바라보다 지하로 들어간다 전철이 출발하는데 약간의 현기증이 났다 전철 에어컨디셔너의 차가운 공기가 젖은 구두 속에서 더워질 때, 때 절은 작은 손이 나에게 쪽지를 내민다 찢어진 글씨 위로 불가사리가 떨어져 꿈틀거린다 무릎 위로 한 장씩 밀려왔던 파도가 힘없이 밀려가 출입문으로 사라진다 사라진 파도를 쫓아 달려 나가보지만 레일 위에 빛나는 전철의 백라이트. 개찰구를 빠져 나오자 후줄근한 주머니에서 기어나오는 성게 한 쌍 짝짝이 장화를 신고 있다 발을 내딛는 순간 파도는 해일이 되어 퇴근길을 삼켜버렸다.

― 「퇴근길」 전문

퇴근하는 저녁길은 약간의 현기증을 동반한다. 분수대 위의 물빛과 호텔 불빛이 함께 춤을 추고 전철의 차가운 공기와 젖은 구두의 더워진 것이 섞인다. 하루가 끝나가고 있는 시간이다. 피로와 휴식에 대한 기대감이 섞이고 뜨거움과 차가움이 겹쳐지는 순간. 갑자기 전철 안에서 때에 절은 작은 손이 쪽지를 내민다. 찢어진 글씨 위에 불가사리가 꿈틀거린다. 그 작은 손이 내밀던 하얀 종이는 파도처럼 밀려왔다 사라진다. 전철안 퇴근 길은 거대한 바다 속이 된다. 개찰구에서 꺼내는 전철 토큰은 한 쌍의 성게처럼 장화를 신고 기어나온다. 사람들은 파도의 해일처럼 물밀 듯이 밀려나온다.

전철 안 사람들과 쪽지 돌리는 작은 손은 거대한 바다 속 풍경과 겹쳐진다. 걸인 아이가 주고 간 쪽지에 글씨가 불가사리처럼 살아 꿈틀거리는 것 같다. 전철 안은 거대한 파도 속으로 변한다. 「마추픽추」와 같은 시를 보면 지하철 안은 "잉카 제국"의 공간과 겹쳐진다. 전철에서 시집을 읽다 창밖을 보면 잉카의 마지막 왕이 웃고 있다.

이와같은 시공간의 이동과 환상적 연상은 묘사와 리얼리티로는 대응할 수 없는 현대문명을 환각이라는 순수한 비사실의 방식으로 드러낸다. 재현된 현실만을 현실로 받아들이는 것은 분명 '심리적 불구'이다. 현실을 뒤집어 부정하는 방식, 재현의 통일성을 사라지게 하고 이질적인 환상을 병치시켜 저 현실의 리얼리즘을 경험하게 하는 방식. 이와같은 인공적인 비현실성이 세계의 유한성과 병리와 저 너머에 대한 이월감을 부추긴다. 그런 점에서 유형진의 시는 어두운 인생 행로, 해방감, 억압된 야만성, 강박 관념에 대한 공포를 거리낌없이 표현한다.

저기, 다알리아 꽃을 머리에 인 소녀들이 간다 머리에 인 꽃이 떨어질세라 한손으로 꽃을 잡고 걸어간다 소녀들은 땀내 나는 민소매 셔츠를 입고 있다 야트막한 언덕 같은 젖꼭지가 솟기 시작한 소녀들의 가슴팍에 얼룩얼룩 꽃물이 져 있다 소녀들은 꽃물이 진 셔츠를 입고 머리엔 다알리아 꽃을 이고 우물가로 가고 있다 소녀들이 우물에 침 뱉기 놀이를 한다 머리에 인 다알리아 꽃들이 우수수 우물 속으로 떨어진다 속부터 빨갛게 달아오르는 꽃을 머리에 인 소녀들이 우물 속으로 떨어진다
—「저기, 다알리아 꽃을 머리에 인 소녀들이」 중에서

다알리아 꽃을 머리에 인 소녀들은 다알리아 꽃잎인가 꽃의 요정인가. 꽃물이 얼룩지게 든 셔츠를 입고 소녀들이 우물 속으로 떨어진다. 빨갛게 달아오른 꽃을 머리에 이고 우물 속으로 떨어지는 소녀. 꽃과 소녀라는 생명의 절정이 우물 속이라는 무덤으로 떨어지는 극단적 추락의 의미는 무엇인가. 화사한 생명의 극치를 추락과 겹쳐놓는 탐미적 풍경의 연출이다. 시인은 생명과 죽음을 겹쳐놓고 빨간 꽃과 어두운 우물 속을 겹쳐놓는다. 소녀는 다알리아 붉은 꽃잎 그 자체를 비유한 것인지도

모른다. 꽃잎은 하나씩 우물 속으로 몸져 떨어져 위태로우면서도 관능적인 추락을 한 것인지도 모른다.

유형진 시인이 보여주는 장면은 사회적 관습으로 강화된 리얼리즘의 문법을 깨면서 새로운 환상의 해방감을 심어주고 있다. 붉은 꽃을 머리에 인 소녀가 우물 속으로 우수수 떨어지는 것은 탐미적 죽음을 환상적으로 불러일으킨다.

때로 유형진 시인은 현대기계 문명이 보여주는 끔찍함을 그로테스크한 병치로 드러내기도 한다. 도시는 공포와 분노가 가득한 내부를 순회하고 있다.

언니는우물가시멘트바닥에앉아/검은란제리를빨고있었어
쭈그러진노란세숫대야에/란제리는불은미역같았어

노을이가지색으로멍들어가는/식판공장기계들이춤추는저녁
사람들에게식판은늘모자랐기에/밤새도록기계들은춤을추었어

아기잃고젖몸살을앓는언니가/구름을불러달을덮어주었어
그믐달이자고있는우물속으로/죽은별처럼눈물이떨어졌어

꽃시계는드디어멈춰버렸고/파란철길위로막차가지나갔어

물고기보다투명한손톱들이/메마른건반위로떨어졌어
건전지가다된전자오르간은/비오는날버려진고양이처럼울었어

공장마당엔발목잘린비둘기들이/깃털빠진늙은비둘기들이

마지막기차의장화를신고/아주먼곳으로가고싶어했어

쿵덕쿵덕프레스기계소리/철벅철벅두레박올리는소리
철길을지우는안개와함께/기차의꼬리에붙어따라가고

하얀빨랫비누는불어가는데/익사체의살처럼뭉그러지는데
식판공장프레스기계들은/공장문이닫혀도춤을추는데
숲처럼검은란제리를빨던/언니는영영오지않는데
　　　―「식판 공장의 프레스 기계들과 언니의 검은 란제리를 위한 노래」
　　　　　　　　　　　　　　　　　　　　　　　중에서

　도시가 병들었다는 것은 달과 구름을 불러 물어보면 된다. 별은 죽어
우물 속에서 눈물을 떨어뜨리고 꽃시계는 멈춰버렸다. 파란 철길 위로
막차가 지나간다. 손톱이 메마른 건반 위로 떨어지고 건전지가 다 된 전
자올겐이 울고 있다. 공장 마당엔 비둘기들이 발목이 잘려 있고 하얀 빨
래 비누는 불어 익사체처럼 뭉개져 있다. 현실은 기괴하고 시인은 기
괴한 현실을 노래하고 있다. 악마적인 노래를 따라가다보면 기계 악마
들의 춤을 보게된다. 식판공장 프레스 기계는 아직도 쿵덕쿵덕 하며 식
판을 찍어내고 있다. 프레스가 식판을 찍어내는 소리는 철벅철벅 두레
박 올리는 소리와 겹쳐진다. 기계의 불모성과 금속성은 철저하게 자연
(우물)의 불모성과 겹쳐진다.
　등장하는 사물들은 모두 죽음의 징후들을 앓고 있는 것이다. 언니는
아기를 잃고 아기가 있었다는 과거의 흔적으로서 젖몸살을 앓고 있다.
죽은 별, 손톱, 비둘기, 하얀 빨래비누. 사물들은 모두 익사체들처럼 둥
둥 저녁 어둠 속을 떠다닌다. 식판 공장 프레스 기계는 춤을 춘다. 모든

것들을 똑같은 모양으로 주형으로 찍어내는 프레스의 압박은 기계가 찍어누르는 억압을 상징한다. 똑같은 박자로 똑같은 숨소리로 쿵덕쿵덕 기계는 춤을 춘다. 아기잃은 언니는 우물가 시멘트 바닥에 앉아 검은 란제리를 빤다.

기계가 추는 광란의 춤과 아기를 잃고 우물가에 앉아 시체같은 어둠을 빨고 있는 언니의 모습은 기괴하게 겹쳐진다. 기계는 죽음처럼 언니의 생명을 앗아가고 희망을 앗아간다. 언니는 풍풍 불은 미역같이 검은 란제리의 익사체가 된다. 시인은 이들을 위해 노래를 한다. 식판 공장의 프레스 기계들과 언니의 검은 란제리를 위한 노래.

불온한 세계에 대한 불온한 노래, 유형진의 시는 광포한 기계현실에 대한 고발이면서 조롱이다. 애도의 진혼곡이다.

하여 시인은 피스톨에 총알을 장전한다. 그가 꿈꾸는 것은 이 세계에 대한 복수였으므로.

전화가 걸려왔을 때 나는 마지막으로 남은 팝콘을 막 전자렌지에 넣어 돌리고 있었습니다 딱딱한 옥수수알이 굉장한 폭발음을 내며 터지고 있을 때 알래스카의 빙벽이 녹아 흐르는 듯한 목소리가 전화선을 타고 내 귀로 흘러들었습니다 그러자 버터냄새로 가득 채워졌던 내 방이 어느새 툰드라의 숲처럼 차갑고 눅눅히 젖기 시작했습니다 (중략) 과연 이 일엔 어떤 총기가 어울릴 것인가 생각했습니다 (중략) 이 일은 산채로 죽어 있는 것들, 더 이상 이어갈 생은 없지만 두고두고 살아야 하는 것들에 대한 묵념 같은 것이어야 합니다 그래서 피스톨에 숨겨져 있다가 팝콘 터지듯 아무 생각 없이 터져나가는 탄환은 어울리지 않습니다

— 「피터래빗 저격사건—저격수」 중에서

유형진 시집의 제목에 나오는 피터래빗은 토끼 캐릭터의 일종이다. 타겟도 없이 아무생각없이 터지는 탄환이 아니라 누군가를 저격하는 그 소실점을 향함으로써만 삶의 증오와 열정을 유지시킬 수 있다고 시인은 생각한다. 시인은 "더 이상 이어갈 생은 없지만 두고두고 살아야 하는 것들에 대한 묵념을" 떠올린다. 생각없이 터지는 증오와 분노가 아니라 구체적 거래를 통해 자본주의의 증오를 완성시켜가는 살인청부업자의 견고한 폭력. 시인은 이 견고하고 인공적인 폭력으로 이 도시에 대한 반항을 꿈꾸고자 한다. 유형진 시인의 저격 사건이 부분부분 모호한 추상성이 엿보이기는 한다. 그것은 저격수가 가지는 있는 은폐성에서 비롯될 수밖에 없는 필연성일 것이다.

피터 래빗을 저격하는 사건, 자본과 현실 부르주아 문명에 대한 저격으로서의 시쓰기. 몸을 낮게 숨기고 은폐된 장막 뒤에서 총구를 겨누고 있는 시인의 저격이 어떤 방식으로 다음의 총구를 찾게 될지 궁금하다. 시인의 총(언어)이 어떻게 세계와 만나야 될지 다음 시편이 기대된다.

감각의 극단과 형식의 아라베스크

— 강정과 김경주

1

양식의 부정을 장르의 내적 원리로 삼고자 했던 미적 현대성, 혹은 현대적 미학성을 떠올려본다. 보들레르의 현대성은 자연을 인공적 기술주의로 새기면서 새로운 기하학적 대상으로 삼고자 했다. 그의 '반자연주의'나 '인공성'은 여기서 탄생한다. 무정형의 집요한 우연에 대한 하나의 직관같은 것을 찾고자 한 것, 이것이 그의 현대성의 출발점이었던 바.

최근 한국 현대시단에서 '서정'에 대한 비평적 논쟁이 가시화되고 있는 것이 사실이다. '서정'의 범주와 '개념', 서정적인 것에 대한 근본적인 질문들을 던져보고자 하는 것은 아마도 시야말로 끝없이 스스로를 부수면서 스스로를 형성하는 역설적인 존재양식을 가진 장르이기 때문일 것이다. 관습적 양식을 붕괴하며 경계를 해체/이월해 가는 것, 그리고 그 자체를 양식화하고자 하는 것, 해체를 생성의 입지점으로 삼고자 하는 자기해체의 운명. 이것이 시의 역설과 모순의 존재론이다.

최근 환상시, 혹은 미래파로 호명되는 시들은 양식을 부정하는 혹은 부정을 양식화하는 시적 실험의 극치를 입체화한다. 메트릭스의 세계에서, 편재된 권력의 보이지 않는 규율 속에서 '저항적 주체'가 되는 것이 아니라 파편화된 개인의 모습으로 '저항'을 '스타일'로 삼고자 하는 것. 즉 주체로 구성되는 순간 규제되는 대상이 되고 말기에 끝없이 도망다니는 주체, 주체형성을 거부하는 탈주체의 도망자가 되고자 하는 것. 이것이 이들의 정체다. 이들은 무수히 수다스러운 말의 과잉으로, 철저하게 다중인격의 복수적 화자로, 정체를 숨기면서 복화술의 위장으로 '저항'을 스타일화하고자 한다.

일테면 1980년대 세대에게 정치적 무의식이 내재되어 있고 1990년대 세대가 대중문화를 만끽하는 첫세대로 환멸과 환각을 동시적으로 토로했다면(유하) 2000년대 세대는 다문화주의 세례 속에서 하이브리드의 가상적 현실이 이미 내면화되어 버린 주체들이라는 점을 상기해 보자. 그런 점에서 이들 세대가 보여주는 흥미로운 일탈지점, 서정적 주체를 해체하고 싶은 다중적 주체, 가부장적 담론, 현실담론을 전복시키는 요란한 장광설은 상징질서로서의 언어해체를 보여주면서도 동시에 가상현실의 기호(영상의 몽타쥬 기법, 스킵하는 화면 구성 등)를 교묘하게 닮아 있다. 그렇다면 이들의 스타일로서의 저항에는 역사의 '과잉'이자 동시에 역사의 '결핍'이라는 상극적 평가가 동시적으로 가능하다는 점. 비현실적이면서 동시에 극현실적인 지점을 핍진하게 드러낸다는 사실. 이 모순된 '정치성'을 떠올려볼 수 있다.

2005년 권혁웅의 '미래파' 명명, 황병승, 김민정 등의 실험들에 이어 최근 몇 년은 이들 실험에 대한 논쟁적인 담론구성이 본격적으로 왕성

했던 해였다. 논쟁은 '서정' / '다른 서정'을 둘러싼 개념에 대한 발본색원적인 탐색으로 이어져 오랜만에 시담론 구성에 활기를 불어넣는 듯했다. 하지만 실제 미래파 시인들이 서정적 주체의 근대적 권위를 붕괴하였다고 의미를 두기에 이들 시에서 나타나는 그들 세대만이 체험했을 법한 대중문화체험, 유희적 전복성(엽기와 잔혹의 대중서사와 유비관계를 보이는) 가상현실의 재구성 등은 엄격할 만큼 가독력을 떨어뜨려 작품해석의 접근을 힘겹게 했다. '게임'은 게임의 규칙을 아는 자들에게만 '전율'과 '절정의 재미'를 선사하기에 매뉴얼을 채 익히지도 못한 세대들은 이들만의 로드맵 속에서 끝없이 생성되는 기호의 재생산, 시뮬라크르의 가상현실을 바라보는 구경꾼이 되어야 했다. 난해함과 감각적 일탈로 세대적 배타성을 오히려 절감하게 하는 방식은 '나쁜 헌것/좋은 새것'이라는 세대론적 권력을 재구성하는 듯하고 이들 범주에 들지 않은 시에 대해 서열적 특권화를 누리는 듯해 이들 외 그룹에서 불편함이 없잖아 있었다.

폭력적인 권력담론, 상징적인 아버지—언어와 싸우고 있는 이들의 저항이 유희 그 자체를 전략화하는 것으로 권력담론에 균열을 내려한 점, 새로운 스타일의 시도라는 점, 시대정신의 '반역적 재현'이라는 점 등에서 분명 문학적으로 의미있는 시도다. 이들의 시도가 '허무한 유희'가 되지 않기 위해서는 '불화' 자체를 관계성의 조건으로 삼는 방법적 전략은 중요하다. 하지만 일탈의 문법이 일탈 그 이상, 그 이하도 생성해내지 못한다면 '아류주의'에 빠질 수 있다는 점, 아방가르드의 실패라는 저 역사적 경험을 다시 한번 상기할 필요가 있는 것이다.

그런데 비평계에서 '미래파' '환상시' 논쟁을 잡지의 기획특집으로 반복적으로 이슈화한 데 반하여 실제 최근 한국 시단에서의 시세계는 다양하고 개별적으로 전개되었다. 실제 다양한 작품 텍스트를 사유하지 않고 논쟁을 이슈화하여 트렌드의 하나로 삼고자 하는 담론구성의 권력적 성격은 반성해 볼 만하다. 시 비평계에서 환상시에 대한 논란이 계속되는 가운데 실제 시창작의 젊은 군들은 이러한 유행을 따라가 이슈화의 흐름 속에서 또다른 아류주의를 낳기도 했다. 일테면 환상성, 엽기성, 파편성, 우연성이 몰고 온 텍스트 현실의 '산문화'가 일종의 유행처럼 신춘문예 당선작, 각종 잡지 신인 당선작으로 등장하게 된 점이다. 실험성의 아류주의가 주류처럼 현대시단의 한 극단으로 떠오르고 있다. 이 시점에서 나는 다시 한번 우리에게 '비평적 자의식'은 무엇인가를 되묻고 싶다. 담론의 권력적 구성을 뛰어넘어 '지금, 이곳'에서의 현대시의 실천적, 미학적 창조가 어떤 방식으로 이루어지는가에 대한 좀더 찬찬하고 민주적인 해석지평이 필요한 것은 아닌가 한다. 또한 의미화되지 않는 무수한 기표들, 단절성의 극단을 시적 미학으로 개진하는 시편들에 대하여 시비평가들은 머리를 쥐어뜯으며 학술적 개념어, 주관적 관념어, 추상적 수사로 더욱 시의 독해를 어렵게 했다. 시를 읽어내는 것도 어려운데 시집 해설은 독자를 더욱 곤혹스럽게 했다. 한국 현대시의 난해성과 난해한 해설에 독자들은 다시 한번 자기무식의 확인사살을 경험한다.

　다만 소모적인 논쟁을 그만두고 이들 시들 안티로서의 정체성, 인디의 다양성을 인정해야 한다는 점, 그리고 나서 김주연 선생이 말한 '문화적 생존'으로서의 현대시의 문화적 생산적 소통에 대한 통로를 모색해야 할 것이다.

2

　강정의 두 번째 시집 『들려주려니 말이라 했지만』은 폭력적 광기가 끔찍한 아름다움으로 미학성을 찾아가는 시집이다. 이 시집은 끝간 데 없는 질주 속에서 분진처럼 흩뿌려지는 몸의 잔해, 파열과 흔적이 남겨 놓는 삶의 강렬한 열망과 열정과 분비물에 대한 발화다.

"몸 안의 뼈들이 문득, 粉塵처럼 느껴지는 순간이다/가루로 흩어진 내 몸이 저만치 앞질러 미래의 풍경들을 장악한다/(보아라, 시간이 한꺼번에 터져 늘씬하게 드러눕지 않는가)이 숨막히는 질주는 자기 자신의 출생지점으로 되돌아가는 별의 행로와 다를 바 없다/내 몸에서 가장 먼 풍경들을 통하지 않고서는/나는 내 심장박동을 느낄 수 없다"(「한밤의 모터사이클」). 한낱 시간의 가루에 불과한 "나"는 허공 중에서 불꽃의 잔해로 부서지지 않고서는 살아있음을 느낄 수 없다. 몸의 모든 여린 마디마디들이 불타고 사라진 기억들이 되살아나 바람처럼 "모가지"를 꺾을 때 시인은 "반성 이전의 자유"를 느낀다. 계몽적 반성보다 감각적 전율과 자유를 사랑하는 세대, 그리하여 강정 시에서 감각과 언어, 몸은 동시적 한 몸으로 움직이는 일체다. 언어의 촉수는 감각적 촉수와 함께 있으며 동시적으로 몸의 욕망과 함께 태어난다. "내 몸이란 땅 밑의 붉은 총핵"(「우주 괴물」), "아이의 숨결 속에서/당신 스스로 두 번째 아이가" 되는 과정들, 시인은 현실의 질서를 바꾸기 위해 스스로 다른 몸으로 바꾸고 있다. 이것은 시인의 불안하고 폭발적인 감각의 사유, 은유적 뿌리에서 발생하고 있다. 강정 시는 날카로운 현실전복의 모험과 질주의 기록이라 할만하다.

이장욱의 두 번째 시집 『정오의 희망곡』은 첫 번째 시집 『내 잠의 모래산』의 환몽적 로맨티시즘에서 인간적인 우화로 나아간다. '인간화된 우화'라는 것은 시에서 '너'와 '나'의 관계성에 몰두하면서 유동하고 분화되는 무수한 시공간의 넘나듦 때문이다. 코끼리, 기린, 펭귄의 등장, 19세기의 비와 중세의 여자들 등 무수한 인칭들, 다주체의 혼류와 교섭이 그것이다. 현대에서 갈등이 피할 수 없는 것이 되었을 때 현실은 좀더 파행적인 불일치와 불협화음으로서의 충돌을 드러낸다. 이장욱이 보여 주는 주체의 분화, 감수성의 파편적 흐름들이 주목된다. 이를테면 「정오의 희망곡」 「전선들」 같은 시들. 현대성은 '전진하는 방향성'이 아니라 끝없이 수정, 번복, 생성, 소멸되는 불연속성, 대립성의 방식으로 시를 이끈다. "너와 단절되고 싶어/네가 그리워"(「전선」) "서로 다른 사랑을 하고/서로 다른 가을을 보내고 (중략) 우리는 여러 세계에서 모여들어/여전히 사랑을 했다"(「우리는 여러 세계에서」). 너를 사랑하는 것과 동시에 너와 단절되고 싶다는 것, 모두 한 몸에서 일어나는 기이한 사건이다. 무수하게 분화, 해체되는 자아의 운동성이다. "너에게 나는 소문이다./나는 사라지지 않지./나는 종로 상공을 떠가는/비닐봉지처럼 유연해"(「근하신년―코끼리군의 엽서」) 같은 부분에서 확인할 수 있듯이 이장욱의 각 시행들은 짧은 호흡으로 서로 연결된다. 즉흥적 감각적 단말마적 말들, 서로 '다른' 말들로 엮여지는 콜라주는 낯설지만 '기이하고 순수한 의식의 상징'처럼 놓여있다. 전체와 인간이 어차피 일치할 수 없다면 전체란 오로지 파편으로서만 인지 가능할 수도 있다. 이장욱의 기이한 이형조합적 형식은 '불안정한 본질에 대한 탐구'인지도 모른다. 그 불안정이란 오직 '환기'와 '암시'로서만 감지되고 불협화의 형식으로만 구원되기라도 한다는 듯이.

　　김경주 시집 『나는 이 세상에 없는 계절이다』는 주목되는 시집이다. 1980년대 기형도의 검은 나르시시즘을 다시 확인하는 낭만성이랄까. 김경주 시는 존재의 고독과 결핍에 대한 짙은 현기증을 동반한다. 의식의 불안정한 흐름을 미학적 전율로 풀어나간다. "주전자 속엔 파도 소리들이 끓고 있었다/바다에 오래 소식 띄우지 못한/귀먹은 배들이 먼 곳의 물소리를 만지고 있었다/심해 속을 건너오는 물고기 떼의 눈들이/

꽁꽁 얼고 있구나 생각했다"(「폭설, 민박, 편지1」). 삶의 깊은 내면들은 사물의 허무한 눈동자와 만난다. 시인은 부재하는 것들을 찾아가는 진정성으로 삶의 고단한 진실을 일깨운다. "불을 끄고 방 안에 누워 있었다/누군가 창문을 잠시 두드리고 가는 것이었다/이 밤에 불빛이 없는 창문을/두드리게 한 마음은 어떤 것이었을까/이곳에 살았던 사람은 아직 떠난 것이 아닌가/문을 열고 들어오면 문득/내가 아닌 누군가 방에 오래 누워 있다가 간 느낌"(「누군가 창문을 조용히 두드리다 간 밤」). 김경주 시의 검고 짙고 따뜻한 고독은 사물 생명의 극치에서 외롭고 배고프고 가늘어져 있다. 그리하여 신체 모든 기관이 소실되어 오직 섬광같이 가는 의식 하나로 이 세상 끝까지 가닿으려 한다.(「파이돈」「바람의 연대기는 누가 다 기록하나」). 시인은 "기껏해야 생은 자기 피를 어슬렁거리다 가는 것이다"(「늑대는 눈알부터 자란다」)라고 말하는 것으로 육체에 내장된 유령 같은 외로움의 치명성을 드러낸다. "외로운 날엔 살을 만진다 (중략) 눈물은 눈 속에서 가늘게 떨고 있는 한 점 열이었다"(「내 워크맨 속 갠지스」) "양팔이 없이 태어난 (중략) 그는, 자궁 안에 두고 온/자신의 두 손을 그리고 있었던 것이다"(「외계外界」). 김경주 시는 고립되고 외로운 사물마다에 깃든 기이한 허무와 그 '허무적 열정에 대한 기록'이라 할만하다.

3

시에 대한 새로운 어법들, 환영과 부재에 대한 인공적 기호, 존재와 삶에 대한 개성적 내면, 상처와 자기확장의 이마쥬 등 동일성에 대한 극심한 대립감과 동시에 교신을 통한 진지한 자아 탐구가 함께 진행되고 있다. 확장된 외계란 것은 결국 확장된 내계다. 서정 내지 서정적인 것에 대한 기왕의 통념들에 대한 장르적 균열은 또 다른 현대적 미학성으로 발아중이다. 시단에서 시적 담론의 구성에 들지 않았지만 의미있는 시적 국면들을 드러낸 시집으로는 최정례『레바논 감정』, 이준규『흑백』, 이근화『칸트의 동물원』, 남진우『새벽 세 시의 사자 한 마리』, 최문자『그녀는 믿는 버릇이 있다』, 조말선『둥근 발작』, 한영옥『아늑한 얼굴』, 박후기『종이는 나무의 유전자를 갖고 있다』, 박현수『위험한 독서』, 황학주『저녁의 연인들』등을 들 수 있다. 한국 현대시는 새로운 형식실험과 다종성, 다문화주의 세례 속에서 현대성에 대한 양식적 재현 문제에 봉착하고 있다. 서정은 또다른 서정으로 전이/진화하고 있으며 자아의 분열은 팽팽한 긴장으로 들끓고 있다. 주체/탈주체, 내면/탈내면의 넘나듦 속에서 유희와 환몽, 공상(유사) 실재의 날카로운 경계 속에서 현실을 가공하거나 오히려 현실과 직접적으로 만나고 있다.

오늘날 한국 사회에서 시적 서정은 어떤 방식으로 자의식을 구축해갈 것인가. 균열과 봉합의 틈새에서, 모색과 허무의 열정 속에서. 다양한 감각의 힘을 길러내고 있다는 것은 사실이지만 동시에 이 시대 발화를 위한 '새로운 시적 현실'을 창조해내야 한다는 전망탐색도 요구된다. 자기개성의 극단적 추구와 감각 극치의 시대, 주체에 대한 깊은 회의 속에 시대와 만나는 개성적 보편과 창조적 보편에 대하여 고민한다. 다시한번 '시적 윤리'를 생각해 본다.

이상하고 낯선 계시

— 이근화, 송종규, 김소연

1. 새로운/다른 서정은 가능한가

2000년대 중반을 시점으로 한국시단은 새로운 감수성을 맞게 된다. 2000년대 초 새로운 밀레니엄을 기대하던 문인들의 기대에는 때늦은 감이 있지만 분명 새로운 징후임에는 틀림없다. 1990년대 장정일이 1960년산産 세대를 "우연에 바쳐진 세대"라 명명하면서 불량한 시적 어조로 지하도를 어슬렁거리고 다녔다면 지금 1970년산産 세대라고 할 수 있는 이 새로운 세대들은 '모니터 킨터' (유형진) '여장 남자 시코쿠' (황병승) '아나키스트' (장석원)라 스스로 이름 지으면서 전자 자궁의 모태나 트랜스 젠더의 커밍아웃을 과잉노출하는 무정부적 일탈과 반란을 시도한다. 서정적 주체 인식 자체가 무화되고 다중적 정체성 속에서 개인적 통합 자체가 해체된다. 이들이 시달리는 '환상'은 근대가 내장했던 '환상', 이를테면 "배제되고 소실된 것, 혹은 사실적이고 정상적인 것들의 제약에서 일탈"한 어떤 것이 아니다. 사이버 공간에서 수많은 아이디와 롤 플레잉 게임에서 '실제적으로' 살아가는 '또 다른 자신'으로서의 '주체'라는 사실이다. 세계 내 체험과 기억, 자아통합성 자체를 부정하면서 일관성을 일시에 중지한다. 예술적 통합에 의한 주체의 성립이란 전통적 과거 환상에 불과하게 되었다. 이들은 유희적 만화경적 세계, 트랜스 젠더와 주체의 해체, 오이디푸스적 가족 삼각형의 완벽한 분해. 불경스럽고 기괴한 상상력, 상상적 이미지들이 단순한 '환상' '환각'이 아니라 인식주체를 지배하는 '리얼(현실)'이 되었다고 말한다. '실재'는 구멍이 뚫렸고 세계와 주체의 유기적 통일성은 훼손되었다. 이질적 혼성적 사회형식의 혼합이 지금 우리가 살아가는 '현대적 관계성'이자 '현대적 정체성'이 된 것인가.

1990년대 장정일, 유하가 보여준 '유희'와 '작란作亂'은 일종의 '방법적 전략'이었다. 297세대(세대론의 구획이 내포하는 폭력적 경계 구분이 허용된다면)에게 이것은 무의식의 정확한 표징으로서 '홍미로운 놀이'다. 어릴 때부터 일본 만화와 다국적적 대중문화 하위 문화를 접해온 세대, 온라인 게임과 사이버 공간이 실제 물질적 공간에서의 가족 토대보다 더 중요한 모태인 세대라는 것을 염두에 둔다면 그들에게서 '유희적 장광설', '기괴한 불온성', '다국적적 시공간'은 차라리 '자연스러운' 시적 방식인 셈이다.

그러나 '미래파'라 불려지는 새로운/다른 서정에 대하여 문단 내 평가가 긍정적인 것만은 아니다. 2005년 여름 『창작과비평』, 2006년 2월 『현대시학』, 2006년 봄 『애지』, 2006년 여름 『시작』 등에서 '다른' 서정에서 '혼돈의 질서'를 독해해 내려는 움직임도 있었지만 동시에 자폐적 엽기와 환상에 대한 비판과 불만도 거셌다. '새로움'과 '차이'만으로 독해 불가능성에 대한 면죄부를 다 받을 수도 없거니와 무엇보다 일종의 트렌드 경향으로 말미암아 현대 시단에서 전통적 개성적 미학을 추구하는 흐름을 배타시해서도 안 될 것이다. 세계와의 섣부른 화해를 거절하면서 치열하게 시적 고뇌를 드러내는 섬세하면서 다양한 방식들에 관심을 기울일 필요가 있다.

존재의 환각과 환멸은 원래 한 몸이었는지 모른다. 바뀌어진 '현대적 관계성' 속에서 주체와 타자, 몰입과 저항이 다양한 이미지와 감각, 상상력의 방식을 변주하는 모습을 살펴보려 한다.

2. 이상하고 낯선 계시―이근화 『칸트의 동물원』

무심한 일상이 불쑥 낯설고도 기이하게 튀어나온다. 포착된 공간은 무언가를 암시하는 듯하지만 표정을 알 수 없는 얼굴이다. 이근화의 첫 시집이 보여주는 새로운 시의 얼굴들은 지금까지 익숙한 서정에 대하여 새롭고도 이상한 각도의 빗금을 그으면서 심리적 그림을 그려가고 있다. 이근화의 시는 심리적 내면적 풍경, 스스로 착각과 같은 자기혼란, 환각적 모든 감각들을 동원한다. '이상한 순수함'에 대한 접근이라 할 수 있다.

밤에는 집들이 아주 작게 보여 저 가로등은 먼 곳에서부터 항해를 하지
교회의 십자가는 푸르고 집들은 갈 데가 없네

성냥갑 속의 삶을 노래하던 여가수는 어디로 갔을까 나는 그녀가 가장 아름다운 성냥을 가졌다고 생각해 그녀가 내게 마지막으로 담뱃불을 붙여 준다면……

샴쌍둥이처럼 호흡기를 나누어 가질까 내가 잘 구운 빵을 먹고 싶을 때 당신은 밀가루로 둥글게 반죽을 하지 우리는 조금 멀리 왔어 그리운 집으로부터 갈 수 없는 마을까지

　오래 서 있는 나무들, 속으로 피어나는 꽃들, 나는 길을 떠나고 그 길 위에서 노래하지만 목소리가 곱지 않아

　밤에는 연못을 파고 그곳에 물을 채우지 쪽박 쓰고 산통 깨고 나는 날마다 목이 마르네 그리운 집으로부터 갈 수 없는 마을까지 우리가 흘러들었을 때

―「이상한 각도」 전문

　때로 삶은 불투명한 기다림이거나 미로거나 끝없는 막연한 위협이기도 하다. 시인은 몽롱한 부랑자처럼 세상을 들여다보며 중얼거린다. 밤의 집들과 먼 곳의 가로등, 그리고 갈데 없는 집들에 대한 낮은 목소리의 독백. 생각은 흘러가고 의식은 반죽되듯 섞인다. 마치 길 없는 길 미로처럼, 미로의 이미지처럼. 시인은 중얼거리며 다른 것으로 미끌어진다. 밤에 보이는 성냥갑 같은 집, 성냥갑 같은 삶을 노래하던 여가수. 시인은 그녀가 가지고 있을 아름다운 성냥을 생각한다. "당신"은 밀가루로 둥글게 빵을 반죽을 하고 있고 "나"는 길을 떠난다. 우리는 조금 멀리 왔지만 "갈 수 없는 마을까지" 흘러들었다. 그리고 오래 서 있는 나무들과 속으로 피어나는 꽃들이 있다.
　"당신"과 "나"는 샴쌍둥이처럼 호흡을 함께 하며 연정을 나누고 싶다. 하지만 "당신"이 반죽하는 이 둥근 원과 "내"가 가고 있는 직선은 서

로 이상한 각도처럼 우리를 다른 곳으로 흘러들게 할 뿐이다. 이 이상한 풍경, 나무들이 서 있고 속으로 꽃이 피어나고 밤에 연못을 파고 산통을 깨고 날마다 목이 마르는 풍경들은 "당신"과 "나" 사이에 서 있는 무의식의 모호한 그림이미지들이다. 세상의 모든 미궁처럼 구불구불한 내장의 길처럼 우리는 흘러가고 다시 이상한 각도로 만나고 부딪힌다. '"당신"의 원과 "나"의 직선의 미로는 그렇게 대지의 진실 속에서 만날 수 있을 것인가. 성냥갑 속에 뜨겁고 아름다운 성냥불처럼 사랑을 나눌 수 있을 것인가. 밤의 집들이 길을 잃고 가로등이 항해할 때 당신과 내가 조금씩 멀리 왔고 또 갈 수 없는 마을까지 흘러갔을 때 우리는 삶의 어떤 제의로 순간들을 맞아야 하는 것일까.

이근화 시가 보여주는 기이하고 이상한 각도는 현실과 비현실을 혼돈적으로 섞어 놓는다. 무의식은 머뭇거리듯 어떤 '기미'를 드러낸다. 사물들을 흩뿌려놓고 사실적 재현의 힘들을 깨뜨리려 한다. 이근화 시는 불연속적인 이미지의 파동을 통해 의식의 순수한 이미지들을 실험하고 있다. "나는 뒤통수가 궁금해서 돌이 되어버린 자/그림자와 뒹구는 돌/돌 속의 뼈/뼈 속의 구멍/구멍 속의 피리/열 개의 손가락을 주무르는 자"(「검은 소설」). 연쇄적인 연상은 무의식적 힘들이 산출하는 기이하고 순수한 환상이다. 이성의 한계를 실험하는 것은 상상적 연쇄를 통해 새로운 각도로 새로운 상상적 경험을 시도하기 위해서다. "아이는 엄마를 한없이 무겁게 합니다/저것 봐요 고개를 떨어뜨리는 거/포대기로 아이와 엄마를/꽁꽁 묶어서 날려 보냅시다/아이 만들러 공장으로 갑시다/풍선 공장으로/풍선껌 공장으로/질겅질겅 어금니 속에는/한 바가지의 짜증이 있죠/날아오른다면/만원 버스일 거예요"(「만원 버스」). 시인은 숨도 쉴 수 없는 만원 버스에서의 소란과 존재의 무거움을 수소처럼 가벼운 풍선으로 풍선껌처럼 날려보내는 상상을 한다. 포대기로 아이와 엄마를 꽁꽁 묶어서 모든 짜증들을 풍선껌처럼 질겅질겅 씹는다면 만원버스는 수소가득한 풍선처럼 높이 날아오른다는 상상. 시인은 현실을 유쾌한 상상적 경험으로, 새로운 각도로 제시한다.

때로 이근화 시는 일종의 '암시' 로서 삶의 불안과 충격들을 드러내기도 한다.

> 궁금한 걸 묻지 못했지
> 무능력한 남자와 살다가
> 애기를 놓고 애기를 업고
> 기찻길 옆 나무와 서 있다가
> 슬리퍼 끌며 되돌아오는 방식으로
>
> 밥상을 차리거나 엎거나
> 아이를 달래다가 내가 울어도
> 기찻길 옆 기차가 지나가는 소리를 들으며
> 반복적으로 서 있는 방식으로
>
> ― 「사소하고 개인적인 슬픔」 중에서

삶의 지루함은 사소하고 개인적이지만 허무하고 치명적인 동반자이기도 하다. 아직도 욕망을 가질 힘이 있는 자들은 남아 여행과 세상 문명사를 관조하는 귀족적 허무를 즐기기도 한다. 하지만 일상의 시간들에 삶을 헌납한 자들에게 사소한 개인적인 것이 얼마나 지독한 슬픔이 되는 것인지. 시인은 무능한 남자와 살다가 애를 낳고 애를 업고 기찻길에 서 있다 슬리퍼를 끌고 다시 반복적으로 기찻길 옆 지나가는 기차소리를 듣는다. 기찻길 옆 오두막집처럼 일상은 영혼의 우울을 달고 흘러간

다. 인생은 그 무엇도 아닌 것처럼 사소하고 개인적인 슬픔으로 가득찬
다. 나는 궁금해도 입을 다물고 침묵 속에서 긴 어둠처럼 슬픔으로 흘러
가고 있다. 권태의 동반자, 삶의 서글픈 거리감, 단조롭게 슬리퍼 끌며
되돌아오는 귀가길, 시인은 "무능력한 남자"과 화자 사이의 막막한 거
리, 삶의 알 수 없는 반복적 허무에 대해 시적 '분위기'를 통해 암시적으
로 그려내고자 한다. 이근화가 보여주는 이 이상하고 낯선 계시들은 상
징적인 이미지들로 미끌어져 들어간다. '사실적 의미'들을 물러가게 하
고 '말할 수 없는 것'들을 혼돈적으로 드러내려 한다. 그녀의 시가 낯설
지만 따뜻하고 모호하지만 슬픈 것은 이러한 이유에서다.

3. 이미지의 동력과 시간들 ─송종규 『녹슨 방』

송종규의 시에서 이미지들은 새로운 동력을 얻고 있다. 시인은 사물
을 실험하고 말을 실험하는 불연속적 과정을 보여주기도 하지만 무엇보
다 그녀의 시적 이미지는 '실존적 존재론'과 연결되어 있다는 점에서
역동적이다.

두루마리 화장지가 줄줄 풀려 나온다
황새냉이가 하얗게 중얼거린다
낙동강 백사장에 푹 삶은 광목 한 필씩 널어놓고
어머니들 깔깔거리며 아래로 떠내려간다
광목 위로 피라미 떼가 헤엄쳐 올라온다
고요에도 두께가 있다, 아주 두꺼운 고요가 이스트처럼
두루마리 화장지를 부풀린다

안개가 삼켰다가
확, 뱉어낸 한 장의 풍경 속으로
풀 먹인 이불 빨랫줄에 털어 널며
어머니들 돌아온다 중얼중얼 햇살 속에서
파라미 떼 투명한 알들이
튄다, 두루마리 화장지가 긴 물길 끌고 간다

—「두께」 전문

시인은 사물을 독창적인 직관으로 전화시키면서 순간 상상력의 철학자가 된다. 직관은 넘쳐 흐르는 이미지의 동력을 타고 삶의 한 때로 회귀한다. 두루마리 화장지의 흰 빛이 줄줄 풀려나오는 것을 보면서 시인은 하얗게 중얼거리는 "황새냉이"를 연상하고 "낙동강 백사장에" 널린 "푹 삶은 광목 한 필"을 떠올린다. 풀려나는 화장지는 낙동강 변에서 흰 광목빨래를 하는 어머니의 풍경을 뱉어내고 광목 위로 헤엄쳐 다니는 피라미 떼들과 연결된다. 투명한 알과 길고 흰 물살들이 이미지 연상의 힘으로 이끌려 나온다. 고요한 두루마리 화장지가 이미지의 동력을 입어 '고요의 기억'을 이끌어낸다. 침묵은 저항하며 풍경의 기억을 되살려낸다. 두루마리 화장지는 저 강물의 깊은 고요, 어머니의 깔깔거리는 웃음소리, 광목에 빛나는 햇빛을 담는다. 안개가 삼켰다가 확 뱉어낸 풍경처럼, 삼켰던 기억과 풍경이 되살아나 창조적 순간을 맞이한다.

시인에게 이미지의 운동성은 자의식의 예민한 감수성과 실존적 기억과 연관되어 있다. 이를테면 시인은 과거 현재가 뒤섞이는 혼돈 속에서 기억의 주체들을 호명한다.

도대체 이 넓은 공원 안 느티나무 아래인지, 버드나무아래인지, 거기 호수가 있었는지, 아버지 말씀은 내게로 건너오지 못하신다 아니, 나무 아래 몇 번째 벤치인지, 얼마나 큰 허공이 둘러쳐져 있는지,

영혼은 습자지보다 여리고 여려서 온갖 서러운 것들 다 기억하나 보다 여기, 황량한 벌판 어둠 속에서 나는 차고 슬픈, 누군가 내 곁에서 빙빙 돌고 있음을 알겠다 유성처럼 나는, 얼마나 돈 것일까 삶은 흠뻑 젖어 있는데
—「휘어진 호수」 중에서

시인은 약동을 잃어버린 여리디 여린 습자지처럼 온갖 서러운 것들을 기억하는 영혼을 지니고 있다. 황량한 벌판 어둠 속에서 차고 슬프게 누군가가 자신을 빙빙 돌고 있음을 감지한다. 유성처럼 돌고 있는 그 차고 슬픈 것은 자신의 영혼인지 모른다. 미완성인 채로 연속적이지 않은 휘어진 삶의 모서리에서 시인은 기억의 세부를 찾아내려 한다. 아버지가 무어라 말씀하는지를 기억하려 하면서 넓은 공원 안 느티나무 아래를, 버드나무 아래를, 거기 호수를 기억하면서 몇 번째 벤치를 기억하면서 한번도 본 적이 없는 그 누군가를 찾으며 시인은 숨겨진 어떤 무엇인가의 실체로 되돌아가려 한다. 큰 허공으로 둘러쳐진 시간들, 흠뻑 젖은 영혼으로 여기저기를 빙빙 돌아다닌 기억들, 존재에 대한 서러움과 혼돈의 이미지들, 기억과 망실의 흔적들은 말 앞에서 주저하게 하고 빙빙 돌게 한다. 송종규의 기억의 이미지들은 연쇄를 통해 솟아나고 불현듯 튀어나온다. 삶에서 약속은 빛나가고 모든 사물들은 허무할 만큼 고요하다. 이러한 반란과 혼돈의 이미지는 모두 존재에 대한 형이상학적 탐문과 연결된다.

문득 삶의 덧없음은 이미지가 작렬하듯 비명을 지르게 한다. "껌을 씹다가 너를 생각했다/전화를 걸다가 순경에게 잡혔다/우회전을 하다 전

봇대를 박았다/개 같은, 복사꽃이 흐드러진 한낮이었다//짐승 소리가 뼛속까지 따라 들어왔다/문풍지도 없는 방에서/두런두런 쭈구리고 있는, 저 컴컴한 것들이 삶이냐고/사람들 몇이 삿대질을 했다."(「개 같은 한낮」) 시인은 운전을 하다 "너"를 생각했고 운전중 전화를 하다 순경에게 잡혔고 우회전을 하다 전봇대를 박았나 보다. 시인은 개 같은 복사꽃의 한낮이라고 노래한다. 삶은 짐승소리를 내며 뼛속까지 들어와 시인의 어둠을 드러낸다. 사람들은 방안에 "쭈구리고 있는" 컴컴한 시인 생의 내면을 들여다 보며 삿대질을 한다. 시인은 기억과 과민과 자폐적 어둠 속에 쭈그리고 앉아 있다. 시인의 방안(내면)은 컴컴하고 녹슨 방이며 다시, 자의식으로 범람하는 방안인 것이다. 생의 시간에 대한 과잉된 자의식으로 방안에는 죽음이 하루종일 하얀봉투를 들고 들락거린다. 계단이 창밖으로 걸어 나가고 시계 바늘은 계단을 오르내리고 수도꼭지는 발자국 소리를 듣고 있다(「다시, 범람하는 방」). 이 모든 소리의 과잉들은 곧 시인 내부의 첨예한 의식의 극점에서 끓어오르는 불안증과 신경증을 대변한다. "간유리 너머" 어슬렁거리는 "저녁풍경에 불현듯, 급브레이크 소리와 비명소리가" 나고 죽음은 검은 비닐봉지처럼 튕겨나온다 (「비릿한 저녁」). 어눌한 걸음걸이로 "죽음의 일부를 데리고 다니"는 늙은 여자는 너덜너덜한 일상을 가지고 있다. 시인은 무서울만큼의 침묵에 대하여 ("너무 많은 말들을 삼켜버린 탁자가 우두커니 앉아 있습니다"「일요일」) 침묵하여 조용해진 평온한 죽음에 대하여 ("낡은 신발 한 짝이 물속으로 가라앉는다/수면은 곧 평온해진다"「물속의 葬禮」) 노래한다.

이렇듯 송종규의 시는 유년의 맑은 기억(「떡집 여자」)과 기억의 혼돈(「휘어진 호수」)과 반란하며 솟구치는 존재의 허무감을 드러낸다. 그것에서 일어나는 이미지의 동력들로 가득하다. 의식의 방안은 안에서 잠근 방처럼 닫혀있고("나는 천천히 열쇠를 비틀어 나를 잠근다, 아무도/ 미륵사지 안으로 들어오지 못한다"「단층」) 닫혀 있음으로 해서 신경증은 더욱 과잉된다. 과잉된 신경증으로 시인은 의식의 순수를 찾는다. 끓어오르는 신열처럼 시인은 기억의 흔적과 죽음의 파편과 고요의 풍경들을 주조해내고자 한다. 송종규는 '과민한 의식의 이미지스트'라 할 수 있다.

4. 정념과 외로움의 음영 – 김소연 『빛들의 피곤이 밤을 끌어당긴다』

김소연의 시집은 추억과 정념의 현실을 예민한 감각적 긴장과 절제로 아우르는 덕목이 있다. 시인은 가늘고 예민한 달팽이 뿔 같은 시적 감수성의 촉수를 살아있는 모든 사물들에게 들이댄다. 시인은 "사방천지에 잠자는 짐승의 숨소리"와 "식물들의 코 고는 소리" "부풀어오르다 꺼지는 뒷산의 어깨" "눈 맑은 꽃" "코끼리 발자국 속에 무수한 개미 발자국" 등, "별들의 정수리"(「달팽이 뿔 위에서」)가 다 보일 정도로 사물들을 들여다본다. 내시경적 시선으로 사물들의 내장을 훑고 있다. "점자책"을 읽듯 손끝으로 더듬어 세상을 느끼려는 자의 정념은 고독하거나 추억에 잠겨있거나 둘 중에 하나다. 시인의 감각은 화상에 데인 살갗처럼 예민하고 매독에 걸린 것처럼 날카롭다. 시인은 아픈 사랑의 당사자인 것이다.

별리는 살갗내부에 흐르는 '피'로 접착된 '악수'와 같다.

　　너의 가시와 나의 가시가
　　깍지 낀 양손과도 같았다

맞물려서 서로의 살이 되는

찔려서 흘린 피와
찌르면서 흘린 피로 접착된
악수와도 같았다

너를 버리면
내가 사라지는,
나를 지우면
네가 없어지는
이 서러운 심사를 대신하여

꽃을 버리는 나무와
나무를 저버리는 꽃 이파리가
사방천지에 홍건하다

—「행복한 봄날」중에서

　사랑은 모든 것으로 그를 부르다가 불현듯 다시 그를 내동댕이치는 것이다. 처음부터 그것은 서로의 가시가 얽히고 맞물려 서로의 살이 되어있었던 것인지도 모른다. 찌르면서 서로 피 흘리고 그 흘리는 피로 접착된 '감각적 처형'이 사랑이었는지도. 하여 사랑이란 꽃을 버리는 나무처럼 나무를 저버리는 꽃 이파리처럼, 저 봄날의 낙화처럼 순간으로 불타오르는 홍건한 자진이다. 제 살을 가시처럼 찢으면 봉오리를 여는 꽃의 피흘림을 생각해보자. 그리고 다시 그렇게 꽃을 버리며(「낙화」) 홀로 새순으로 나는 나무를 생각해보자. 시인은 사방천지에 가득한 숨막힌 눈물들의 연유에 대하여 노래한다. 상처처럼 얼굴에 남은 얼룩얼룩한 나뭇가지 그림자 흉터의 슬픔에 대하여, 서로가 서로를 찌르는, 그러면서 내가 사라지면 네가 없어지는 사랑과 생명의 변증법에 대하여 노래한다. '행복한 봄날'은 슬픔 섞인 흥건한 잔치이며 기이하게 흔들리는 '생의 현장'이다. 시인은 이 절묘한 순간에 우리 서로 "말하지 않기로 하자"라고 노래한다. 추억은 간직되어져야 하므로.

"추억은 짐승의 생살"이며 "추억은 가장 든든한 육식"이어서 "추억은 추억하는 자를 날마다 계몽하"는 것이다. 추억으로 든든한 양식을 삼으면서 추억을 교사로 삼고자 한다. 슬픔과 그리움 같은 것은 인간의 성정을 순화하는 것이다.

이렇게 하여 김소연의 시는 정념의 현실을 감각적 우수와 섬세한 정서로 드러낸다. 이를테면 "함박눈이 저렇게 허공을 메우며/한없이 내리는 것을 보노라니/허공이 비어 있을 때보다도 더/허해 보인다/눈이 온다는 사실이 아니라/허해 보이는 허공 때문에/눈물이 나려는 것이다"와 같은 싯구들. 김소연의 시에서 허무의식은 절제된 생략속에서 '순수한 인상'만을 드러내려 한다.

> 보이진 않지만 바람의 거센 호흡
> 허리가 굽은 행인
> 그 손엔 검정 비닐봉투의 악다구니
>
> 고단한 바람의 광기
> 나무들의 헤드뱅잉
> 그 안에 갇힌 구관조 한 마리
> 무덤이 될 수 없는 날개

그 날개를 얹고 날기만 하는 새

겨울 외투의 무게
두 눈 속에는 핏발
냉장고에 넣어둔 들꽃

— 「일요일」 중에서

김소연은 사물과 그 질료들을 제시하고 침묵 속에 가두어버림으로써 독자로 하여금 물적 이미지와 직접적으로 접촉하게 한다. "겨울 외투의 무게/두 눈 속의 핏발/냉장고에 넣어둔 들꽃", 사물과 이미지는 연쇄적으로 이어지고 이어지는 것으로 시행과 시행 사이 의식을 재생시킨다. 의식이 권태로우면서 광기에 휩싸여 있다. 외로움이 절도있는 광기와 병행하고 있다. 생략과 침묵의 어법은 김소연 시에서 감각의 새로운 가능성들을 보여준다. 즉 사물의 현존과 부재를 오가며 무수한 인상으로서 사물의 다양한 속성들을 뿜어낸다. "고단한 바람의 광기/나무들의 헤드뱅잉/그 안에 갇힌 구관조 한 마리" 피로하지만 광기에 어린 바람, 그리고 나무의 머리카락, 머리카락 안에 갇힌 새 한 마리. 이와같은 감각의 지문들은 연쇄의 연상과 함께 번져가는 이미지들의 움직임을 실감나게 드러낸다.

이를테면 "합정—홍대—신촌—왕십리—잠실—역삼—낙성대—신도림—영등포, 고통의 축제를 옆구리에 낀 채 양화대교를 건너는 바람, 바람을 가르며 번지던 낙조, 걷고 걷던 스무살의 고함 소리, 지하방 아니면 옥탑방, 둘러앉은 계집애들의 울음에 가깝던 노래, 비 맞아 나른해서 벌새가 우는, 종점 없이 순환하는 이 길에서 내려버린 당신,"(「불귀1」). 길은 조금씩 남기는 흔적들로 기억될 뿐이다. 발이 해도록 걸어가고 타고 가도 지하철의 여정은 본질적으로 돌아올 수도 없다. 종점도 없는 미완의 시간들일 뿐이다. 하차와 순환만이 있는 이곳에서 시인은 "너무 빨리 도망치다 그림자를 허물처럼" 벗어두었다. 자신을 스스로 들여다보는 타자로서의 그림자. 시인은 불귀의 현실에서 잠시나마라도 스스로의 외로움을 위안할 수 있는 '그림자'를 생각한다. 그림자 없이 생애를 살아가는 것은 지독하게 환해서 스스로 피곤해질 뿐이기에 (「빛의 모퉁이에서」) 시인은 그림자를 쉬게 할 밤이 필요했던 것이다.

김소연의 시는 정념과 외로움으로 가득차 있다. 감각적 생략과 변이로 예민한 감수성의 명상을 보여준다. 시인은 자신의 '그림자론'에서도 말했듯 빛과 사물이 만나 빛이 지고 그 자리에 그림자가 생겨나듯 사물의 내부가 품고 있는 그득한 부재의 흔적들을 찾는다. 보이지 않는 사물의 음영, 명명되지 않는 정념과 외로움의 내면을 판독하려 하는 데 김소연 시의 매력이 있다.

5. 창조적 개성의 진화를 위하여

한국 근대시가 '서정'을 논한 지는 이미 오래되었지만 서정의 종언을 고한 것(1930년 모더니즘)도 오래된 일이다. 현대시는 끝없이 서정과 반서정의 길항 속에서 새롭고 다른 서정, 또 다른 차이와 동일성의 원리를 찾고 실험하고자 하였다.서정성이란 결국 세계와 자아의 동일화를 향하는 마법적 지향을 할 수밖에 없다. 하지만 그 접점을 찾는 과정에서 시인들은 '자기 환각과 같은 손쉬운 낭만적 동일화'나 '자연에 대한 전통적 집착'과 겨루어야 한다. 자연이 훼손되고 낭만성이 통속적 감상성으로 폄하되는 것을 견디면서도 근원적인 본질에 대한 서정적 회구를 버릴 수 없다. 최근 시에서 주체의 다기한 변이와 환각적 재구성, 이미지의 새로운 소급과 기억의 새로운 갈등 등도 서정의 거대한 동일성 안에서 균열과 파열을 의미한다. 새로운/다른 서정들은 환상적 조립과 이미지의 파열을 통해 새로운 리얼리티를 실험하고 있다.

그러나 새로운 서정이 제각각의 개성을 드러내는 듯 하지만 새로운 개성은 서로서로가 오히려 비슷한 어법과 사이버적 상상력(사이버리즘)으로 구성되는 것은 아닌가 의문이 든다. 현실인식을 유기하는 혐의에서 자유로울 수 없다는 점도 지적해야겠다. '다름'이 현대적 미학성을 모두 담보할 수도 없겠지만 독해의 난해성이 '운문 정신'을 해칠까 우려된다.

이근화와 송종규 시에서의 감각과 관념들은 독특한 각도에서 자의식을 실험하고 있다. 김소연은 정념에 대한 황홀한/고독한 착시를 보여주고 있다.

날것으로의 현실과 맞닥뜨리는 일들이 차츰 사라져 삶에서의 감동마저 문화적 기호로 대체되는 요즘이다. 의식의 깊이만큼, 삶과 부닥치는 표면장력이 넓어진다면 한국 현대시의 사회적 창조적 개성의 진화도 가능하리라 본다.

몸 속의 경전經典

— 강기원 시집 「고양이 힘줄로 만든 하프」

이제, 몸에 대하여 어떤 말을 할 수 있을까. 나 자신이면서 남인 것. 나르시스적 대상이면서 염오의 대상인 것. 정신력과 의지력이 생성되는 장소이면서 물질적 질료들로 조합되어 있는 유기체. 몸은 감각적 욕망이 발동하는 욕동의 거점이자 의식과 관념의 저장소다. 추상적 관념덩어리이자 구체적 존재성을 지닌다. 의식이 작동하고 있는 뇌파의 움직임은 '의식'이 살아있음을 보여주는 '육체적 증거'들이다. 몸은 정신적인 것이 먹고 자고 살아가는 물질적 거점인 셈이다. 몸이 문학 속에서 재현될 때 육체는 정신적 관념과 만나면서 몸 이미지의 의미들을 펼쳐나간다. 박목월은 서울에서 청국장 냄새를 맡으며 고향, 경주를 떠올린다. 냄새는 콧속 몸 속으로 들어와 유년의 기억과 생각들을 떠올린다. 프루스트의 『잃어버린 시간을 찾아서』에서 마르셀은 마들렌 과자와 홍차를 맛보면서 어린 시절 스완네 집을 떠올린다. 마르셀은 게르망트가의 파티에 참석했다가 그의 속에 되살아나는 '무의지적無意志的 기억의 힘(감각적 기억)'이 지나간 시간을 다시금 찾아낼 수 있다는 것을 알게 된다. 기억이란 몸으로 기억된 감각들을 다시금 들추어내어 존재 의미를 재체험하게 하는 것. 냄새 맡는 것, 씹어먹는 것, 육체적 기억은 오랜 시간이 지나고도 육체에 새겨진 표지標識가 되어 과거의 시간과 이미지를 떠올리게 한다. 몸은 '자연'과 '문화' 사이의 긴장 속에 놓여 있다. '정신'과 '물질'의 복합성 속에 놓여 있는 것이다.

강기원의 시는 몸 안에 새겨진 글을 읽고자 하는 탐사자의 시선을 지닌다. 몸 안의 악기는 때로 음악소리를 내기도 하고(「고양이 힘줄로 만든 하프」), 상형문형의 글자들은 태양과 흙의 역사를 가르쳐주기도 한다(「상형문자 새겨진 석상」). 하여 몸을 벗고 입는다는 것은 단순한 탈각과 탈피 과정의 의미를 넘어서 궁극적으로 글쓰기를 육화해 나가면서 찾아가는 자신의 정체성 탐색과 관련 있다.

벗은 허물
뒤돌아보지 않고

없는 발과
없는 날개로
사라진 푸른 뱀아

내 화사한
경전아

봄날
갈라진

숲길에 서서

허물뿐인
탈피할 수 없는 내가

너를 읽는다

—「經」전문

뱀은 "벗은 허물" 뒤돌아보지 않고 사라져버린다. 뱀은 신이한 푸른
색을 띠고 있다. 날은 화창한 봄날이다. 시적 화자는 갈라진 숲길에 서서
허물을 벗어놓고 사라진 그 뱀을 생각한다. 그림자만을 남기고 자기를
벗어 버리고 세상의 투명한 망조직으로 사라져버린 자. 뱀은 처음부터
발과 날개가 없다. 그러나 '없는 발과/없는 날개' 그 '없음' 이라는 '부
재의 힘' 으로 비로소 신비한 힘을 얻는다. 시인은 봄날 허물을 벗고 사
라진 뱀의 흔적에서 경전經典을 읽어낸다. 육체의 현전과 부재, 있음과
사라짐, 시인은 사라진 육체에서 텍스트를 발견한다. 사라진 육체는 사
라짐으로써 비로소 의미 생성의 장소가 된다. 뱀의 승천, 육체가 사라짐
으로써 낳는 알, 몽상가는 텅비어있는 육체야말로 삶의 진의가 간직된
기표 그 자체라는 것을 이야기한다. 뒤도 돌아보지 않고 자신을 버린 자
라는 것을 이야기한다. 무無를 향해 가는 것, 욕망과 집착을 버리는 것,
분별지分別智의 세계를 넘어서는 것, 이원적 상대성의 개념을 넘어 궁극
적으로 무념의 세계에 입교하는 것이다.

시인은 육체가 사라지면서 남긴 무념의 텍스트, 경전을 읽으며 화사
한 봄날 탈피의 꿈을 꾼다. 흥미로운 것은 뱀이 갖는 서양적 상징, 원죄
의식의 이미지들이 불교적 탈각 이미지와 결합하는 지점이다. 시인에게

파충류는 서구적 상징에서 징그러운 형벌의 육체가 아니다. 오히려 바닥을 밀고 나가는 포월의 힘을 지닌다. 시인은 뱀의 육체 안에서 또아리를 틀며 "전신으로 그어댄 흔적을 스스로 지우는 힘"을 키우고자 한다(「파충류의 허물을 뒤집어쓰다」). 비루한 현실의 땅바닥 위에서 스스로의 흔적을 지우면서 그 힘으로 서늘하게 대지와 맞닿는다. 땅위에서 존재의 표면장력을 최대한 줄이는 과정. 스스로의 흔적을 지워나가는 무화의 과정. 시인은 기어가면서 "돌의 알 한두 개쯤 품"을 수 있는 '수평적 초월의 힘'에 대하여 생각한다.

강기원의 시에 나타나는 신체의 변신은 신체와 우주 사이에 자기磁氣를 일으키며 몸의 물결을 발견하고자 함이다. 시인은 몸 안에 새겨진 풍경들을 돋구어보고 음악을 연주해 보고자 한다. 이는 세계와 주체가 서로 용해되면서 세계 안으로 자신을 투사시켜 나가는 방식이다. 어떤 점에서 이러한 결합과 투사는 시인 자신을 유지시키는 용해의 과정이자 해체의 과정이기도 하다. 몸은 변신하여 넘나들고 다시 결합하여 해체된다.

> 일찍이 내 몸은 물결이었네
> 탄력의 현을 가진 오선지
> 별과 달과 물의 음정들을 고르며 그들의
> 음표를 내 안에 새기네
> 한 곳에 머무르지 않는 흡의 계단은
> 흐르고 흘러 발치께로 내려가고
> 별자리만큼 무수한 악보들이 나를 연주하네
>
> —「상형문자 새겨진 석상」 중에서

몸은 물결이 이런 저런 형태들로 모여들고 변형되면서 우주의 음표를 완성하는 곳이다. 음악은 몸 안에서 흘러나와 "시원의 알 수 없는 소리의 물결들"로 출렁거린다. 몸과 음악과 시원의 시간들은 원초적 근원성을 일깨운다. 온갖 별자리의 악보들이, 태양과 흙의 소리들이, 음파들이 화자의 피부로 스며 진동하면서 살가죽이 된다. 음표들은 심연의 깊이로 시인을 이끌고 마침내 저 수천 년 전 돌 안의 북소리를 환기시킨다. 몸은 물결이 되고 오선지가 되고 음표의 계단이 되다 악기가 된다. 소리의 물결들 속에서 상형문자 새겨진 돌의 북소리가 되기도 한다. 이것은 존재의 본질적인 전환이다. 이와같은 전환은 시인이 몸을 세계의 감각 속으로 내어놓고 본질적인 확산을 꾀하기 때문에 가능하다. 시인은 상상력의 추구 속에서 우주와 시원의 베일 속으로 퍼져나가길 원한다. 음악과 소리의 전파력은 시원의 시간과 광물질인 돌의 고독 속으로까지 파고들어 연속적이고 풍요로운 내부와 접촉하고자 한다. 고대 상형문자에서 울리는 영혼의 순환성. 시인은 자신의 몸을 열어 "수천 년 윤나는 검은 돌" 태고적 "돌의 북"소리를 듣고자 하는 것이다.

G선만 남은 바이올린

등에 지고 알몸으로 기어간다

죽음의 현 울리는

청명한 바람

푸른 달의 낮은음자리표

(중략)

모래 위에 잠시 스미는

화석의 노래

출렁이는 물결의 옥타브

—「소라고둥」 중에서

　시인은 몸 안에서 바이올린 소리와 시간의 역사를 듣는다. 소라고둥은 몸이 악기이며 악기가 몸인 알몸을 이끌고 기어간다. 몸 안에 누적된 시간이 지층의 켜처럼 쌓여 있다. 청명한 바람소리, 푸른 달의 낮은 음자리표, 소라고둥은 제 몸 안에 자연의 풍경과 소리를 지니고 있다. 소라고둥은 몸 안에 "회오리길 새기며 간다". 상처는 길을 새기며 삶은 그 길을 밟아가며 시간을 통과한다. 제 몸 안에 지고 가는 죽음과 삶의 균형. 양립적인 것들은 몸 안에 출렁이는 물결의 노래를 만들어낸다. 화해하고 편안한 우주를 잉태한다. '화석의 노래'는 바람 소리와 푸른 달과 태양이 새겨둔 몸의 흔적이다. 그렇게 하여 소라고둥은 몸에 '우주의 화음'을 길러낸다. 우주는 소라고둥의 몸 안에서 화석의 노래, 시원의 시간과 양식으로 깃든다.
　이와같은 몸의 개방과 확산은 시집의 표제가 되기도 한 시 「고양이 힘줄로 만든 하프」에서도 나타난다.

　내 머리채 휘어잡고 일필휘지 할 분 안 계시나

뼈의 구멍에 입술을 대고 날숨 불어넣을 이

방광 가득 바람을 넣어 힘껏 차도 좋을 일

　　　　　　　　　—「고양이 힘줄로 만든 하프」 중에서

　　시인은 본성의 유일성을 고집하기보다 몸을 해산하여 제 각각의 다른 변신의 구현을 보여준다. 근성根性 변이와 존재 탈주의 모습을 보여준다. 몸을 분리하여 머리채로 붓을 만든다거나 뼈에 구멍을 내어 피리소리를 내어본다거나 방광에 바람을 넣어 공을 만든다. 시인은 "고양이 힘줄로 만든 하프"처럼 연금술적 존재변이의 꿈을 제시한다. 고양이의 내장과 골과 힘줄과 발톱은 낱낱이 분해되어 다른 사물로서의 삶으로 이어진다. 하프는 고양이의 힘줄로 고양이의 또다른 생을 연주한다. 강기원 시에서 몸이 완전히 죽어 없어지는 경우는 없다. 능동적으로 끊임없이 존재의 문을 열어 세계의 시간에 참여한다. 시인은 몸을 죽음의 망령에 먹이로 남겨두지 않는다.

　　때로 강기원은 일상에서 죽음의 물리적 폭력을 담담하게 기술하기도 한다. "얼마 후 그는 곱게 갈린/한줌의 자루를 들어 보인다/(뼈는 왜 나무처럼 숯이 되지 않는 걸까)/열두 살 아이여서 모든 과정은 한 시간이면 족했다/어른은 두 시간이라 한다/욕심이 타는 여분의 한 시간을 기다리지 않아도 좋았다"(「벽제」) 아이를 화장하는 과정을 객관적 거리 속에서 들여다본다.

　　수술실 안으로 철가방이 들어간다

　　전화선처럼 꼬인 장을 푸는 건 간단하다고 했다

　　수술은 세 시간을 넘어섰고

　　배고픈 의사들을 위해 자장면이 배달되었다

장을 풀다 말고 돌아앉아
(혹은 열린 내장을 들여다보며) 그들은
뒤엉킨 창자 같은 면발을 급히 빨아들일 게다

(중략)

이윽고
피곤을 마스크처럼 뒤집어쓴 집도의가
수술실 밖으로 걸어 나온다

(중략)

수술복 앞자락에 남아 있는
부패하기 시작한 내장 냄새와 담즙 빛깔 자장 소스

─「자장면」 중에서

수술하다 외과의사들은 배가 고파 자장면을 먹는다. 열린 내장을 들여다보며 그들은 자장면을 돌아서서 먹는다. 뒤엉킨 창자 같은 면발을 급히 빨아들인다. 수술복 앞자락에 짙은 빛깔의 피와 담즙 빛깔의 자장 소스가 묻어 있다. 사경에 있는 환자와 일상적 자장면과의 만남, 짙은 핏자국과 담즙빛의 자장 소스, 시인은 죽음과 일상이 아무렇지 않게 교합하여 섞여 있는 일상의 무심함을 보여준다. 시인은 관찰적이면서 객관적 거리를 놓치지 않음으로써 아이러니한 두 빛깔의 세계를 결합시킨다. 개인생명의 치열한 흔적인 담즙의 핏자국이 사소하기 이를 데 없는 자장 소스의 빛깔과 겹쳐지면서 일상의 치명적 무관심을 포착한다.

그러나 일상에 숨겨진 죽음의식도 몸을 내맡긴 조용한 적나赤裸 속에서 몸의 순수한 가치를 찾는다.

쓰레기 쌓인 공터로 가는 길
채 죽지 않은 지렁이 주위로 까맣게 몰려든 개미 떼
구름 아래 주저앉아 들여다본다
가끔씩 꿈틀대지만 지렁이는 조용히
몸을 내맡긴 채다

동그랗게 말린 땅의 탯줄,
개미들은 어디로 끌고 가려는가

— 「공터로 가는 길」 중에서

몸을 조용히 내맡긴 지렁이는 몸을 완만하게 굴신하여 땅바닥에 누워 있다. 지렁이는 동그랗게 몸을 말리고 있는 "땅의 탯줄"인 것이다. 몸을 완벽하게 지상 위에 내밀긴 자의 헌신, 땅의 생명줄로 이어지는 열납의 과정. 시인은 생물이 스스로 자연화되어 대지로 침투하여가는 소멸과 생성의 방식에 주목한다. 지렁이는 지신地神이라 알려지기도 했지만 땅의 세계와 연결되는 밧줄이다. 모태로 들어가는 자, 따뜻한 열과 편안함으로 자신의 몸을 어머니의 품에 내 맡긴 아기처럼 지렁이는 자신을 내맡긴다.

시원과 시원의 몸에 대한 관심 속에서 시인이 들여다보는 것은 화석이다.

흙에 눈을 대면

지층이 보인다
날벌레의 화석들
열려진 무덤
안으로 머리 디밀기 전
납작하게 엎드려
죽은 자들의
체온을 느낀다

—「화석」 중에서

지층에 납작하게 누워있는 날벌레의 화석들. 시인은 납작하게 엎드려 죽은 자들의 체온을 느끼려 한다. 시인은 "나의 들숨으로 그들의 날숨이 들어온다"라고 이야기한다. 시인은 죽음의 모성적인 내밀성을 연구하기 위해 고개를 들이밀며 머리를 지층에 묻으려 하기도 한다. 화석으로 죽음을 낙인찍은 자들, 죽음으로 존재를 영원히 고착시킨 자들. 시인은 흙 속에 남아있는 진열된 죽음의 모습에서 오히려 어머니의 품처럼 부드럽고 고요한 삶을 발견한다. 화석을 들여다보는 것은 이전 삶과의 통교通交다.

강기원의 시는 "상처를 열고 굵은 소금을 뿌"려 부패없이 상처를 남겨두고자 하는 치열한 상처의 진열(「자반」)을 드러내기도 한다. "피흘리는 살덩이들이 다져질수록/깊어지는 몸의 상처" 속에서 "죽어가는 것들의/떨림"(「버섯」)이 갖는 울분을 노래하기도 한다. 그러나 강기원은 세상에 대하여 몸을 열어 스스로 감각과 인식을 풀어내며 존재전이의 넘나듦을 통해 내면의 경전을 읽는다. 고양이 힘줄로 만들어진 하프처럼 몸을 단단하고도 질기게 튕기면서 미세한 고양이 울음소리가 들리는 자신의 몸의 소리를 들어보라 한다(「나를 연주하던 사람」). 몸 안에서 나는 경전經典 읽는 소리를 들어보라 한다. 피흘리지 않으면서 상처의 나날을 견디고 상처에 소금을 뿌려가며 헛된 동요를 견디고자 한다.

강기원의 시는 몸에서 울려나는 음악소리, 시간의 흐름을 보여주면서 신체가 예藝화되는 과정을 보여준다(「베토벤이라는 빵」). 순결하게 허물을 벗고 팔다리 없이 빈 몸통으로 웃는 토르소처럼 시인은 저 시원의 몸과 시간과 소리의 세계로 나아가고자 하는 것이다.

낯선 상징

― 이수명의 시

　　시인들이 세상과 결코 화해하지 않고 있다는 것은 오래된 관습이다. 시인은 사실 이 세상에 없는 천상의 말을 찾고 있는지도 모른다. '영원성'이나 '완성'이란 말은 지상의 말이 아니다. 화석화되어 돌 속에 갇힌 언어를 혀로 찍어내는 화인의 문자들. 하여 환멸의 시대에 시인은 세상과 싸우는 것이 아니다. 오히려 시인은 '언어'와 대면하고 있다. 존재는 궁극적으로 언어에 결박당해 있다. 사이렌의 노래를 들으며 돛대에 묶여 있던 오디세우스의 일그러진 얼굴을 상기해 보자. 오디세우스는 사실 저 무의식의 소리가 자신을 울림판처럼 통과하자 학적鶴笛처럼 내면의 신음소리를 가늘게 내고야 말았던 것이다.

　　환멸의 시대에 시인은 세상과 싸우기보다 더 근본적으로 언어와 대면할 수밖에 없다. 시인은 추론과 계기성으로 가득한 세계의 산문성과 싸워야 한다. 이수명 시는 도구화된 언어를 끝없이 해체하고 파괴하는 방식으로 언어를 구축한다. 언어가 구축되면 다시 그것을 파괴한다. 파괴가 구축이 되고 구축이 곧 파괴가 되는 역형상화의 방식을 따른다. 시인은 파괴를 시적 양식의 근간으로 하여 추문 속에서 언어를 건져올리고자 한다. 시인은 "언어를 통해 대상과의 거리를, 대상에 이를 수 없음을, 대상이 흩어지고 부서져 있어서 언어로 건질 수 없음을 인식하게 하는 것이 시다"라고 말한다. 시인은 불온하게 풀어져 "들불처럼 번지는 유희의 언어"를 꿈꾼다고 말한다.

"서랍이 늘어났다.//이제 나의 눈은 더 많은 서랍/나의 귀는 더 많은 서랍/나의 손은 더 많은 서랍이 되었다.//서랍들이 전시실에 전시됐다./서랍들이 지하실에 버려졌다."(「서랍 속의 벌레」(『고양이 비디오를 보는 고양이』)

"그들이 온다. 그들이 다가온다. 거리를 가득 메우고 조금씩 천천히 다가온다.//모르는 얼굴들이다./나는 모른다.//그들이 온다. 이리로 향해 온다. 손에 하나씩 상자를 들고 상자들을 들고 말없이 똑바로 걸어온다.//모르는 상자들이다./나는 모른다//무국적자, 불법 체류자, 방화범, 무단 침입자, 금치산자, 탈옥자, 좀비,"(「스무 개의 상자를 들고 오는 스무 명의 사람들」)

언어가 의미체계의 결박을 풀고 언어 스스로 무의식을 꿈꾸는 형국이랄까. '서랍─눈─귀─손─전시실─지하실'로 연결되고 '그들─모르는 얼굴─상자─모르는 상자─무국적자─불법 체류자─방화범─무단 침입자─금치산자' 등으로 연결된다. 시인은 언어의 무의식적 방류를 통해 의식 이전의 환각을, 세상에 대한 알레고리적 인식을 누설한다. 사실 가시적인 것은 비실재적unreal이다. 실재는 오히려 깊은 혼돈 속에 감추어져 있다. 시인은 초현실적인 환상들을 겹쳐 놓으면서 현실을 분절한다. 연속적 사건들이 파열하면서 사건들간의 관련성이 점점 희박해질 때 오히려 지독한 '현실'이 노출된다.

빈 화물차가 지나간다. 나는 가방 속을 뒤지고 있었다. 쏟아지는 책갈피 사이를 정신없이 뒤지고 있었다. 할퀴고, 할퀴고, 할퀴고, 나의 이단은 나의 오독에 불과했다. 모든 주름은 펴기 전에 펴진다. 내 가방 속엔 아무것도 남아 있지 않았다. 빈 화물차가 거리를 메웠다. 나는 허약해지는 팔을 뻗어 필사적으로 가방을 뒤졌다. 세상의 모퉁이들이 닳고 있었다. 세상의 기다림들은 세상의 모퉁이들을 닳게 하고 있었다. 희미해지는 기억의 경계들이 문드러졌다. 그림자가 없다. 그림자 없는 화물차가 지나간다. 나에겐 새로운 이단이 남아 있지 않았다. 빈 화물차가 지나갔다. 내 앞을, 서서히 지나가고 있었다. 새로운 오독이 거리를 메웠다.

—「화물차」 전문

빈 화물차가 지나가고 나는 가방을 뒤지고 있다. 필사적으로 화물차가 지나가고 필사적으로 나는 가방을 뒤진다. 가방을 뒤지는 행위와 빈 화물차의 진행, 이 겹침과 중첩, 몽타주의 방식들은 사건의 사실성과 대조되는 '징후적 환기'다. 빈 화물차가 거리를 지나가고 거리를 가득 메우고 나는 필사적으로 가방을 뒤지기만 한다. 나에게 기다림만이 있고 기다림은 점점 경계가 문드러지고(기억의 모서리가 무디어지는 일) 나는 가방에서 아무 것도 찾지 못한다. 새로운 오독만이 모욕만이 내 생의 앞을 지나갈 뿐. 세상과 내 생이 더러운 독으로 가득찬 얼굴이다. 이 자괴감의 극치에서 시의 이단성은 발휘된다. 텅 비어 있는 실재real는 무질서하고 우연적인 현실과 얼마나 잘 겹쳐지는가. 현실의 단편적 장면은 합성되면서 시인의 환각적 현실을 완성한다. 시인의 몽타주적인 개별 요소들은 강조되면서도 전체적 연관성 속에서 분리된다. 빈 화물차와 나의 가방, 기다림과 거리, 전통적인 유기체적 방식은 변증법적으로 통일된 듯하다 전체에서 떨어져 나가 독립적으로 존재한다. 모든 것은 비어있고 가방에는 아무 것도 남아 있지 않고 경계는 닳아가고 빈 것은 내 앞을 지나간다. 책갈피는 쏟아지고 세상은 나를 할퀸다. 시인은 현실의 오만이 주는 치욕을 '우연' '알레고리'의 방식으로 노출하고 '단편'과 '새로움'으로 합성한다.

이수명의 시는 정상적인 현실에서 분열된 상상력의 미학을 앞세운다. 시인에게 사물은 결코 현실과 결합되지 않는다. 현실적인 것들과는 다른 관계를 맺는다. 정신적인 관계를 맺는다. "모든 소음에 눈이 아프다./ 나는 물이 되고 싶은 눈물이며/파손된 쪽배이며/환풍기로 내쫓긴 외국어이며/태양이 눈감은 하늘,"(「구름」) 그러니까 사물들은 극단적 추상성을 견뎌내며 부조화된 현실과 맺고 있는 시인의 정신적 긴장을 버팅겨 낸다. "비 오는 날, 나는 비를 흠뻑 맞고 걸어가는 한 사람에게 우산을 씌워주었다. 그는 우산 속에서 쉴새없이 말했다. 알아들을 수 없는 말이었다. 그 말들은 느릿느릿 내게 왔기 때문에 피가 멎어 있었다. 바다 밑바닥을 붉은 게 한 마리가 걸어갔다. 아주 잠깐, 바다가 이동하는 동안, 게가 바다를 나르는 것이 보였다. 헤어지기 직전에 그는 살려달라고 했다"(「비 오는 날」). 의식적인 통제로 제어될 수 없는 상상들은 불연속적으로 분출하여 초현실적 불협화의 징후를 퍼뜨린다.

이수명은 첫 시집 『새로운 오독이 거리를 메웠다』에서 세상 환멸과 치욕에 대한 추상적 흔적을 보여준다. 이후 시집 『왜가리는 왜가리 놀이를 한다』『붉은 담장의 커브』『고양이 비디오를 보는 고양이』에서 시인은 꿈같은 현실을 현실적 현실과 겹쳐놓으면서 알레고리적인 우화나 아라베스크와 같은 언어적 파편, 다양한 상상적인 것들의 유희를 실험한다. 이수명 시가 가지는 독특함은 전통미학과 단절되는 '불연속'의 강조이며 그 강조가 가지는 급진적 공격성이다. 시인은 오직 극단적 이미지들을 가지고 급격한 병치와 연속을 통해 극단적 불연속을 기획한다.

눈은 없고
피만 있다.
피가 눈을 뜬다.

어둠 속에 들어선 빛
빛 속에 들어선 어둠

입은 없고
입속으로 사라진 비명 소리도 없고
피만 있다.
피가 입을 벌린다.

「해부」 중에서

이 상상적인 것들의 잔혹함, 환상적인 장면들의 극단성. 이수명 시가 가지는 특징은 시적 이미지들의 '자유'이다. 자유, 자유에 대한 환상. 신체가 해부되자 눈은 없고 피만이 가득하다. 피가 서서히 해부의 침대 위에서 눈을 뜬다. 어둠 속의 빛처럼 빛 속의 어둠처럼, 입도 없고 비명도 없고 오직 해부대 위에 피만이 피의 입만이 입을 벌리고 있다. "너는 없고/너를 디자인하는 피만이 있다". 하여 이수명의 시는 현실 세계를 거부하기는 커녕 오히려 인간 실존의 다른 차원의 실재를 추구한다. 그것은 자유에 대한 환상을 통해 이 범속한 세계에 정신분열증적으로 대항하는 것.

이수명 시가 가지는 상상적 환각은 정신분열자의 시선을 통해서 보게 되는 자폐적 세계 안의 '비밀'이다. 그 비밀은 신비스럽게도 자유의 환상을 간직한다. 이수명 시가 가지는 아우라는 이와같은 밀폐된 환상의 극단적 실험에 기인한다. 하여 시는 논리적이고 기계적인 강요에 젖어 있는 현대 이데올로기에 대한 비판적 힘이 된다.

이수명의 최근 신작시는 이 환각의 급진적 힘에서 현실과 환각이 서서히 균형을 찾아가는 조용한 밀교의 형태를 보여준다.

> 땅 속에서부터 길어올린
> 꽃들이 있다.
> 땅 속에서부터 일으켜 세워야 했던
> 꽃들이 있다.
>
> 부서진 얼굴들이다.
>
> 안에서 밖으로
> 밖에서 안으로
> 날아다니는 돌들이 있다.
>
> 안과 밖을 끊임없이 교환하는
> 문들이 있다.
>
> — 「현깃중」 중에서

시인은 봄볕의 어른거리는 따스함 속에서 공안 같은 한마디를 찾아낸다. "땅 속에서부터 일으켜 세워야 했던 꽃이 있다". 땅 속의 것들, 심연의 것들은 즉각적인 언어의 간단한 명령으로 몸을 일으킨다. 보이지 않는 것들은 서로 풍경의 표면 위에서 직조되면서 가시와 불가시의 경계를 넘나든다. 안에서 밖으로, 밖에서 안으로 날아다니며 교환되는 무수한 정령들, 모든 움직이는 것들 속에서 돌이 날아다니고 여기서 저기로 안에서 밖으로 봄의 모든 것들이 떠돌며 날 때 나는 넘어진다. 봄은 쓰러진다. 일어나는 꽃과 일어서지도 못하는 봄, 날아 다니는 돌과 넘어진 나.

봄은 넘어지면서 일어나고 다시 날아다니면서 쓰러지는 그 현깃증의 순간이다. 세계와 자아는 시적 환각 속에서 무한히 굴절되고 혼절한다. 현기증이야말로 현실 너머의 초현실의 세계이며 이미지와 상징 놀이의 장場이 아닌가. 풍경 속에서의 착오, 붙잡을 수 없는 생의 왕래들, 부풀어오르는 환각, 하여 몸은 히스테리처럼 쓰러지고야 만다. 봄은 그 히스테리의 몸을 만들어낸다. 시인이 봄의 히스테리를 몸으로 즐길 수 있는 것은 의식을 넘나들며 환각적 현실을 불러올 수 있는 상상 같은 신경증과 분열증 때문이다.

풀이 자랐다.
멀리
내가 닿을 수 없는 곳에서
나를 어루만졌다.
풀이 홀로 자랐다.
두려워서
안으로 후퇴하듯 자랐다.
밖으로 도망치듯 자랐다.
그렇게 문 밖에 그대를
세워두었다.
그대가 어둠이고

어둠에서 새벽이 되고

지쳐 다시 어둠이 되게 버려두었다.

― 「멀리 있는 풀」 중에서

하여 이수명의 시는 지극히 심리적이며 정신적인 시다. 시인은 끈질기게 상징들을 만들어내며 시 안에서 새로운 현실을 구축한다. 상징은 견고하고도 섬광같이 보이지 않는 시적 현실의 자리를 채운다. 풍경은 이수명 시에서 기이한 개화를 시작한다.

사실 '풀'은 한국 현대시에서 낯익은 상징이 되어 왔다. 민중 상징의 익숙한 틀에서 자유롭지 못했다. 시인은 진부한 '풀'의 상징을 어둠 속에서 건져낸다.

풀이 자라고 있다. 문 밖에 그대가 있고 닿을 수 없는 곳에 내가 있다. 풀이 자라면서 조금씩 시간과 공간은 밀려났지만 풀은 꽃도 피우지 않았고 그늘도 없이 아무도 모르게 조금씩 자랐다. 그대를 문 밖에 세워둔 내가 그러하다. 소리없이 죽음을 간직한 듯 자라는 풀의 형상과 그대를 어둠 속에 버려둔 채 그대를 지켜보는 나의 심정이 겹쳐진다. 이 지독한 간극 사이에 나와 그대의 '사랑'이 있다. 시인은 그 감정의 사잇길에 풀을 세워둔다. 그대가 서 있는 문 밖에 어둠이 오고 다시 새벽이 오고, 어둠이 와도 시간은 그냥 감각의 빛처럼 흘러갈 뿐, 풀은 그렇게 그냥 조금씩 자라갈 뿐, 이 심리적 긴장 속에서 어떤 감정의 흐름도 의미의 파동도 지워진다. 고요함 속에서 파동, 상징물 사이의 간격과 비약 속에 실제적 의미의 통제, 이것이 상징의 간결한 아름다움을 가져온다. 이수명의 시가 가지는 특장이다. 풍경의 상징들은 의미의 겹침으로 혹은 홀연한 의미의 사라짐으로 정신과 심리의 텅빈 긴장과 충만을 누린다.

이를테면 다음과 같은 시 "돌아왔다./돌아오고 있다.//벗어났다./벗어나고 있다.//그래도 도망칠 것이다/도망칠 것이다// (중략) //내 손은 내 손이 잡을 수 없는/너의 손을 계속해서 만들어내고 있다."(「도망칠 것이다」). 결국 너와의 모든 만남은 내가 창조해 낸 또다른 너의 분신과의 조우였으니 그것은 비어있는 현존일 뿐이다. 관능적이면서 매끄러운 이 환상의 노동! "나의 손"은 "너의 손"을 계속해서 만들어내고 있고 "나의 손"은 "내 손을 물고 있는/사자의 이빨 같은 것을/계속해서 만들어내고 있다". 결국 시적 화자를 붙잡는 것은 저 끈질한 환상의 이빨이다. 환각은 시인의 의식을 꽉 물고 놓아주질 않는다. 환각은 "너"를 만들어내고 "너의 손"을 만들어내고 손의 아귀힘에서 시인은 빠져나오고자 한다.

그런 점에서 이수명은 '명사'를 통해 상징의 현실을 끝없이 만들어내고 '동사'를 통해 그 상징의 현실을 끝없이 깨려 한다. '돌아왔다', '돌아오고 있다', '벗어났다', '벗어나고 있다', '도망칠 것이다'와 같은 동사들. 이수명은 환각의 사물들 속에 붙박히길 즐기면서 또 동시에 이 어둠의 우물에서 벗어나 도망치고 싶어한다. 시인은 명사(환각)와 동사(환멸) 사이에 놓여 있다.

그는 너의 불을 가지고 있다.
꺼진 곳에서 다시 번지는 불
번져가면서 하나씩 꺼지는 불

그는 너의 비를 가지고 있다.
땅에서 하늘로 자라는 비
하늘을 완전히 떠내려가게 하는 비

그는 너의 시체를 가지고 있다.
너를 지우고
너를 다 돌려보내고
어디에도 없는 너를 매장하고도

그는 너의 시체를 가지고 있다.
이미 네가 떠나가버린
너의 시체를 가지고 있다.

—「그는 너의 시체를 가지고 있다」 전문

"그는 너의 불을 가지고 있다", "그는 너의 비를 가지고 있다". 그가 가지고 있는 너의 차가움과 뜨거움, 그러나 마침내 그가 가지고 있는 "너의 시체". "너"의 차가움과 뜨거움이 모두 빠져나가 버리자 "너의 시체"와 같은 허무만이 남아 있다. 이 시는 명백하게 사랑과 실연의 시다. 너가 떠나갔음에도 여전히 남아 있는 너의 불, 여전히 남아 있는 너의 비, 매장하고도 남아 있는 너의 시체. 그는 너의 매정함과 열정, 떠나가버린 그 육체의 흔적만을 가지고 있다.

이수명의 시는 수다한 기의들을 간명한 상징의 징후들로 제약한다. 무수하게 팽창하는 물질들의 세계에 대해 가장 금욕적인 언어로 답하는 하나의 방식이다. 의미들을 최대한 매장하고 상징의 잔향을 남김으로써 언어의 수다한 남용과 죽음을 막는다. 표현의 표면장력을 최대한 움츠리는 것. 징후와 상징으로 단 몇 개의 점들을 그려주고 순수한 의미의 잔향을 즐기라고 하는 것, 이것이 이수명 시의 미묘한 의미의 확장이자 축소다.

연상의 즐거움과 환상적 구성, 의미를 표백하며 죽음에 답하는 기표들의 유희, 현실에 대한 완곡한 알레고리와 상징들, 이와같은 이수명의 시이기 때문에 여전히 풀리지 않는 모순을 담고 있다. 개인적인지 혹은 집단적인지, 의미의 포기인지 의미의 구성인지, 현실의 지양인지 현실의 배가인지, 주체의 상상력의 포기인지 혹은 증폭인지, 이 복합적인 다양한 모순이 이수명 시에 동시적으로 산재한다.

> 벌레 한 마리
> 무덤 속으로 들어가고 있다.
> 벌레 한 마리
> 무덤 속에서 나오고 있다.
>
> —「벌레 한 마리」 전문

　예술적 혁명을 위한 언어적 전위인지, 문화 보수적 작위성인지, 상상력의 진폭을 독자에게 남겨준다.
　새로운 급진의 양식으로, 팽만한 상징성의 몸으로 이수명의 시는 웅크리고 있다. 예술의 정치성을 담보한 채 저 이단의 길 위에 오독을 퍼뜨리고 있다.

문명의 멀미에 대한 한 보고서

— 이하석의 시집 「것들」

　　도시생활에서는 그림자를 놓치기 십상이다. 시간과 풍경은 너무 급속하게 흘러간다. 거대한 인간 사막을 헤매다 부랑자처럼 여기저기를 힐끔거릴 뿐이다. 가까스로 어둠이 찾아오면 비로소 침상 위에 고단한 몸을 누이면서, 간신히 자신을 따라온 그림자를 함께 누인다. 현대적 삶이 주는 상쾌함과 동시에 이 터무니없는 불안은 무슨 아이러니인가. 문명이 만든 도시 속에서 현대인들은 점점 더 하찮고 주변적이고 종속적인 것으로 되어간다. 무엇인가 존재감이 점점 헐거워지고 사라지고 있다는 느낌. 이 파국적 소모감은 도시적 삶이 가져다 주는 필멸의 순서일지도 모른다.

　　문명이 도시를 건설하자 시인들은 더 이상 자연에 머물 수 없게 되었다. 시에서 도시는 현대인의 불안과 우울, 향수적 아픔 등이 자리를 차지하는 선택된 장소가 되었다. 예술의 현대성은 이 도시의 막막한 불안에 대한 답변이라 할 수 있다. 도시는 이제 우리 생활과 일상을 지배하는 문제적 공간이 된 것이다. 구체적 일상의 모든 요소가 담겨 있는 도시는 인생을 걷기 위해 모여드는 공간이며 익명의 존재들이 이방인처럼 스치는 곳이다. 모래바람처럼 새롭게 만나고 끝없이 헤어지는 낯선 고독이 유일한 양식이 되는, 그리하여 도시는 현대시가 선택한 공간이 된다.

현대의 작가들은 도시의 권태와 빈궁에 찌든 대중, 거리의 군상들을 문학적으로 새롭게 표현함으로 문학에 현대를 알렸다. 이제 우리가 살아가는 '자연nature'은 '도시'이며 쳐다보는 하늘은 마천루의 천장이다.

이하석은 도시적 일상과 문명의 뒷모습에 대한 첨예한 투시적 시선을 지속적으로 보여준 시인이다. 도시의 거리에서 시인은 하릴없이 빈둥거리는 산책자가 된다. 시인은 풍경을 바라보고 풍경을 만들어낸다. 도시의 현실 속에 시선을 던지면서 사물의 본질을 포착하려 한다. 시인의 시선에서 세계는 철저하게 인격성이 거세된다. 이하석이 감각을 배제하는 것은 시선의 냉정한 무료함을 통해 비인간적 세계의 상태를 드러내기 위해서다.

이하석 시의 주인공은 사물이며 사물이 인격을 대신하여 현대적 삶을 살아간다. 역동적이고 급속한 이동이 이루어는 도시 공간에서 모든 것들은 극단적으로 물건이 된다. 물건이 되는 것으로 건조하고 황폐한 도시적 삶을 완성한다.

가방들을 두고 침묵의 마을이라 한 화가를 기억한다
그의 가방은 잘 열리지 않고
늘 구석에 놓여 있었겠지
주인의 마음처럼

지퍼란 지퍼, 멜빵이란 멜빵,

끈들은 모두 가지런히 빠짐없이
닫혀지고 꼭꼭 매여진 채
여행 중인 검은 가방들이 서울 역 무궁화호 개찰구 가까운 바닥 여기저기
놓여 있다

인공 쇠가죽의 불빛 덮어쓴 위쪽은 금빛으로 빛나는데
그 아래쪽은 불룩하니 캄캄하다
가방 주위 어딘가에 있을 주인의 주머니도 가방만큼 자주 열리지 않아
뭐든 타협이 잘되지 않을 것이다.
사람들은 모두 어딘가로 갈 데가 있고
집요하게 뭔가를 기다리고 있다
그들이 바쁘게 일어설 때까지,
그들이 사라질 때까지
가방들은 완강하게 입 다물고 자리를 지킨다

─「누런 가방」 중에서

도시적 삶은 역 대합실 입구에서 속도의 총화를 극단적으로 뿜어낸
다. 사람들은 바쁘게 걸어가거나 집요하게 "뭔가를 기다린다". 기다림
마저도 격렬한 광증을 동반하는 듯한 이곳 역 대합실앞에서 움직임으로
촉발되는 것만이 살아있다는 증거라도 되는 듯.

"사람들은 모두 어딘가로 갈 데가 있고", "바쁘게 일어서"고 있지만
가방은 "늘 구석에 놓여 있"고 "입 다물고 자리를 지키"고 있다. "짓눌
린 채 구겨져" 있다 ."침묵의 마음" 처럼.

완강하게 닫혀있는 입. 그것은 무수하게 움직이는 격렬한 동성을 비
웃기라도 하는 듯 침묵의 거대한 입으로 봉인되어 있다. 단단한 스스로

의 매장埋葬은 자신의 내면을 철저하게 은폐하고자 하는 가방 주인들의 음모인가. 가방은 도시의 갖은 모든 사연들이 음험하게 혹은 가련하게 숨겨져 있는 허파인가. 가방은 숨쉬고 있지만 고요하거나 말이 없다. 가방은 기다리고 있는 것 같다. 무엇을? 고도를? 꼭꼭 매여지고 닫혀진 침묵들…….

도시의 건조한 일상풍경에 대한 날카로운 시선은 결국 도시일상에 대한 미메시스적 충동에 휩싸이게 한다. 독자를 현장에 붙들어 매는 것으로 이 도시의 현장 속에 도시적 일상을 성취하려는 것. 현장성 속에 독자의 긴장이 주목된다. 시의 리얼리즘은 완성된다. 가방은 침묵하고 완강하게 매여져 있다. 입을 다물고 자리를 지키고 있다. 안에 무엇이 들어있든 상관 없다. 우리는 다만 닫혀 있다는 것. 사람들은 모두 입을 다물고 있다는 것. 하여 사람들은 가방처럼 함부로 속을 열어볼 수도 없다. "늙은이의 어깨들처럼/위가 짓눌린 채 구겨진" 가방. 사람들은 불룩하고 캄캄한 아랫배처럼 가방을 가지고 제각각 무궁화 열차 개찰구에 모여든다. 사람들이 기다린다. 가방이 기다린다.

사람들은 도시의 거대한 빠른 회로 속에서 지칠줄 모르는 협상과 개발에 스스로 돌진해가야 할지도 모른다. 스스로를 부분적으로 매매하면서 자신을 상품의 한 부분으로 헌납해야 할지. 그러나 거대한 문명의 한복판에서 어리둥절해 있는 이들의 마음은 오히려 단단하게 침묵한 채 완강하게 자신을 닫아걸고 있는 여행중의 검은 가방이다.

이하석은 가속도의 충동으로 가득찬 자본의 세상에서 오히려 제자리에 붙박혀 부동하는 단단한 침묵에 집중한다. "가방은 늘 닫혀 있고", "굳게 입을 다물"고 있다(「가방」). "봉고 문이 완강하게 닫혀" 있고(「途中의 안동휴게소」) 사람들은 "입을 앙 다문 채 (중략) 수평선을 바라본다"(「1월1일」). 역사驛舍 안 대합실에 놓여 있는 가방, 고속도로 휴게소

주차장에 놓여 있는 봉고차, 끝없이 실려가는 현대문명의 총아들이지만 그 "속"을 알 수가 없다. "굳게 입을 다물고 속을 보여주지 않는다"(「가방」). "통은 안이 안 보이게 닫혀 있다/그것들은 쌓여 있다"(「통」).

"노란 쇼핑백은 파란 쇼핑백과 한통속임을 치욕으로 여길까/노란 쇼핑백은 안을 보여주지 않는다/검은 쇼핑백은 안을 보여주지 않는다/파란 쇼핑백은 안이 약간 보이는데 포장한 박스들이 들어 있다/택시는 오지 않고"(「쇼핑백들」).

사람들은 "쇼핑백처럼 입을 꾸욱 다물고" 있고 속을 보여주지 않는다. 위압적이고 적대적으로 다가오는 급속한 움직임 속에 거대한 심연이 놓여 있다. 자신을 은폐하는 순수한 암흑처럼, 입을 다물고 있는 공포처럼. 모든 삶의 소도구들, 인생의 편린片鱗들이 담긴 '가방'을 옆에 낀 채 유령처럼 그들이 간다. 가방이 간다.

급속하게 변화하는 현대사회에서 변하지 않고 가만히 있는 것은 점진적인 죽음으로 나아가는 것이기에 창백하고 공허한 유령처럼 사람들이 걸어간다. 시장화할 수 없는 것은 억압되거나 쓸모없게 되어 소멸된다. 사람들은 무표정하게 놓여 있고 욕망없이 운반되거나 갈망없이 서로 포개져 기다린다. 자아의 인간적 가능성을 철저하게 파괴하는 현대 삶에서 현대시는 주체와 객체가 겹쳐질 수 없고 엄격하게 구분되어 있다.

> 통은 안이 안 보이게 닫혀 있다
> 그것들은 쌓여 있다
> 통들은 서 있는 게 누워 있는 것 같다
>
> 그것들은 끝까지 무표정하게 놓여 있다
> 통 심심하지 않은 표정들이다

나는 그것들 위에 아무렇게나 앉아서
나의 그늘을 내려다본다

통 안이 안 보인다 해서
때로 그 안이 짐작되지 않는 것은 아니다
세계 곳곳에는 그런 것들이 쌓여 있다
그 안에 내 시를 넣은 것도 있다고 우겨봐도
그것들은 무표정하게 놓여 있을 뿐이다

—「통」중에서

　서정시가 현대를 말할 때 시적 형식은 어떤 것을 추구하는가. 이하석 시는 감정적 이입을 철저하게 배제하고 개체를 객체화한다. 시적 주체 마저도 객체화되어 객체성을 확보하려 한다. 그것은 도시의 외부세계를 반사하고 묘사하고 서술하는 것으로 어떤 대상에 몰두하고자 함이다. 그러니까 이하석의 시에서 주체와 객체는 모두 엄밀하게 사물로 객체화되어 있고, 객체화됨으로써 사물들은 가장 즉물적인 대상으로 정물화된다.

　주체가 객체를 인식하는 전통적인 주체-객체 관계가 붕괴한다. 시적 인식 주체가 변화한 것이다. 인상은 순간적으로 각인된다. 감각적 인상들은 철저하게 감정이입보다 비인간적인 상태에서 훨씬 더 많은 것을 말해준다. 인격적 관계성을 제거하는 것으로 도시시는 무미건조한 현대적 현실의 미메시스다. 시인은 모든 종류의 우연성이 말끔히 제거된 객체를 이루어낸다. 부동한 채로 묘사되는 것만으로 권태롭고 무료한 '부르주아의 허무주의'를 확인시킨다.

　"통은 안이 안 보이게 닫혀 있다/그것들은 쌓여 있다/통들은 서 있는

게 누워 있는 것 같다//그것들은 끝까지 무표정하게 놓여 있다." 이하석 시에서 객체들은 모두 '~다'로 문장을 끝맺음하려 한다. '~다'로 끝나는 객체들은 매 시의 행마다에서 강고한 부동성을 못박으려 한다. '~다'로 완강하게 끝맺는 완결문을 매행마다 배치하는 것으로 시적 대상들과 주체사이의 '단절'을 강화한다. "통"안에 '"주검"이 들어있어도 "삶을 위한 메모와 추억과 욕망의 계산서들이 들어있어도/그것들은 무표정하게 쌓여 있을 뿐이다". 통 안과 통 밖은 서로 분리되어 있고 통과 통은 서로 무표정하게 포개어져 있다. 개별 인간들에 대해 취하는 심리적 태도에 대한 알레고리다. 현대부르주아 사회는 강력한 생산과 교환 상법을 야기하는 것으로 인간 상호간의 소외와 적대적 무관심을 야기했다는 것. 중세 마술의 세계를 벗어나 이성의 시대에 우리 모두 어둠의 자식에서 계몽의 자식이 되었음에도 오히려 우리는 철저하게 은폐된 단절과 암흑속에 쌓이는 존재("통 안이 안 보이는")라는 것. 이하석은 보편적 관계성의 포기, 주체의 몰락을 어떤 주석도 없이 냉정한 관찰자의 시점에서 서술한다. "어디로든 운반되기를 갈망하고/서로 포갠 채 묵묵히 기다리는" 무력하게 떠다니게 내버려둔 존재. 시인은 객체화를 표상하는 것으로 독자와 냉정한 호흡과 거리를 두려 한다. 시인은 의인화된 알레고리로 현대문명의 소외와 단절의 속성을 전면에 부각한다.

이 악어는 우리가 본 악어 중 가장 크게 여겨진다
과장이 심했기 때문인데,
그러나 무섭지 않는 악어

어슬렁거리지 않고 화가의 작업실 한 구석에 놓여 있다
두터운 갑피는 하나하나 다른 모양으로

우리 삶터 곳곳에 숨어 있다가 화가에게 들킨 것이다
쓰레기 하치장, 폐차장, 고물상 어디에나
그는 악어 조각을 찾아다녔다 악어가 될 만하면
뭐든 사 모으고 주워모았다

온갖 쇠 파이프들 용접하면서
그는 악어처럼 마음과 몸 뒤틀었다
불꽃이 튀어도 악어처럼 악문 쇠 놓지 않은 채
온몸 뒤틀어댔다

— 「악어」 중에서

현대적 삶의 풍경을 전체 상으로 삼고자 할 때 시인은 언어적 메타포를 찾아간다. 쓰레기 하치장, 폐차장, 고물상에 있을 법한 악어는 버려진 쇠조각, 고물철이다. 악어는 "우리 삶터 곳곳에 숨어있다". 두터운 갑피를 가지고 무엇이든 덮썩 물 것 같은 버려진 고물철은 늪지대 같은 문명의 저 밑 저변에 숨어 있다 예술가에 의해 다시 용접된다. 악어는 "온갖 쇠파이프들"로 용접되고 "불꽃이 튀"며 마음과 몸을 뒤튼다. 그래도 악어는 "악문 쇠"를 놓지 않는다. 악어는 현대적 예술미를 구현하는 문명사회의 전시품이 된다. 철갑상어처럼 악어는 금속성의 궁극적인 분노를 간직하는 것이다. 저 지하 땅 깊숙한 곳에 묻혀있던 광물의 냉철하고 날카로운 어둠의 분노, 뾰족하게 찌르며 공격하는 금속의 파괴성을 함축한다. 악어는 철근을 박으며 올라간 현대적 건물의 총아이면서 그것의 잔해물이었으나 다시 온몸을 뒤틀어 새로운 문명의 전시품이 된다.

문명사회는 스스로의 잔해들을 주워모아 전시하고 나열하는 것으로 문명이 유발하는 파괴감을 유감없이 보여준다. 이하석은 무시무시하고 위력적인 것의 파괴력을 공격적 허무주의자처럼 담담하게 전시한다.

　　내놓은 포대들이 버려지지 못하고 다시 헤적여진다
　　2003년 2월 26일 경찰이 대구 지하철 안심 기지창에 옮겨놓은 화재 현
장 쓰레기 포대를 분류하니 이외로 많은 유류품들이 나와 유족들을 화나
게 한다 유류품 중에는 화재 당시 승객들의 신체 부위는 물론,

　　황색 중절모가 나온다 모자 주인의 머리가 타버려서
　　모든 이들의 머릿속이 복잡해진다

　　즉석 복권 다섯 장과 부적은 죽은 이의 행운과 관련이 있으리라
　　그걸로 누가 낮에 뜬 별을 가늠했을까

　　그리고 조리기능사문제집과 초등학교 6학년 수학문제집이
　　여전히 풀리지 않은 문제들과 함께 나온다

　　묵주는 그래도 끊어지지 않아
　　죽은 이의 완강한 신앙심을 짚어보게 한다
　　화장도구, 목걸이 구슬, 부러진 신발 뒤축, 구두 한 짝, 부러진 안경테,
끊어진 멜빵, 대구은행 통장 쪼가리…….

　　(중략)

　　사랑과 증오의 바깥에 504개의 쓰레기 포대가 쌓여 있다
　　버려질 수 없는 포대 안에는 너무 많은 삶의 단서들이 캄캄하게

접혀 있거나 부풀려져 있다

—「야적─포대들」 중에서

이하석은 지속적으로 문명파괴의 뒷모습, 쓰레기하치장에서 금속의 녹물 눈물, 도시적 일상이 남긴 폐허의 현장에 주목해 왔다. 화려하게 포장된 인공적 외면 속에서 쓰레기 푸대안에 쑤셔넣은 추하고 더러운 문명의 구토자국을 찾아내고자 한다. 2003년 대구지하철 화재 참사의 뒷수습의 현장은 그야말로 현대문명의 추악성, 폭력성을 내장처럼 까발려놓는다. 지하철이야말로 도시 내부암흑 속을 통과하는 미로의 진창이었던 것. 화재현장에서 죽은 사람들은 죽고 나서 비로소 그들의 일상을 구성했던 물건들을 드러내 놓고야 만다. 죽음은 폭력이 지나가고 난 뒤 진실을 드러내는 명백한 메타포가 되는 것.

하여 사람들의 유품으로 남겨진 것들은 황색 중절모, 즉석 복권 다섯 장, 부적, 조리사 기능 문제집, 초등학교 6학년 수학 문제집, 묵주줄, 부러진 신발 뒤축, 구두 한 짝, 부러진 안경태, 끊어진 멜빵 끈, 대구은행 통장 조각……. 이렇게 잡다하고 다양한 꿈들이 있었다니. 이하석 시의 앞에서 살피고자 했던 가방 속의 어둠에는, 통의 안쪽에는 이러한 축축한 그들의 꿈들이 안착되어 있다. 죽은 이들은 비로소 그들이 사라짐으로써 가방 속 어두운 밑바닥을 드러낸다. 가방 속에 들어있던 모든 것들이 널부러지는 순간, 맥없고 가엾은 현대인들의 삶을 조건짓던 마음 속 심연이 포착된다. 도시의 일상인들은 현장범처럼 그 자리에서 죽어 버림으로써 그들 삶의 캄캄한 모든 단서가 발각된다.

결국 도시 대중들은 끝없이 떠돌면서 지하의 자궁 속 미로를 헤맨다. 욕망의 몇 개의 단서만을 남긴 채 포대안 야적의 쌓인 더미 몇 개로 남게 된다. 이하석은 냉정할 만큼 담담하게 창백한 도시 그림자처럼 도시

풍경을 묘사한다. 시적 주체는 외부세계에 대하여 철저하게 객관적 거리를 유지한다. 경험은 객체적 경험세계가 된다.

현대의 도시시는 현대문명의 황폐와 추악과 끔찍함을 미메시스로 드러낸다. 멋진 신세계인 대도시 이면에서 일어나는 음험한 욕망과 추락과 몰락에 대하여 발설한다. 또 하나의 객체로서 발설하는 것만으로 이 도시의 충격을 전달한다. 도시의 양적 팽창이 낳은 고통과 분노와 세계에 대한 증오, 그리고 잉여로서 남게 되는 죽음과 그 잔해물. 시인은 내면의 증오를 담담한 어조로 다스린다. 분노는 독자들의 몫이므로.

하긴 죽음이란 도시문명이 남긴 숱하고 흔한 일상사의 한 부분일 뿐, 무수한 폭력에 노출되고 길들여진 도시인들에게 참사와 붕괴와 사고는 기껏 저녁 라디오에서 매일 흘러나오는 오늘의 사건사고 소식 중 하나에 불과할 뿐이다.

"차바퀴에 깔린 비명 소리/술과 속도감에 취해/누군가를 죽이고 도주하는 무리들//뒤이어 차들 왈칵왈칵 몰려와/부서진 삶 으깨어 아스팔트 위에 납작하니 붙여놓는다"(「새파란 길」).

도시의 아스팔트 위에는 죽음이 으깨어져 납작하게 붙어있다. 길 옆 새싹은 어김없이 새파랗게 자라나 이승과 저승, "이쪽과 저쪽" 당겨 잇는다. 대도시가 저지르는 폭력, 사람들이 뒤엉켜 소용돌이치면서 생겨나는 고독 속에서 시인은 그 폭력들이 남기고 간 뒷모습을 집요하게 추적한다.

사실 문명은 너무나 위생적이고 지나치게 깨끗하여 우리를 위대한 문화인으로 등극시킨다. 거대한 자연에 대한 오만한 주인으로 승격시킨다. 그러나 현대인들이 성취한 것들은 자연의 편에서 잉여의 쓰레기, 허섭스레기에 지나지 않는다. 시인은 문명이 세우고 남긴 잔여물, 더러워 이면에 숨긴 쓰레기, 타다남은 욕망의 찌꺼기들을 '것들'이라 이름짓는다.

바다는 우리의 것들을 밖으로 쓸어낸다
우리 있는 곳을 밖이라 할 수 없어서
생각들이 더 더러워진다 끊임없이
되치운다

우리가 버린 것들을 바다 역시 싫다며 고스란히 꺼내놓는다
널부러진 생각들, 욕망의 추억들, 증오와 폭력들의 잔해가 바랜 채 하얗
게 뒤집혀지거나
검은 모래 속에 빠진 채 엎어져 있다

나사가 빠지고 못도 빠져나가 헐겁지만
그것들은 우리 편도 아니다
더욱 제 몸들 부스러뜨릴 파도 덮치길 겁내며
몇 번이나 우리의 다리를 되걸어 넘어뜨린다

여름 홍수에 그런 것들 거세게 바다 파고들지만
바다는 이내 그 모든 것들을 제 바깥으로 쓸어 내놓는다
우리 있는 곳을 밖이라 할 수 없어서
우리 생각들이 더 더러워진다 끊임없이
되치워야 한다

—「것들」전문

    도시를 인공적으로 건설하면서 모든 것들이 깨끗해졌다. 그것은 도시
건설의 폐물들을 도시밖으로 쓸어냈기 때문이다. 그러나 바다는 인간이
버린 모든 것들을 다시 밖으로 쓸어낸다. 바다의 "밖"은 우리이기 때문

에. 그러자 다시 우리는 "우리 있는 곳을 밖이라 할 수 없어서" 더러운 것들을 다시 끊임없이 되치운다. "우리가 버린 것들을 바다 역시 싫다며 고스란히 꺼내놓는다" "널부러진 생각들, 욕망의 추억들" 증오와 폭력의 잔해들이 검은 모래 속에 쓸려왔다. 여름 홍수로 그런 '것들'은 바다 속으로 거세게 파고들었지만 바다는 그 모든 "것들"을 다시 제 바깥으로 쓸어내놓는다. 우리는 우리 있는 곳이 '중심'이라고 생각하기에 다시 그 더러운 "것들"을 '밖으로' 되치운다.

시인은 인간이 인공화한 것들을 깨끗하게 보존하고 안락함을 유지하기 위해 더러운 욕망의 찌꺼기들을 밖으로 쓸어내는 인간의 오만과 이기심에 대하여 노래한다. 인간은 스스로 자신을 중심으로 생각하기에 그들의 생각은 더 더러워진다. 시인은 말한다, 더 더러운 것은 바로 '우리'이며, 우리가 바로 바다가 싫다고 내뱉는 더러운 그 "것들"임을. 인간은 "것들"에 불과한 하나의 개체들이며 스스로 욕망이 만들어낸 잔여물들이며 폐허의 건설자였음을, 시인은 어떤 허무의 냉소도 없이 감정적 격정도 제거한 채 문명의 뒷풍경을 보여준다. 마치 냉정한 카메라의 시선처럼 무료하고 권태로운 일상이라도 되는 듯이.

이하석이 그리는 풍경에서 서정시의 전통적 소재인 자연물들, 이를테면 나무, 별, 강물, 꽃잎과 같은 물상을 찾아볼 수 없다. 그는 인공화된 물건들(가방, 쇼핑백, 물통), 건물, 아스팔트, 길바닥을 살피고 있다. 문명의 도시에서 이와같은 인공화된 모든 것들이 진정한 주체일지도 모르기에.

　　찬 길바닥이 밥자리다
　　별처럼 밥알들이 흩어져 있다 비둘기들 내려와 쫀다
　　어제도 여기서 먹었고 그제도 여기서 먹었다

밥 고봉은 높고 뜨겁고 희다
청국장 묽은 내음이 길바닥 낭자하게 물들이는데
열무김치와 김장 김치 그릇 옆에 곤쟁이젓 반 종지
얇게 저민 더덕무침과 콩나물무침이 각각 한 접시씩
흙과 자갈 들 위에 놓여 빛나는

전화 주문에 제꺽 실어와선 길바닥에 부려 놓은 밥 쟁반
덮었던 신문지 걷어내 깔고 앉으면
여윈 몸 떨게 하던 추위조차 김 내며 그녀 에워싸고
노점 펴놓은 대지엔 봄꽃처럼 꽃핀 밥상이
또 한 상 가득 펼쳐지는 것이다

                                 —「밥상」 전문

　이하석의 시에는 내밀한 안의 공간이 없다. 시인의 시선은 언제나 바깥의 도시풍경을 향해 있다. 폐차장 찌그러진 녹물이 흘러나오는 그곳이 도시인의 개울이다. 건축측량기사가 그려놓는 선線대로 빌딩숲이 이루어져 도시인의 지평선이 될 것(「기울어지 지평」)이다.

　그래서 밥을 먹는 밥자리도 "찬 길바닥"이다. "전화주문에" 대번에 실려와 "길바닥에 부려놓은 밥 쟁반"은 흙들과 자갈들 위에 놓여 빛나고 있다. 밥상 "덮었던 신문지를 걷어내 깔고 앉"은 아낙은 여윈 몸을 떨며 추위를 몰아내고 밥을 먹는다. 아낙은 대지의 길바닥에서 "봄꽃처럼 꽃핀 밥상" 한 상을 받는다.

　하여 노점상에게는 높고 뜨거운 밥 한 그릇이 활짝 핀 봄꽃이라는 사실, "찬 길바닥"이 우리가 일생을 살아가야 할 방바닥이라는 사실. 놀라

운 시적 인식은 숨겨져 있던 서글픈 일상의 적나라한 보고라는 점에서 의미 깊다. 도시 이면에 대한 차갑고 진지한 이하석의 폭로에는 꾸짖는 계몽적 이상이 서려 있지 않다. 냉소적 비웃음으로 세상에 대한 공허한 허무를 담고 있지도 않다. 오히려 시인은 지독한 냉정함으로 도시문명을 객관적으로 조명하고 집요하게 관찰한다. 이러한 집요함으로 문명의 끔찍한 죄의식과 공포를 독자의 몫으로 떠넘긴다.

시인은 문명도시가 갖는 냉정한 무심함을 자신의 시적 전략으로 전유한다. 담담한 묘사의 직관을 방법적 전략으로 삼는 것으로 문명도시의 추악함을 극화시킨다. 이하석 시를 읽고 있으면 우리 존재가 주변적인 잉여로 남게 되었다는 사실을 인식하게 된다. 과잉 에너지가 점진적으로 파국을 향해 나아간다는 것을 깨닫는다.

이하석 시가 보여주는 일련의 냉정하고 서늘한 시선, 풍자적 묘사가 보여주는 도시 일상의 견고한 어둠들은 도시 삶의 정직한 묵시록적 기록이다. 이하석 시는 잉여의 쓰레기와 과잉의 속도 속에서 유령처럼 살아가는 우리 삶의 치열한 고백서라 할 수 있다.

웜 Worm 2부

완벽한 멸망을 꿈꾸다
— 조용미의 시세계

조용미 시는 일종의 '정신적 분위기'를 느끼게 한다. 사물의 감각적 인상보다 사물 안에 깃든 운명을 느끼게 한다. 시적 대상들은 온전히 그 형태를 벗어버리고 현존에서 사라진다. 사물의 이면에 숨겨진 정신적 형상, 순수한 존재의 음향만을 드러낸다. 조용미 시는 숲에서 절터에서 나무의 우듬지에서 각 사물에 깃든 영혼의 전율을 만난다. 시인은 실체 저 너머의 보이지 않는 곳에 시선을 던졌으니 시인의 관심은 오히려 '초감각적인 것'에 있었던 셈이다.

일전에 나는 조용미의 시를 '형이상학적 간지러움'이라 명명한 적이 있었다. 그것은 실체의 현존이 보일 듯 말 듯 한 사라짐과 현존의 그 모호한 입구에 조용미의 시가 서성이고 있었기 때문이다. 서성거림, 시인은 망설이고 있다. 사물은 그림자만 남기고 슬그머니 사라지면서 그 거대한 모호성의 한 가운데만 보여준다.

다랑쉬 오르는 입구를 찾지 못해 건너편의 아끈다랑쉬에 오른다
다랑쉬오름 길이 보이기는 한데
그 길이 시작되는 입구를 찾을 수 없다.

— 「다랑쉬 오름」중에서

저 수많은 오름들은 무수한 입구를 감추고 있다. 둥글게 솟아올라 하늘을 향해 있는 오름들은 무수한 '의미'를 감추고 있다. "커다란 치마폭을 떡하니 펼치고 있는" 다랑쉬, "폭풍의 위력을 지니고 숨어 기다리고 있을 분화구들", 입구는 사라지고 오름은 그 의미를 숨긴다. 다만 '있는 듯 한' 모호함의 매력 속에 담겨 있다. 오름은 오히려 입구를 닫아버림으로써 사방 문을 없앰으로써 저 숭고한 이미지의 삶을 산다. 세상에 있는 듯하면서 없는 듯한, 꽉 찬 충만함으로 모든 바람을 모으고 있는, 성소 같으면서도 장막에 의해 숨겨져 있는 듯한 모호한 실체. 시인은 이 모호함 속에서 형이상학적 부재를 엿보려 하는 것이다. 사실 존재란 스스로를 숨김으로써 예정되고 보호될 수 있다. 감춤으로 존재할 수 있다. 시인은 세상에 속하면서도 속하지 않게 삶을 탐하고 있었던 것이다. 세상에 대한 소속감을 무화시켜가는 과정이랄까.

시인은 저 어둠의 심연으로 내려가 어둠 속에서 지나가는 존재를 지켜본다. 시인은 밤마다 일어나 어둠을 포식하고 오래도록 책을 읽는다 (「어둠의 집의 기록」). 시인은 밝은 빛이 도는 동쪽이 아니라 달이 기우는 서쪽을 향하고 북쪽으로 어둠 쪽으로 몸을 누인다. 어둠의 밑바닥으로 잠수한다. 시인은 상징적으로 범속한 삶을 넘어 어둠 속에서 고양되는 존재의 명증성에 닿고자 한다. 조용미의 첫 번째 시집은 어둠 속에서의 은둔과 어둠 속에서의 깨어있음을 보여준다. 시인은 어둠 속에서 존재의 깊이를 성찰하고 스스로 짙어져야 할 시간들을 들여다본다.

어둠이야말로 삶을 또다른 연금술로 바꾸는 한 지점이 아닌가. 어둠 속에서 존재들은 익사하듯 흘러가고 헤아릴 수 없는 심연은 저 명백한 의식의 촉수 위에서 심오한 존재의 현기증을 불러일으킨다. 조용미 시의 어둠이 도피의 전망으로 열리지 않는 것은 바로 이와같은 어둠이 갖는 '깊이의 신화' 때문이다. 어둠이 가지는 깊이의 신화, 하여 조용미 시는 어둠속에서 혁명을 꿈꾸는 것도 정처없는 방황을 시도하는 것도 아니다. 비밀스러운 자기존재의 집중과 무정형성으로서 삶에 대한 진지한 통찰을 하려 한다.

조용미의 첫 시집『불안은 영혼을 잠식한다』두 번째 시집『일만 마리 물고기가 산을 날아오르다』는 어둠 속에서 혹은 자연적 대상에서 존재적 심연을 찾아가는 자술서다. 조용미의 세 번째 시집『삼베옷을 입은 자화상』은 시간과 존재와 고독의 문제에 대한 자기탐색이라 할만하다.

삶에 대한 진지한 통찰은 곧 흘러갈 시간과 시간이 주는 폭력성을 견디어 나가야 하는 운명에 대한 통찰이다. 고독한 견딤이란 시간을 견뎌냄이다. 조용미 시는 시간의 독기가 몸으로 스며들어오는 과정에 주목한다. 그것은 흙이 쇠를 먹고 쇠가 흙을 먹어서 붉디붉은 검이 되는 저 녹으로 가득 찬 시간이다.

> 빗방울들이 촘촘한 정자살의 방충망으로
> 침입한다
> 자기 몸을 뭉그러뜨리며 스며든다
>
> 몸에 녹물이 들어가는 방충망,
> 방충망의 촘촘한 살이
> 녹아들어간다

—「거미줄에 걸린 빗방울들」 중에서

　방충망이 빗방울을 빨아먹고 빗방울이 방충망을 빨아들여 몸에 서서히 녹물이 들어갈 때 방충망의 촘촘한 살은 녹아들어 간다. 그러나 시간은 몸 속에 붉은 꽃(녹)을 피워냈으니 시간이 어찌 생명의 모든 것을 폐기하는 무자비한 폭력이라고 말할 수 있겠는가. "녹으로도 검이었음을 당당하게 말해주는/시간은/얼마나 무서운 쇄락을 견딘 것이냐/저 녹 덩어리를 누구도 검이 아니라고/말하지 못한다"(「붉은 검」). 시인은 흙이 살을 뚫고 들어가 붉은 녹으로 남게 될 저 무구한 시간과 죽음 너머의 어둠과 불멸로 남게 될 삶의 광기에 대하여 말하고자 한다.

　시인은 시간과 어둠 속을 들여다보며 생의 자화상을 그려낸다.

　　폭우가 쏟아지는 밖을 내다보고 있는
　　이 방을 凌雨軒이라 부르겠다
　　능우헌에서 바라보는 가까이 모여 내리는
　　비는 다 直立이다
　　휘어지지 않는 저 빗줄기들은
　　얼마나 고단한 길을 걸어 내려온 것이냐

　　손톱이 길게 쩍 갈라졌다
　　그 사이로 살이 허옇게 드러났다
　　누런 삼베옷을 입고 있었다
　　치마를 펼쳐 들고 물끄러미 그걸 내려다보고 있었다
　　내가 입은 두꺼운 삼베로 된 긴 치마
　　위로 코피가 쏟아졌다

입술이 부풀어올랐다
피로는 죽음을 불러들이는 독약인 것을
꿈속에서조차 너무 늦게 알게 된 것일까

(중략)

직립의 짐승처럼 비가 오래도록 창밖에 서 있다
　　　　　　　　　　　　　—「삼베옷을 입은 自畵像」 중에서

　시인은 폭우가 쏟아지는 밤 유리창 너머에 직립으로 떨어지는 빗줄기를 본다. 휘어지지도 않고 떨어지는 빗줄기는 고단한 그 길을 걸어오느라 "손톱이 길게 쩍 갈라졌다/그 사이로 살이 허옇게 드러났다". 빗줄기는 누런 삼베옷을 입고 있다. 빗줄기가 입고 있는 삼베옷은 무엇인가. 삼베옷은 장례행렬에서 입고 곡하는 누런 그 삼베옷이다. 굵은 실로 성글게 짠 삼베옷은 살이 허옇게 드러나 "속이 다 들여다보"인다. 빗줄기의 굵은 줄기가 삼베옷의 씨실처럼 보인다. 시인은 코피가 쏟아지고 입술이 부풀어 피로가 죽음을 몰고 올 것 같은 밤, 폭우가 쏟아지는 유리창 너머 삼베옷을 입은 자신의 모습을 바라본다. 직립하며 떨어지는 빗줄기는 유리창에 반사되어 마치 유리창 앞에 선 시인 자신이 삼베옷을 입은 듯 되비친다. 그 위로 코피가 쏟아진다.
　생이란 기껏해야 오랫동안 물에 젖은 삼베옷을 걸친 채 피로의 고단한 길을 걸어가는 것이 아닌가. 시인은 오랫동안 비를 맞으며 창밖에 서 있는 자신을 바라본다. 그것은 시간의 긴 회랑을 돌며 지난한 길을 걸어온 직립한 짐승의 존재론적 운명이다.
　시인은 어둠 속에 녹아 빛나는 시간의 천진한 얼굴을 촘촘히 제시한다. 시간의 외로움과 쓸쓸함을 통과하지 않고는 저 미래의 시간에 닿을 수 없다. 탈골된 뼈를 제자리로 돌려놓는 것처럼 시간이 다시 쓸쓸함(적막)이라는 그 제자리로 돌아오고 있다는 것에 시인은 주목한다. 시인은 "적막이라는 이름의 절"에 닿기 위해 "무엇보다 오랜 기다림과 설렘"이 필요하다고 말한다. "나무는 적막의 힘으로 한 해 동안 열매를 만들어 내"고 대웅전 "적막은 단청을 먹고 자"란다(「적막이라는 이름의 절」). 적막을 통과해야 꽃과 열매를 볼 수 있다. 시간은 스스로의 살을 파먹듯 적막을 파먹으며 자기자신을 완성한다.

때로 시간은 죽음을 통과하여 광기의 삶을 살기도 한다. 「불멸」에서 시인은, 죽고 나서고 제 광기를 못이겨 하늘을 방전시킬 듯 하늘 멀리 기운을 뻗치는 성황당 죽은 신목神木을 노래한다. 신목은 죽음을 팔아 광기를 얻었으니 또다른 이름의 '불멸'을 얻은 셈이다.

제 광기를 이기지 못한 것들은 그 히스테리의 힘으로 시간의 방전(현기증)을 살아간다. 제 살을 깎아 푸른 몸을 빛내며 시간의 따뜻한 집이 되는 소나무도 있다. 「古宅—소나무」에서 소나무의 몸은 대패질로 둥글게 깎여 반듯한 사각형이 된다. 기둥과 서까래의 운명을 통해 수직과 수평의 실존을 견뎌내기도 한다. 고택의 일부가 될 그것은 소나무가 떠바치게될 아주 오랜 시간을 조용히 견디고 있다.

조용미 시인은 때로 저수지의 어두운 수면 위에서, 폭우가 쏟아지는 유리창 앞에서, 단청 고운 절간에서, 솟을 대문이 있는 고택의 소나무에서 자신이 만든 시간 이미지와 싸운다. 그것은 삶이 부려놓는 적막함 혹은 죽음 혹은 불멸이라는 시간의 분비물이다. 조용미 시는 존재의 저 깊은 저수지의 어두운 바닥으로 내려가지 않고는 찾아낼 수 없는, '시간에 대한 내적 직관의 형식'이라 할 수 있다.

조용미의 시가 의식의 동요를 적절하게 조율하면서 '미개척지로서의 운명'과 끈질긴 내적 투쟁을 보여주는 지점도 여기다. 시인은 사물 안에서 정신적 인상을 끈기 있게 창조하고 있다.

> 껍질을 다 털어내면 하늘로 솟을까 두렵다
> 햇빛에 빛나는, 비늘을 드문드문 털어낸
> 흰 가지들
>
> 하늘로 뻗었다 땅으로 내려갔다 다시 수평을 향하는
> 가지들 용틀임한 자리마다
> 정신이 뚝뚝 손매듭을 꺾는, 늙은 백호 같은
> 소나무가 있는 이곳까지
> 허리를 곧추세우고 너는 얼마나 오래 멀리 온 것이냐
>
> (중략)
>
> 白骨松
> 저 나무의 뿌리 하나는 이 지구의 핵에 닿아 있다
> 껍질 다 벗겨져 눈이 부셔도
> 하늘로 날아오르지 않을 것이다
> 밤이면 백송을 좌표 삼아 주위를 도는 별들이 있다
> 혼불이 있다.
>
> ―「백송」 중에서

정신적인 것에 대한 추구가 '나무'에 대한 상상력을 불러오는 것은 당연하다. 신화나 전설에서 정신적인 것의 중심에 우뚝 서 있는 것이 나

무다. 우주목은 "삼세계를 가로지르고 있는데 뿌리는 지하 깊숙이 박혀 있고 가지들은 천상에 닿아" 있다고 묘사된다(『나무의 신화』, 이학사, 2000). 천상과 지하를 연결해 주면서 하늘로 흰 비늘을 드문드문 털어내는 흰 가지의 백송. 흰 소나무의 흰색은 도인의 흰빛처럼 초탈적이고 신이한 빛을 뿜어낸다. 짙은 초록의 긴 바늘잎들이 끝난 자리—. 그 너머에서 세상은 일정한 공간을 결계結界하고 있다. 외부로부터 자신을 구분지으면서 수행의 도량으로 삼는 결계結界의 자리다. 백송은 몸의 비늘을 털어내며 "정신"만이 "뚝뚝 손매듭을 꺾는, 늙은 백호" 같다.

나이가 들면 식물도 동물도 함께 늙어 닮는가 보다. 백송은 늙은 백호처럼 정신만이 남아 허리를 곧추세우고 서 있다. 그러나 백송은 백골白骨의 하얀 몸으로 몸의 껍질을 다 벗어 눈이 부셔도(신선이 다 되어도) 이 땅을 벗어나지 않는다. 하늘로 날아오르지 않는다. 백송은 오히려 "날아가지 않는 힘"으로 새가 된다. 이 역설적인 변신. 움직이지 않고 자리를 지키는 것으로서, 결계지를 지키는 것으로서, 새는 백송이 되고 백송은 새가 된다. 백송은 비늘 가득 깃털 가득 날개 가득 하늘을 가리며 앉아 있는 흰 새의 고독과 절개를 품는다.

조용미 시가 보여주는 이러한 수성과 식물성의 초탈한 만남은 생명 가진 것들끼리 생명의 극치에서 만나게 되는 '깊이의 생태학'을 전해준다. 자리를 지켜냄으로 온전히 견디는 견성으로 삶의 극치에 이르는 것. "날아가지 않는 힘"으로 하늘을 온전히 가릴 수 있는 날개를 오히려 지닐 수 있다는 역설, 이것은 그 흔한 피안, 초월, 해탈, 무위라는 말로 단순화시킬 수 없는 고독의 존귀함이다. 조용미 시에서의 상징은 이와같은 금욕적인 자기 내핍의 과정이 조형해내는 조형물이다.

가슴 속에서 검은 담즙이 분비되는 때가 있다 이때 몸속에는 꼬불꼬불

가늘고 긴 여러 갈래의 물길이 생겨난다 나뭇잎의 잎맥 같은 그 길들이 모여 검은 내, 黑河를 이루었다

黑河의 물줄기는 벼랑에서 모여 폭포가 되어 가슴 깊은 곳을 가르며 옥양목 위에 떨어지는 먹물처럼 낙하한다

폭포는 검은 담즙으로 이루어져 있다

너의 죄는 비애를 길들이려 한 것이다 生의 단 한순간에도 길들여지지 않는 비애는 그을린 태양 아래 거칠고 긴 숨을 내쉬며 가만히 누워 있다

(중략)

비애는 길들여지지 않는다

너의 죄는 비애를 길들이려 한 것이니 幻이 끝나고 滅이 시작되는 지점에서 삶은 다시 시작되는 것을 담즙이 모여 떨어지는 黑河는 아름답다 그 아름다움을 지상에서 가장 헛된 것이라 부르겠다

지상에서 가장 헛된, 그 아름다움의 이름은 絶滅이다
— 「검은 담즙」 중에서

시인은 신체의 깊숙한 곳에 내시경적 시선을 들이댄다. 시인은 이제 몸 속의 어둠을 살피고자 하는 것이다. 몸 안은 꼬불꼬불하고 갈래의 물길이 있다. 시인은 어둠의 속살을 만진다. 몸 안의 검은 길들이 모여 "검

은 내"를 이루었다. 검은 내는 검은 내[川]인가 검은 내[兒]인가. 시인은 몸속 검은 물길을 보며 저 폭포와 같은 낙하를 생각한다. 검은 담즙은 생의 단 한 순간에도 길들여지지 않는 비애처럼 폭포처럼 아래로 쏟아지고 있다. 모든 것을 부수면서 거품을 일으키면서. 검은 폭포처럼 쏟아지는 어둠의 물질적 현현, 어둠의 시인은 비로소 어둠의 실체를 만지고 촉지하고 있는 것이다. 가장 물질적인 검은 담즙은 예리한 정신의 필연적 힘이었으니, 그것은 삶의 정점으로 만나게 되는 '비애'라는 정신적 감각이었다.

하여 어둠 속을 헤집고 다니는 시인의 시선은 검은 담즙의 폭포 속에서 쓰디쓴 비애의 계명을 건져낸다. 절망적인 질식의 슬픔 속에서 구도적 삶을 완성하려 한다. 비애를 길들이지 않아야 한다는 것. 비애는 길들여지지 않는다는 것, 비애를 삶의 편으로 끌어들이지 않는다는 것, 비애를 비애로 그냥 살게 하는 것, 그것이다. 생은 환각이 끝나고 모든 것이 멸할 때 비로소 시작된다는 사실을, 환각의 환영이 끝나는 곳에서 거품이 사라지는 끝점에서 시작된다는 사실을 시인은 노래한다. 삶이란 결국 헛된 아름다움으로서 '완벽한 멸망絶滅'이다. 시인은 지상에서 가장 헛된, 아름다움의 이름을 불러 보고자 한다.

시인에게 정신적인 밤은 점점 더 깊어가고 영혼은 더욱 짙고 쓴 비애의 검은 빛에 물든다. 시인은 그녀의 주위를 감싸고 있는 이 점진적인 어둠보다는 차라리 갑작스럽게 칠흑처럼 어두워지는 전략을 택한다. 시인은 완벽한 무로서 절멸을 통해 어둠 속에서 생의 불빛을 얻는다. 시인은 어둠의 악몽에서 혹은 어둠의 현실에서 마악 깨어나는 영혼처럼 희미하게 깜박이는 하나의 작은 빛을 찾는다. 어둠이 가르쳐 주는 유일한 진실, 그것은 완벽한 멸망으로서의 절멸이다. 멸망에서부터 생이 다시 시작된다는 것을, 감미로운 허위로서의 무를 얻는다.

무로의 회귀는 사실 예고된 것이다. 존재는 늘상 감추어져 있고 어둠의 심연 속에 있고 표현 불가능한 오리무중의 입구에 있다. 시인은 존재에 대한 형이상학적 질문을 가장 예술적인 방식으로 하고자 한 것이다.

우리는 밤의 한 존재가 심연에서부터 길러온 어둠의 말을 듣고 있다. 지금 막 사라지는 말들이며 다시 어둠 속으로 사라지려는 말들이다. 침묵과 깊이의 강령, 우리는 이 세상 너머 그 결계지結界地에 도착할 것만 같다.

깊고 순결한 산도産道
— 문인수의 시집 『쉬!』

문인수의 시는 단단하게 발효된 분노의 자리인 것도 같고 발효되어 항아리에 담긴 단단한 고독같기도 하다. 고독을 다물고 있기에 시인의 피는 들끓고 있다. 하지만 그 뜨거운 화성火性은 오히려 차가운 직관으로 삶의 내밀한 은유들을 찾고 있었으니 문인수의 시는 뜨거우면서 차갑고 고독하면서도 따듯한 사색가의 내밀한 고투의 현장이다.

그의 언어는 소박하면서 깊고 웅숭한 울림을 가지고 있고 혼돈스러운 삶에서 방황하지 않을 수직적 삶의 푯대를 찾고 있다. 하여 시인에게 사물은 일종의 정신적 삶을 추구하기 위한 화두인 셈이다.

문인수 시인은 시집 『쉬!』에서 우리 삶의 동시성이자 삶의 또다른 일부인 죽음을 직관적으로 꿰뚫어보고자 한다. 삶에서 구원을 받으려면 지옥으로 내려가서 모든 것을 다 잃고 심지어 이성까지 다 잃는 것을 감수해야 한다. 존재가 뻥 뚫리는 체험을 통과하지 않는다면 진정한 죽음도 없고 영원성도 없다. 시인은 이 "오래 아름다운 감옥"(「樹葬」) 같은 삶에서 존재의 밑바닥, 철학적 투시를 시도하고 있다. 그것은 결국 삶에 대한 믿음으로서의 죽음이며 존재에 대한 지독한 탐구로서의 형이상학인 셈이다.

이번 시집에서 매우 의미있고 흥미롭게 읽은 시는 「고양이」다.

> 고양이 한 마리가 멀찌감치 나타났다.
> 나는 고민중이었으므로 이 사막 같은 마음에
> 저 무슨 말인가. 통째로 들어오는 고양이. 내 앉은 쪽으로 야금야금
> 다가오는 고양이, 희고 누런 얼룩무늬가 계속 섞이면서
> 갈라지면서 저도 뭔가 골똘한 고양이 앙다문 입이
> 나사로 꼭 꼭 조인 듯 야무진 고양이, 고양이는
> 날 거들떠보지도 않고 그냥 지나간다.
> 내게 무슨 터널이라도 뚫려 있는 것인지
> 털끝 하나 건들리지 않고 통과하는 고양이,
> 고양이가 가로지른 산책로 중간이 한 번 툭, 끊긴다.
> 널 주시하던 시간이 그렇게 한 번 툭, 끊긴다. 숲의 언덕 너머로 곧장
> 사라지는 고양이, 제 구멍 메운 것 같다.
>
> ─ 「고양이」 전문

길을 가다 불현듯 저쪽에서 고양이가 다가온다. 고양이는 입을 앙 다문 철학자처럼 뭔가 고민에 빠져 사색에 빠져 골똘하게 생각에 잠겨 내쪽으로 걸어오고 있다. 고양이는 내 삶의 산책길에 왜 갑자기 나타난 것인가. 나타나 "이 사막 같은 마음에" 무슨 말을 하려고. 존재 기원의 비밀에 접하고자 하는 시인에게 모든 것들은 사물의 비밀로 통하는 문, 아리아드네의 실과 같은 것이다. 시인은 자신의 생 앞에 뭔가가 던져지듯

허공중에 열려진 문처럼 다가온 고양이 앞에서 마음을 졸인다.

그러나 고양이는 "날 거들떠보지도 않고 그냥 지나간다". 마치 내가 유령인 것처럼 "내게 무슨 터널이라도 뚫려 있는 것인지./털끝 하나 건들리지 않고 통과" 한다. 이러한 갑작스런 부름 같은 환영에 지루하고 연속적인 생의 시간이 한번 툭, 끊긴다. 고양이는 허공 중에 뚫린 문에서 갑자기 걸어 나와 나를 통과해 스스로 자신으로 돌아갈 그 "제 구멍"을 메우며 사라진다. 영화 「메트릭스」에서 '고양이'는 환각으로 들어가기 위한 매개 고리가 된다. 우리가 살아가는 이 물질적 세계너머 존재와 허무 사이 그 기묘한 틈새에서 고양이는 자라고 고양이는 나타나 제 구멍 속으로 사라진다는 것. 이처럼 환영처럼 환각처럼 고양이는 나를 터널처럼 통과하고는 숲의 언덕너머로, 곧장 우주의 소화기관 속으로 사라지고 만다. 시인은 생의 계시처럼 이 고유한 집중의 시간을 향한다. 허공 속 구멍이 비어지고 또 메워지면서 존재가 스스로에게 돌아가는 그 귀환의 시간을.

문인수의 시를 읽으면서 결국 우리가 가 닿게 되는 것은 단지 존재의 부재일지도 모른다. 그러나 그것은 '죽음'의 경험처럼 존재 너머 세계, 미지의 비밀로 감싸인 것에 대한 탐구와 직관이다. 존재의 부재는 역설적으로 허공중에서 무수하게 열리는 존재의 숨결들이며 무수한 자기존재의 흔적이다. 불현듯 산책길에 나타나 입을 앙다물고 자신을 거들떠보지 않고 사라지는 고양이. 고양이는 시인 그 자신의 분신이기도 한 것이다.

문인수의 시에서 사물들은 단단하게 입을 다물고 있고 자신의 고뇌를 품고 있다. "앙다문 입이/나사로 꼭 꼭 조인 듯 야무진 고양이"(「고양이」) "마음이 또 꽉 다무는 입, 저 긴 수평선."(「꽉 다문 입, 태풍이 오고 있다」) "배 넘어간 곳, 꽉 다문 입."(「꽉 다문 입, 휴가」). 생에 대한 견인과 내적 폐칩을 감행하는 듯 하다. 시인은 극단적인 내적 응축의 시간을 맞이하면서 입을 앙다물고 스스로를 번잡한 세상으로부터 자물쇠 채워

버리는 적극적 폐칩을 선택한다. 인생이래야 슬픔 같은 것이지만 그러나 "낮달"처럼 "뭐라 중얼거린 것 같은데"(「낮달이 중얼거렸다」) 정작 찾으려 하면 낮달처럼 잘 보이지 않는 심연의 암시 같은 것이 아닌가. 낮달은 구름 옆으로 흘러가면서 "분명/인생에 대한 그 무슨 대답인 것 같은데" 달구질 소리만 낼 뿐 저 은밀한 비밀을 닫아건다. 마음만 여러 갈래 갈라질 뿐이다.

그러나 갈라지며 금가는 상처의 틈새가 오히려 상념이 물결치고 생명이 자라나는 곳이다. 생의 길은 구절양장, 격렬한 상처의 투쟁에서 생은 눈 뜨는 법.

　　풀들은 어떻게 시멘트를 삭이는가, 사귀는가.
　　이 도시의 4차선 도로변을 따라 높게 둘러쳐진 옹벽엔 오래 전부터 깊은 금이 구불구불 길게 가 있다.
　　이 거대한 위압 아래가 한동안 고요한 때가 봄이다.
　　상처에 자꾸 손이 가고 슬픔이 또 새파랗게 만져지는 것처럼
　　금간 데를 디디며 풀들이 줄지어 돋아나 자란 것이다.

　　(중략)

　　생이 곧 길이어서 달리 전할 말이 없는 풀들,
　　흙먼지며 매연, 저 숱한 차량들의 소음까지도 꽉 꽉 다져넣어 밟으며 빨며 더듬더듬 더듬어 풀들은 또 풀들에게로 넘어가고 있다. 천산북로,
　　　　　　　　　　　　　　　　　　　　—「벽의 풀」 중에서

풀들은 도로변 시멘트 옹벽에 금간 그곳에 구불구불 구절양장의 길을

뻗어가고 있다. 생은 길이고 길은 상처이기에 손은 자꾸만 상처난 곳으로 가고 슬픔은 새파랗게 만져진다. 금간 데를 따라 디디며 풀들은 줄지어 돋아난다. 자라나 저 옹벽의 갈라진 살갗의 죽음속에서 죽음을 밀어 소란하게 발소리를 웅성거린다. 도시의 4차선 도로변에 흙먼지와 매연, 숱한 차량의 소음들까지도 "꽉 꽉 다져 넣어 밟으며" 풀들은 더듬더듬 시멘트를 삭이면서, 혹은 시멘트와 사귀면서 저 스스로의 존재를 넘어가고 있다. 흔한 말처럼 죽음을 거름삼아 생명을 이어가는, 상처더미 위의 생이라는 말은 너무 지루하다. 시인은 누더기의 풀들이 누더기의 몸으로 누더기를 양식 삼아 스스로의 길을 만들어가는 천산북로, 생과 사가 교통하는 저 우주적 길을 만들고자 한다. 자신의 몸에 틈을 내고 그 안에서 풀들을 키워내고 풀들은 흙먼지와 매연을 다져가면서 생의 길을 찾아가는, 그리하여 그 세상으로 향하는 탯줄의 길을 시인은 보여주고자 한 것이다.

하여 시인의 존재와 근원에 대한 정신적 집결은 순수한 자아의 한 집중된 지점으로 향하게 되고야 만다. 생의 극치는 곧 죽음이기에, 삶의 진정한 국면의 확장은 죽음이기에 시인은 삶의 긍정과 죽음의 긍정을 동시에 만나게 된다.

죽음은 참 엄청 무겁겠다.
깜깜하겠다.
초록 이쁜 담쟁이넝쿨이 이 미련한, 시꺼먼 바윗덩이를 사방 묶으며 타넘고 있는데, 배추흰나비 한 마리가 그 한복판에 살짝 앉았다,
날아오른다. 아,
죽음의 뚜껑이 열렸다.
너무 높이 들어올린 바람에
풀들이 한꺼번에 다 쏟아져나왔다.

―「고인돌」 중에서

저 무거운 고인돌의 돌을 누르고 있는 것은 무엇인가. 시인은 죽음을 죽음으로 만드는 것이 세상과의 빗장을 무겁게 걸어버리는 폐칩이라고 생각한다. 죽음은 고인돌처럼 "엄청" 무겁고 깜깜하다. 이 거대하게 무거운 존재의 눈꺼풀을 들어올리는 것이 있다. "초록 이쁜 담쟁이넝쿨"이 시꺼먼 바윗덩이를 타넘고 있는데 배추흰나비 한 마리가 그 한복판에 살짝 앉았다가 날아오른다. 그러자 "아, 죽음의 뚜껑이 열렸다." 땅속 깊이 묻힌 심연의 깊이는 배추흰나비 한 마리가 들어올리는 가벼운 것이 되고야 만다. 죽음을 나의 죽음으로 만드는 것은 죽음을 배척하는 것이 아니라 죽음을 내 안에 품고 정화, 순화시켜 가장 가벼운 정신적인 것으로 휘발시키는 것. 시인은 그런 방식으로 죽음의 비밀스런 진실을 읽고 지키려 한다. 왜냐하면 두려움은 내 안에 있는 것이지만 두려움 안에 있는 그대로의 나의 존재를 확인하게 해주는 것은 바로 '죽음'이기 때문이다. 대낮에 번쩍 암흑이 밝음이 되고 죽음의 뚜껑은 가벼운 순간적 전율처럼 날아오른다. 날아오르려는 저 우직한 죽음은 다시 우지직 骨의 기지개를 키며 스스로의 이미지를 탐식한다.

말이 되지 않는다. 손아귀에 꽉 꽉 구겨쥔 에이포 용지를 냅다 방구석으로 던졌다. 어, 처박힌 종이 뭉치에서 웬 관절 펴는 소리가 난다. 뿌드드드 드드 부풀어오르다, 부풀어오르다, 이내 잠잠해진다.

종이도 죽는구나.

그러나 입 꽉 틀어 막힌 그 마음의 밑바닥에 얼마나 오래 눌어붙어 붙어

먹었으면, 그리고 그 무거운 절망, 기나긴 암흑의 産道를 얼마나 힘껏 빠져
나왔으면 그토록 환하게

　뼈 부러지게 기뻤을까.

　누가, 날 구겨 한번 멀리 던져다오.

—「꽃」 전문

　종이는 말이 되지 못하고 구겨지고 처박힌 종이 뭉치가 되어 있다가
비로소 "뿌드드드 드드"하고 부풀어 오른다. 종이는 죽으면서 비로소
삶을 이루는 것. 꽃으로 피어나는 것. 비로소 깊고 어두운 산도를 통과하
며 신생의 구멍을 통과하는 것. 무거운 절망과 기나긴 암흑을 빠져나오
면서 죽음은 삶과 다시 만나고 있다. 죽음은 삶과 함께 하나를 이룬다.
두 영역이 합쳐져서 더 넓은 통일된 공간을 이룬다. 삶의 이름으로 품는
죽음에의 신뢰.
　하여 시인은 "누가, 날 구겨 한번 멀리 던져다오."라고 외친다. 자신
의 몸뚱아리가 철저하게 뭉개어질 때 비로소 모든 뼈마디 관절은 우지
직 살아 생명의 팽창으로 나아가기 때문에.
　시멘트 옹벽의 갈라진 살갗 틈새에서 길을 찾는 풀이나 "입 콱 틀어
막힌 그 마음의 밑바닥"에서 암흑의 산도를 통과한 종이는 모두 미로와
같은 자기 삶에서의 길을 찾아 스스로의 몸을 희생으로 삼는 자들이다.
어둡고 깊은 산도의 길은 사막의 진실 앞에 마주서는 법을 가르쳐준다.
즉 새로 태어나려는 자는 누구보다 먼저 사막에서 자기 목숨을 걸어야
한다는 것. 저 깊은 산도를 통과하는 존재의 현기증을 치러내야 한다는
것. 스스로 완벽하게 사막에서 혼자가 되어보지 않는 자는 죽음도 불멸
도 허무도 상처도 진정한 자신의 것이 되지 못한다.

허공 위에 고통의 구멍을 하나 내고 그 구덩이를 신생의 화덕으로 삼고자 하는 한 사람을 살펴보자.

> 할머니 한 분이 초록 애호박 대여섯 개를 모아놓고 앉아 있다.
> 삶이 이제 겨우 요것밖엔 남지 않았다는 듯
> 최소한 작게, 꼬깃꼬깃 웅크리고 앉아 있다.
> 귀를 훨씬 지나 삐죽 올라온 지게 같은 두 무릎, 그 슬하에 동글동글 이쁜 것들, 이쁜 것들,
> 그렇게 쓰다듬어보는 일 말고는 숨쉬는 것조차 짐 아닐까 싶은데
> 노구를 떠난 거동일랑 전부
> 잇몸으로 우물거려 대강 삼키는 것 같다. 지나가는 아낙들을 부르는 손짓,
> 저 허공의 반경 내엔 그러니까 아직도
> 상처와 기억들이 잘 썩어 기름진 가임의 구덩이가 숨어 있는지
> 할머니, 손수 가꿨다며 호박잎 묶음도 너풀너풀 흔들어 보인다.
> ─「저 할머니의 슬하」 전문

길가에서 한 할머니가 초록 애호박 대여섯 개를 모아놓고 팔고 있다. 이가 거의 다 빠진 몰골로 노쇠하여 쭈그리진 몸을 최대한 작게 웅크리고 앉아 있는 할머니는, 그러니까 부화중이다. 자신의 "귀를 훨씬 지나 삐죽 올라온 지게 같은 두 무릎" 그 "슬하에 동글동글 이쁜 것들"을 낳아 알을 까고 있는 중이다. 할머니가 심어 어미닭처럼 품고 있는 초록 애호박 여섯 개. 초록의 싱싱한 아기들은 할머니의 품속에서 다시 태어나고 있는 알이었던 셈이다. 지나가는 아낙들을 부르는 손짓의 허공중에는 "상처와 기억들이 잘 썩어 기름진 가임의 구덩이"가 숨어 있다. 저 허공중에서 고통과 상처는 발효되어 기름진 가임의 구덩이를 만들어내고

있었던 것.

문인수의 시는 고도의 의식 집중을 하면서 삶과 죽음이라는 두 세계 사이로 열린 틈새를 향하고자 한다. 그 길은 미로와 같은 길이지만 "울퉁불퉁 만져지는 긴 문장"처럼 거친 길이지만 결코 "결박당하지 않는 血行"(「철자법」)의 길이기에 그에게 삶의 매 순간은 모두 제의와 같은 것이다. 삶과 죽음의 틈새를 향한 여행은 자기 실신, 자기망실의 극점으로 치달아가는 시간들이기 때문이다. 하여 이승과 저승의 경계에서 우주의 모든 숨들은 숨을 죽이며 거대한 운명의 기다림 앞에 서야 한다.

그의 상가엘 다녀왔습니다.

환갑을 지난 그가 아흔이 넘은 그의 아버지를 안고 오줌을 뉜 이야기를 들었습니다. 生의 여러 요긴한 동작들이 노구를 떠났으므로, 하지만 정신은 아직 초롱같았으므로 노인께서 참 난감해하실까봐 "아버지, 쉬, 쉬이, 어이쿠, 어이쿠, 시원허시것다아" 농하듯 어리광 부리듯 그렇게 오줌을 뉘었다고 합니다.

온몸, 온몸으로 사무쳐 들어가듯 아, 몸 갚아드리듯 그렇게 그가 아버지를 안고 있을 때 노인은 또 얼마나 더 작게, 더 가볍게 몸 움츠리려 애썼을까요. 툭, 툭, 끊기는 오줌발, 그러나 그 길고 긴 뜨신 끈, 아들은 자꾸 안타까이 따에 붙들어매려 했을 것이고, 아버지는 이제 힘겹게 마저 풀고 있었겠지요. 쉬 ―

쉬! 우주가 참 조용하였겠습니다.

― 「쉬」 전문

환갑이 지난 아들이 아흔이 넘은 아버지를 안고 오줌을 뉘이고 있다. 늙은 아비는 몸에 물기가 다 빠져나가 흡사 잎맥 줄기만 남은 마른 낙엽

한 장 같다. 그러나 노인의 정신은 초롱같아 아들에게 오줌 뉘이게 하는 것이 부끄러워 "더 작게, 더 가볍게 몸 움츠리려 애썼"던 것이다. 아들은 농하듯 어리광 부리듯 "아버지, 쉬, 쉬이, 어이쿠, 어이쿠, 시원허시겄다 아" 하는 것이다.

아들이 늙은 아비를 어린아이처럼 품에 안고 오줌을 누이는 시간은 그야말로 공손히 머리 숙여 인생의 늙어감에 대하여 공양드리는 시간이다. 아비가 아들을 낳았으니 아들은 아비에서 "몸 갚아드리듯 그렇게" 아버지를 안고 오줌을 누이고 있는 것이고 늙은 아비는 한평생 이승의 삶을 살아왔으니 자신을 받아준 이 세계를 향해 고요히 소신공양을 드리는 것이다. 아들은 마침내 늙은 아버지의 오줌을 누이면서 아버지를 자신의 태중에서 낳고 있다. 아버지는 어린 아들이 되고 아들은 아버지가 되어 양수를 터뜨리듯 그렇게 오줌을 누인다. 아버지는 다시 몸이 가벼운 신생의 갓난아이가 되어 이 경건한 산도産道를 통과한다.

늙은 아버지는 오줌발도 순해져 툭, 툭 자꾸만 끊기기만 한다. 하여 우주 속에 조그만 숨 한번씩 내뱉듯 오줌을 누게 하기 위해 오줌의 길을 '소리'로써 열어주어야 하는 법. "쉬―"하고 말이다. "아버지 쉬―"하고 오줌을 누일 때 지상의 모든 사물들은 '쉿! 조용해져야 한다. 이승과 저승의 길이 연결되는 경건하고 고결한 순간이기 때문에.

문인수 시는 생의 구경究竟을 향하는 듯 고도의 집중화에 값하고 있다. 마침내 의식이 불타올라 자신의 분노와 고독이 맑은 눈물이 될 때까지 시인은 삶과 죽음의 가녀린 틈새에서 저 공허와 같은 존재의 비밀스러움을 훔쳐보기를 원한다. 그것은 사물과 세계를 바라보는 형이상학적 시선과 상상력의 놀라운 직관으로 얻게 되는, 극단적인 의식의 발화지점에서만 아주 조금씩 그 옷깃과 실밥을 흘끗 보여주는 초월 영역의 비밀스러움일 것이다.

독기와 화기 사이에서

— 손택수 시집 『호랑이 발자국』

가령 세상의 팽팽한 근육이 우리 신경계를 건드릴 때가 있다
는 것이다. 세상이 일종의 적의를 가지고 있다고 생각되는 순간이 있다.
사물들은 발톱과 부리를 암묵 속에 숨긴 채 확고부동한 평온함을 가장하
고 있는 지도 모른다. 이를테면 나무책상과 의자들은 우리 신체의 일부
인양 우리의 근육 혹은 생명과 결합되어 있는 듯하다. 우리는 친근하게
의자와 책상에 몸을 맡긴다. 그러나 그것들은 실은 잘려지고 베어진 나
무의 복수심을 품고 있다. 나이테가 다 드러나도록 벗겨진 살갗을 그들
은 드러내고 있다. 우리는 사물이 품고 있는 적의들을 잊어버리곤 한다.

삶은 처음부터 어떤 폭력을 내장한다. 존재란 던져져 있다는 사실, 그
것은 프루스트가 어두운 방에서 깨어나 느끼는 극심한 공포와 관계한
다. 자신이 누구인지 알 수가 없는, 어디에서 왔고 어디로 갈 지도 모르
는, 그렇게 하여 과거의 기억을 떠올릴 수밖에 없는……. 인간은 매순간
자신이 던져져 있다는 것을 발견하는 근본적 상실감에 봉착한다. 근본

적인 분리감이 삶이 우리에게 던지는 지독한 폭력성이다. 내가 존재한다고 말하는 것은 내가 누구였는지 모른다는 것을 고백하는 것과 같다. 삶은 언제나 지금의 자기자신이 겁탈당할지도 모르는 팽팽한 쟁투의 자리이다. 우리는 한 순간도 그 적의와의 대면에서 휴식할 수 없다. 우리는 긴장한다. 다시 그 끔찍한 삶이 우리를 훼손하지 못하도록.

　손택수의 시에는 삶과 대적하는 날카로운 의지들이 몇 가지 포착된다. 이를테면 「옻닭」 같은 시를 보자.

　　　그늘만 스쳐도 살갗에 소르르 소름이 돋는다
　　　해마다 한번씩 자신을 스쳐간 폭염과 홍수
　　　팔을 뚝뚝 부러뜨리던 폭설의 기억을 비벼 꼬아
　　　제 속을 치잉칭 결박하는 나무
　　　속을 쥐어짜 잎잎이 푸르디푸른 신음을 뱉어낸다
　　　허나 독기라면 닭도 지지 않는다
　　　한평생을 옥살이로 보내온 그가 아닌가
　　　톱날처럼 뾰족하게 튀어나온 벼슬과 부리,

　　　(중략)

　　　독기라면 나도 지지 않는다
　　　나를 무심코 집어삼킨 세상에
　　　우툴투툴한 옻독을 옮기리라
　　　뚝배기 그릇 속에 코를 쥐어박고
　　　아버지와 함께 옻닭을 먹는다
　　　　　　　　　　　　　　　　　　　—「옻닭」 중에서

사실 자연은 부패이고 폭력이지 않는가. 시체에 염을 하고 하얗게 분칠을 하는 것은 이러한 자연의 폭력성에 대항하는 인위적 저항이다. 폭염과 홍수, 폭설에 팔이 뚝뚝 부러진 기억을 가지고 있는 나무는 그 광기의 기억으로 제 몸을 칭칭 결박하고 있다. 한평생을 옥살이를 지낸 닭도 독기라면 지지 않는다. 닭은 쇠창살 사이로 모가지만 간신히 빼내어 제 것이 아닌 몸뚱이를 키우며 침수당하는 그 순간까지 지독으로 견딘다. 지독至毒만이 그들을 견디게 하는 힘이다. 시적 화자는 독기라면 나도 지지 않는다고 말한다. 아버지와 코를 쥐어박고 옻닭을 먹으며 이 무심한 세상에 옻독을 옮기리라 역설한다.

물질의 세계에서 우리는 이렇게 저항하는 어떤 의지를 만나게 된다. 온 사지가 사슬에 매이고 결박당한 채 세상에 독기를 뿜어낼 수밖에 없는 닭, 닭은 생이 준 고통을 다시 세상에 대한 저주로 돌려준다. 옻닭의 독은 시적 화자를 전염시킨다. 시인은 그러나 이 생명체의 반역을 고통의 내밀성이나 에너르기로 변화시킨다. 자신을 닭처럼 무심코 집어삼키는 세상에 대하여 우툴투툴한 옻독을 옮기겠다는 역학적 저항, 시인은 세상과 대적한다. 옻이 올라 얼굴이 벌겋게 달아오르도록, 목구멍까지 차오른 가려움을 눌러 참으면서 시인은 세상에 대한 저항에 참여한다. 독이 온몸에 달라붙어 독이 그의 신체 자체가 되도록. 시인은 독기로 갑옷을 입은 듯하다. 고통은 여기서 하나의 에너르기의 고통이 된다. 즉 독성은 반대가치의 양립을 누린다. 독성을 통해 시인은 고통을 느끼면서 그것을 무기화하는 양면성을 보여준다. 이렇듯 손택수의 시는 힘의 역학관계, 반항하면서 그것을 반항의 무기로 삼는 팽팽한 힘의 모순적인 내부를 순회한다.

「화살나무」에서 시인은 물질이 갖는 적대성과 삶과의 대적성을 노래한다. "언뜻 내민 촉"들이 바깥을 향한 듯하지만 그것은 결국 제 살을 관통하기 위해, 자신을 명중시키기 위해 가지들이 모여있다는 화살나무의 이야기. 나무의 가지가 금속의 철침을 가진 화살로 비유되는 것은 처음부터 물질이 가지는 단단한 적대성의 이미지를 유포한다. 뾰족한 금속은 대상을 베고 상처입힌다. 나무는 이 무수한 금속의 무기로 자기자신을 구성하고 있다. 그러나 그 화살들이 무수히 박혀 있는 나무는 실은 세상을 과녁으로 하지 않고 자기자신을 과녁으로 삼고 있다고 시인은 말한다.

"자신의 몸 속에 과녁을 갖고 산다". 세상에 대한 적의의 표시들은 실은 스스로에 대한 적의였다는 사실을 시인은 말하고자 하는 것인가. 우리의 삶은 자신에게 팽팽하게 당겨진 그 시윗줄처럼 튕겨져 자기자신을 쏘아 쓰러뜨릴 지도 모를 그 살의와 대결구도 속에 놓여 있다는 것을 시인은 이야기한다. 단단한 물질이 갖는 강직성은 무장된 상황의 긴장을 함축한다. 하여 손택수 시에서 힘은 존재의 내부와 동시에 외부에서 서로를 견인하며 서로를 겨누는 그 길항의 대적속에서 발생하고 있다.

생은 처음부터 노여움이며 거칠음이지 않는가. 그렇지 않다면 우리는 살아 있다고 하지 못할 것이다. 물질이 탄식하고 신음하고 있다는 것을 알지 못한다면, 그 노여움을 모른다면 진정 우리는 아무것도 알지 못한다.

> 무쇠철망을 칼처럼 쓰고
> 지주목에 감아두었던 철사줄이
> 속살 속으로 깊이 파고들면서
> 철사줄을 나이테처럼 칭칭 감고 있는 가로수
>
> ─「강철나무」 중에서

못이 박혀 있는 목질, 나무는 분노하고 있는 것이다. 무쇠철망을 쓰고 철사줄에 칭칭 감겨 있는 가로수는 세상에 대한 적의를 표명한다. 금속으로 뒤집혀진 나무는 분노를 드러내는 물질적 은유이다. 단단한 금속의 공격 속에서 나무는 침착하게 머물러 있을 수 없다. 그것은 포효하고 생을 호소한다.

손택수 시에서 나타나는 이러한 사디즘적 매조히즘적 분노와 날카로운 대적들은 생에 대한 하나의 '도발'을 드러내는 국면이다. 독기의 흡입과 독기의 분출, 팽팽하게 자신에게 화살을 겨누고 있는 극단적 자기살의. 생에 대한 충일된 격앙과 적의에 대한 각성은 시인의 시가 저항의 상상력 속에 놓여 있음을 암시한다.

그러나 한편 손택수의 시를 지배하는 또 다른 국면은 위무의 상상력이다. 꾹꾹 눌러담은 고봉밥 한그릇, 감, 대추, 홍어회와 닭고기 등 그의 시에서 먹을 것들이 많이 등장한다. 그것은 단단하고 뾰족한 적기를 누그러뜨리는 부드러운 질료들이다. 먹는 것에 대한 이야기는 공격적이고 경계하는 모든 것들을 언제나 부드럽게 반죽해 준다. 먹을 것들은 우리의 몸을 따뜻한 몽상으로 이끌고 있기 때문이다. 몸을 덥게 하고 훈훈한 상상으로 몰아간다. 공격적이고 난폭한 것들은 이 먹을 것 앞에 와서 평온한 유년의 시간을 회복한다. 먹을 것에 대한 행복이 간직되어 있는 시간, 유년은 이 음식에 대한 몽상과 긴밀하게 연결되어 있다. 그것들은 실존적 고독자인 인간이 잃어버린 시간을 되찾을 수 있는 유일한 통로이다. 마들렌 과자가 프루스트에게 꽁브레에서 보낸 어린 시절을 떠올리게 하였듯이. 향기와 내음으로 불현듯 과거는 우리는 방문한다. 음식을 기억하는 것은 유년을 기억하는 것이 아니고 무엇인가.

아이를 처음 가졌을 때 어머니는 유난히 입덧이 심했단다
어느날은 뜬금없이 홍어가 먹고 싶었는데
두엄더미 속에서 푹 곰삭은 홍어회를

오도독오도독 씹어먹고 싶은 마음에 안달이 다 났는데

(중략)

그때 어머니는

(중략)

할아버지께서 손수 고아온 닭고기를 먹길 그나마 참 잘했구나
　그런 생각이 태아적 유난했던 내 식성처럼 문득문득 되살아나곤 하는
것이다

—「닭과 어머니와 나」 중에서

　시인의 식성은 어머니의 뱃속에서 먹은 음식에 대한 기억에서 연유한
다는 사실이다. 어머니의 뱃속은 요술궁전처럼 홍어를 먹으면 납작해지
고 낙지와 해삼을 먹으면 뼈 없는 아이를 낳을지로 모른다는 이 신기한
미신을 담고 있다. 그렇게 하여 닭을 먹은 어머니 때문에 속살이 소름돋
은 닭살이 되었다는 그러나 여전히 그때의 입맛을 잊을 수 없다는 시인
의 이야기. 그렇다면 닭과 어머니와 나는 서로를 먹어가면서 연결되어
있는 혼융의 생명체가 된다. 먹는다는 것은 사물과 존재를 마술적으로
동일화시킨다. 홍어를 먹으면 홍어처럼 되고 낙지를 먹으면 낙지처럼
된다는 생명의 연속성, 세상은 먹고 먹이고 먹힘으로써 연결되어 있고
물질적 분노를 삭여간다는 사실이다.
　「외할머니의 숟가락」에서 외할머니는 집을 찾아온 이가 누구든 밥부
터 먼저 먹고 본다. 변변찮은 살림살이지만 "집이라는 것은 누구에게

나 한 그릇의 따순 공기밥이어야 한다"는 외할머니의 신조. 해서 마실 갈 때 외할머니는 자물쇠 대신 숟가락을 대문에 걸어놓는다. 시인은 어른이 되어 외할머니 댁을 찾으면서 시장기부터 먼저 느낀다. 이러한 먹는 것에 대한 기억은 「腸으로 생각한다」에서도 드러난다. 귀향을 하려면 시인은 장세포들이 먼저 반응해 온다는 사실. 널빤지 두 장 걸쳐놓은 변소간에서 볼일을 보려면 외양간의 소들이 여물 씹는 소리, 송아지들이 어미의 젖을 쭉쭉 빠는 소리, 사람은 결국 제 똥을 받아먹으며 산다는 상할머니의 말씀. 우리 존재가 세계와 함께 연결되어 있다는 지속감을 느끼는 때는 오직 이 먹을 때와 배설할 때이다. 음식을 먹을 때 시간은 완벽하게 끝없는 경탄으로 가득차고 행복으로 채워진다. 유년의 삶에서 모든 감각적 혹은 감정적 추억들이 되찾아지는 이유는 그곳이 먹을 것과 연결되어 있기 때문이다. 그것은 세상에 대한 혐오와 존재의 필연적 결핍감을 잊게 해주는 도취의 세계인 것이다.

손택수의 시에서 어린아이 때의 풍경이 시적 풍경으로 드러나는 것은 좀 특별한 의미를 지니는 것 같다. 어린아이 때의 시간과 공간은 훨씬 다른 깊이를 지니고, 실존에 대한 감정도 무척 다르게 증폭되는 어떤 순간들을 맞게 한다. 아니 유년시절에 우리는 새로운 다른 인지능력을 지닌다 할 수 있다. 모든 자연현상이 정신화되고 초자연적인 것으로 변화되기 때문이다. 그것은 단순히 물활론을 넘어서서 세계가 하나의 거대한 음조처럼 울림을 가지고 진동하면서 자연의 이차적인 모든 특성들이 예리한 자기만의 가치로 모습을 드러내는 순간이다. 모든 빛깔들이 제각각의 마술적 빛깔을 지니고 소리들은 의미심장한 각각의 진동으로 울려난다. 즉 감각들은 모두 강하고 생생하고 분명한 의식의 영역 속에서 새로운 의미들을 획득하게 되는 것이다. 이러한 사실은 우리가 세계라고 경계지워 둔 그 넓이의 경계를 넘어서서 더 넓은 영역으로 확장되어 가는 물질의 거대한 공간을 펼쳐 보여준다.

　　아버지의 다른 한 손엔 밀어낸 공동묘지 터에서 주워왔다는 송장뼈가
들려 있었답니다. 무슨 생각에선지 할머닌 그 뼈를 곱게 빻아 머리 위에 골
고루 뿌려주었고, 뿌려주며 무슨 주문 같은 것을 무당처럼 주워섬겼고 (중
략) 그렇게 머리 위에 뿌려지던 뼛가루를 나는 또 무슨 구운 소금가루나
찹쌀가루 쯤으로만 알고 있었던 것인데, 신기하게도 몇년을 끌던 고질병
이 감쪽같이 낫게 되었습니다. (중략) 죽어서 명약이 된 그런 거짓말 같은
이야기를 가보로 품고 사는 나는 한 기의 무덤인 셈입니다. 살아 파릇파릇
한 무덤인 셈입니다.

―「송장뼈 이야기」중에서

죽은 혼령이 송장뼈에 들어가 산자의 부패를 막아준다는 신이한 믿음
은 무속적 심성을 깔고 있다. 곱게 빻은 가루가 산 자 안에서 다시 생명
을 이어가게 한다는 사실, 그리하여 시인은 자신을 "살아 파릇파릇한 무
덤"이라고 말한다.

　죽음과 삶의 역설적 소통, 혹은 왕래는 특별한 소잿거리가 아니다. 그
럼에도 손택수의 시에서 의미있게 다가오는 것은 특이한 주술에 대한
구체적인 체험성에서 연유한다. 아버지가 밀어낸 공동묘지 터에서 주워
온 송장뼈를 할머니가 빻아서 주문을 외고 그것을 시인의 머리 부스럼
딱지에 뿌려주었다는 것, 그렇게 하여 고질병이 다 낳았다는 사실. 무속
의 한 풍경 속에서 우리는 시인이 세상과 화답하는 그 화기和氣의 세계
를 엿보게 된다. 어린아이는 세상의 모든 것들과 서로 만나고 서로 응답
하면서 상호간에 그들의 환기적 울림을 연장시켜 나간다. 망자의 세계
가 언제든지 임할 수 있는 세계는 어린아이의 세계인 것이다. 과거(죽은

송장)와 단절되지도 않고 미래(자신이 죽게 될 죽음)와도 분리되지 않은 동일성의 세계가 무속의 세계이면서 동시에 어린아이의 세계라 할 수 있다. 시인은 어린아이의 시선으로(기억으로) 생명과 죽음을 연결시키고 특이한 주술로 시적 웅얼거림을 완성한다. 시야말로 이러한 모든 것들의 교섭이자 존재 확장의 파문이다.

이렇게 손택수의 시를 살펴보면 그의 시는 독기毒氣의 세계와 화기和氣의 세계 사이에 놓여 있다. 세상이 뿜어내는 독을 마시고 스스로 상처를 내며 그 상처가 만든 길을 통해 세상으로 나아가고자 하는 시인의 방식은 저 도저한 도발을 느끼게 한다. 먹을 것에 대한 향수과 샤머니즘적 주술의 세계는 생명에 대한 근원적 위무를 감지하게 한다. 화살나무 가지마다 달려 있던 뾰쪽한 화살의 철침이 어느 사이 외할머니의 대문에 꽂혀 있는 둥근 숟가락으로 변하게 되었는지 그 연유와 과정을 나는 알 수가 없다. 다만 그 두 세계의 길항 속에서, 세상에 대해 절대로 물러설 수 없는 완강한 오만과 현재를 치유하려는 과거의 기억 속에서 시인은 그 탐색의 길을 멈추지 않을 것 같다. 아버지의 등을 밀어주면서 이제껏 아버지가 함께 목욕을 가지 않은 이유가 목욕탕 비를 아끼기 위해서가 아니라 당신의 몸 속에 찍혀 있던 지게자국 때문이었다는 것을 눈물겹게 발견하듯 상처는 언제나 자기 안에 있는 것이기 때문이다. 아버지의 상처를 통해 자신의 상처가 치유되는, 그러니까 우리 모두는 자신의 몸 속에 과녁을 갖고 산다. 아버지에 대한 원망과 연민이 공존하는, 이러한 세상에 대한 독기와 화기는 시인이 자신을 바라보는 두 가지의 모습이자 동시에 한 모습이기도 한 것이다.

손택수 시인이 독특하게 구사하는 무속의 풍경들이 서정주 시인의 『질마재 신화』와 구별되면서 어떤 방식으로 자신만의 시적 형상화를 이룩해 갈 것인가는 앞으로 시인의 몫이 될 듯하다.

내 몸 속에 검은 잉크가
다 마르기 전에

— 박현수 시집 『위험한 독서』

　　시인은 몸 속의 잉크가 다 마르기 전에 말을 해야 하는 것이다. 검은 액체의 힘에 이끌려 백색의 지면을 채워나갈 때 잉크는 검은 피와도 같이 순환한다. 마술은 여기서 시작된다. 언어는 뾰족한 끝을 더듬으며 검은 피의 잉크에서 싹트기 시작한다. 이 연금술적 변화, 잉크가 검은 피가 되는 마술적 용해의 몽상으로 접어들 때 시인은 비로소 우주의 모든 이미지들에 귀를 기울이게 된다. 이 검은 액체의 의지, 잉크의 힘이 시인을 아득한 백색의 미망으로 불러내는 것이었으니 시인은 백색의 지면 위에서 스며들고 싸우고 결합하고 다시 살아나고 번식하고 미끄러지면서 창조되는 자신의 공허와 맞닥뜨려야 하리라.

　　박현수 시를 읽으면서 독자들은 언어 앞에서 가슴 두근거리며 서성이는 시인의 한숨을 듣게 될지도 모른다. 그것은 마치 조용한 수면에서 일어나는 물거품처럼 무엇인가를 중얼거리는 것도 같고 낮게 한숨을 쉬는 것도 같다. 아니 조금만 더 들어보면 그것은 깊은 신음소리인지도 모른다.

박현수는 1992년《한국일보》신춘문예에 시「세한도」로 등단한 이후 첫시집 『우울한 시대의 사랑에게』를 상재한 바 있다. 박현수의 시는 순수한 영혼이 세상을 짊어지게 될 때 담당하는 '고독'이라는 운명, 살아 있는 것들에 대한 아득한 슬픔과 연민의 섬유질로 되어있다. 등단작 「세한도」가 암시하듯 시인은 저 숭고한 곳을 향한 고뇌의 극점을 극화한다. 시인은 인간의 지고至高한 운명, 아무도 모르는 혼, 숙명적인 의지의 어두운 진상眞相을 간파하고자 한다. 그러기에 시인은 때로 인생의 가열찬 지점을 향하다가 일상의 것들에 섬세한 연민으로 마음 저리기도 한다. 시인은 커다란 의지의 지성을 지니고 있으면서 동시에 인간적인 슬픔을 지닌 소박한 사내인지도 모른다. 이를테면 다음 같은 시.

수캐처럼 밤거리를 기웃거리다,

느지막히 친구의 텅 빈 아파트로 돌아온다.

바그다드 카페, 마술도 없이 돌처럼 어둠 속에 웅크리고 있다.

그 친구 흔들흔들 열쇠꾸러미를 뒤적거리는 사이,

장난삼아 초인종을 누르며 빈 아파트 속에 딩동딩동 새어나오는 낡은 어둠,

낮 동안 가라앉아 있던 공기의 뒤끝이 부산하다.

인터폰에 허리를 숙여, 돌아오는 공허다 아빠다 ― 하고, 천연스럽게 대답하는 그의 배후에, 낯선 울림이 흔들거리며 계단을 타고 한없이 걸어 내려간다.

춥고 어두운 거리를 지나오며 우리는, 누구세요,

하는 아이의 투명한 목소리에 대수롭지도 않게 아빠다―,

하고 대답하는 중년을 몰래 보아 두었는지 모른다.

—「우울한 시대의 사랑에게」중에서

우리가 혹 구멍 뚫린 호주머니 사이로 잃어버린 것이 있다면 자신의 생애에서 흘려보낸 기억의 시간들은 아닐까. 시인은 친구와 함께 한량처럼 처용처럼 술을 먹고 친구의 텅 빈 아파트로 돌아온다. 장난처럼 초인종을 눌러보지만 돌아오는 것은 "아빠다—"하고 장난스럽게 대답하는 자신의 목소리뿐. 식구들은 다 어디로 사라진 것일까. "춥고 어두운 거리를 지나"면서도 사내들은 아이의 투명한 목소리("누구세요?") 속에서 대수롭지 않게 "아빠다—"라고 늘상 습관적인 대답을 준비하고 있었는지 모른다. 사내들은 세상의 근원적인 투쟁자로 태어나 세상과 부딪치다 비로소 돌아오는 그 길목에서 "아빠다—"라고 스스로를 호명해 보는 것이다. 마음 놓고 몸 들어앉힐 따뜻한 능선 같은 무덤을 찾고 있는 것이다. 아무도 없는 빈 아파트에 초인종을 누르는 시인의 익살스러운 장난기는 오히려 생의 공허한 빈 곳을 더욱 울리게 만든다. 중년사내들의 스산한 혹은 그리운 풍경은 마치 물 밑에서 기르던 그림자가 물 표면 위에 올라 온 모습 같다. 맹렬하게 생을 질주하다 문득 수고스럽게 땀 흘린 자신을 거울 속에 비춰보는 한 장면이기도 하다. 이 땅에 남성으로 태어나 한 집안의 가장이 된다는 것, 세상과 싸우다 늦은 밤 어린 자식들이 자고 있는 방안에 들어가 그들을 내려다보는 것, 그때 밀려오는 측은함, 살가움 같은 것. 남성은 비로소 자신이 지상에서 참으로 가련한 존재라는 것을 깨닫는다.

박현수는 경북 봉화에서 태어났지만 강원도 태백 탄광촌에서 유년기를 보내고 다시 봉화 할머니 집으로 돌아온다. 어린 시절 먹던 탄가루가 그의 핏속에도 남아 있어 그는 그것을 다 종이 위에 뱉어내지 않으면 안 되었나 보다. 박현수의 형제들(오형제)도 실은 약간의 한량기와 탄광촌

에서의 텁텁한 탄 가루 냄새를 폐에 지닌지라 모두 글 나부랭이를 조금
씩 쓴다고 한다. 이와 같이 유년시절에 탯줄을 댄 약간의 우울과 마약 같
은 한량기가 그를 건들거리게 하지만 기본적으로 그의 시세계를 지배하
는 것은 투명한 서정의 세계다. 그는 무엇보다 '근원적인 어떤 것'을 추
구한다. 사물의 물物 그 자체가 들려주는 시의 언어, 시적 몽상을 찾아내
고자 한다. 시인의 어둠은 철학적 어둠이었던 것이다.

> 너무 말을 아끼지 않았나, 나는
> 한여름
> 무거운 대기를 찢어버리고
> 지붕의 잠을 깨우고
> 토란잎과 머위잎을 뚫으며
> 난데없이
> 지상에 튀며 뒹구는 투명한 생들
> 순간 묶음의 문턱을 넘어
> ㅅㅈㅊ 거친 자음으로
> ㅋㅌㅍㅎ 깨어나는 저것, 저것은
> 대기 날숨의 언어
> 지붕 갈비뼈의,
> 토란잎 등줄기의 언어
> 천방지축의 언어들은
> 번개의 포고령처럼
> 한꺼번에 쏟아져 내리는데

> —「우박」중에서

시는 혼돈과 무질서 속에서 단 하나의 '말'을 찾는 일이다. 보이는 것 가운데 보이지 않는 것을 찾고 모호함 속에서 이 세계를 깨뜨리는 단 한 순간의 초월적 계기를 찾는 것. 그런 점에서 시적 기록이야말로 의미와 무의미, 죽음과 삶의 경계에서 접경의 틈 사이를 찾는 행위다. 자아와 언어가 만나는 구멍, 항문을 찾아 그 파격과 돌발성과 유희를 구하는 것이다.

시인은 우박이 오는 한여름의 풍경을 보고 있다. "지붕의 잠을 깨우고/토란잎과 머위잎을 뚫으며/난데없이/지상에 튀며 뒹구는 투명한 생들"을 목도한다. 시인은 하늘에서 내려와 지상에서 튀며 뒹구는 우박이 전해주는 말을 듣고 있다. 그것은 "ㅅㅈㅊ 거친 자음으로", 혹은 "ㅋㅌㅍㅎ"으로 대기의 날숨의 언어이며 지붕 갈비뼈의 언어이며 토란잎 등줄기의 언어이다. "천방지축의 언어들"은 "번개의 포고령처럼" 한꺼번에 마당으로 쏟아져 내린다. 자연의 소리는 시의 언어세계 표면을 뚫고 들어와 시적 언어, 순수한 기표로서의 음가들(자음)을 전해준다. 세상 밖과 세상 안, 시의 안과 시의 밖 사이에서 시인은 문득 우박이 떨어지며 전해주는 소리들을 시의 언어로 바꾸고자 몸부림친다. 시인은 비로소 심연의 밑바닥에서 꽃을 불러내는 수련睡蓮처럼 시의 말을 피워내려는 과정 중에 있다. 세상의 말이 시의 말로 탈바꿈하려는 순간, 시적 언어가 탄생되려는 절정에서 시인은 조심스럽게 자기의 언어를 중얼거려본다. "나는/너무 말을 아끼지 않았나".

하여 박현수의 이번 시집은 시인이 시의 말을 찾아가는 구도의 과정, 행로의 도상에 바쳐진다. "저희에게/한 번도 성대를 거친 적이 없는/발성법을 주옵시며/나날이 낯선/마을에 당도한 바람의 눈으로/세상에 서게 하소서/의도대로 시가/이루어지지 않도록 하옵시며/상상력의 홀씨가/생을 가득 떠돌게 하소서"(「시작법을 위한 기도」). 시인은 "성대를 거친 적이 없는/발성법"을 찾고 있다. 어떤 인위적 흔적도 없는 순수한 物物 그 자체로서의 '말'을 건져내려는 것, 그것은 궁극적으로 말이 자기 자신으로 돌아갈 것을 요구하는 즉 자기 회귀적인 활동으로서의 순수한 의식, 순수한 근원으로의 회구를 의미하는 것이다. 시인은 "회고는/노쇠의 증좌임을 믿사오니/사물에서 과거를/연상하지 않게 하옵시며/밤 벌레처럼 유년을/파먹으며 생을 허비하지 않게 하소서/거짓 희망으로/시를 끝내지 않게 하옵시며"라고 노래한다. 기도한다. 시인은 언어로 인해 오염된 세계에서 다시 언어를 통하여 잃어버린 세계를 구해오려 하는 것이다. 이 역설적 기도企圖는 '시의 말'을 찾아가면서 동시에 침묵을 지향하는 언어의 창조적 변증법이다.

> 나는 믿는다
> 아니, 믿고 싶어진다
> 의미하라든가 의도 같은 것을
> 납덩이 같은 중심을
> 보이지 않는 심해에 드리워진 닻을
> 아니, 닻 같은 것을
> 수면에 흔들리는 건
> 개구리밥풀 같은 몇 음절의
> 풀잎이라는 걸
>
> (중략)
>
> 그러니 낚시추만 한 닻 위에
> 연잎처럼 무성한

말들을 부러워하기도 하는 것이다

— 「연잎」 중에서

시인은 말에 근원적인 것들이 매달려있다는 믿음을 간직하고 있다. 말들은 '낚시추만 한 닻'을 가지면서 연잎처럼 무성하게 피어난다. 말은 수면위에 흔들리는 개구리밥풀처럼, 연잎처럼 풀잎처럼 흔들린다. 말들은 살아있는 모든 것들의 기원처럼 움직인다. 시인에게서 시는 생명이며 신체이며 역사이며 최후의 원리이며 리듬이다. 시도 움직이고 삶도 움직인다. 율동인 것이다. 보이는 것들은 보이지 않는 것들에 뿌리를 대고 말은 보이는 것과 보이지 않는 것 사이를 왕래한다. 시인은 말들의 중심과 그리고 그 중심에서 비로소 피어나는 잎에 대한 믿음을 가지고 있다.

하여 박현수는 시어, 말의 소리와 의미에 집요한 관심을 보인다. "여뀌는, 여뀌가 아니라/여뀌 료蓼//명아주 려藜나/꼭두서니 여茹처럼/한자의 훈과 음이/한 덩어리로 인화된 흑백 명사"(「여뀌」) "타자를 치다가/사람이라는 단어를 유심히/들여다보고 있자니/갑자기 맞춤법이 틀린 것처럼 낯설다/사람/ㅅㅏㄹㅏㅁ/아무리 보아도/어제까지 내가 써오던 단어가 아니다/그때까지만 해도/ 이 단어는 완벽하고 균형이 잡힌 글자였는데/오늘 이 글자는/어디가 모자란 듯 기우뚱거린다."(「사람」)

시어에 대한 집요한 추구 속에서 시인은 '문자' 형성에 대한 관심으로 뻗어간다. 글자는 사람의 말이 현실 속에 등기되는 한 방식이다. 추상적 형식으로서의 말은 문자, 글자의 방식에서 비로소 구체적 질서화, 체계화가 된다. 글을 쓸 때 우리는 사람이나 사물을 보지 않고 그것으로부터 눈을 떼어 종이를 보곤 한다. 종이는 통해 응시하는 것은 언어 자체다. 글을 쓸 때 우리의 머릿속에는 말을 생각하지만 말이 문자를 입게 될 때 그것은 언어의 체계 전체로 회귀하게 된다. 시인은 세계 속에 등기된 글자들을 유심히 보면서 체계화 방식에 대한 회의를 던진다. 글자로 체계화되는 세계의 방식에 "어디가 모자란 듯 기우뚱거린다"고 말한다. 글자는 세계를 질서화하는 한 도구지만 동시에 글을 종이 위에 쓰게 될 때 오히려 우리는 주어진 현실로부터 떠나게 되는 계기를 맞기도 한다. 즉 글자에 대한 시인의 의심과 혼란은 언어와 문자에 대하여 고심하는 고투의 과정을 드러낸다. ("영원히/제자制字 원리에 갇히지 않는 문자로/가득한 책/흔들리는 그림자로만 적힌/희미한 구문들이/끝없이/어둠 속으로 사라지는 책/다른 이의/지문이 잔뜩 묻은 서적에/초연하던 예언자,/그의 말처럼 모든 책은/한 페이지의 표지에 불과하리니/허락하지 않은 내용이여"「위험한 독서」, "솔잎 위에 떨어진/이 수상한/조어법을 얼마나 이해하려 애썼던가!/껍데기 사이에/끼어져 있는 씨의 불경이라니//한때 나는/문자는 영혼의 지문임을 믿었다"「솔방울」)

그러나 사실 인간 박현수를 알게 된다면 왜 그가 그토록 근원적인 세계, 언어의 신비를 향해 나아가고자 하는가를 알 수 있다. 박현수는 본래적으로 인간 삶에서의 궁극적인 가치들, 숭고한 것에 대한 지향, 정신적인 깊이에 대한 성찰에 관심을 갖는 인간이다. 그는 한국현대시 연구에도 맹렬한 활약을 보이고 있는 소장학자이기도 한데 실제 그의 현대시 연구의 방향은 두 가지로 양 대별된다. 우선 한국현대시에서의 '수사학'에 대한 것이 그 첫 번째고 '숭고한 것으로서의 서정성'에 대한 관심이 그 두 번째라 할 수 있다. 그러니까 학자로서 '수사학'에 대한 관심이 '시어와 글자'에 대한 관심으로 나타난다면 '숭고함'에 대한 추구가 '정신적 법열'에 대한 지향으로 나타난다. 국문학자로서 박현수가 지속적인 관심을 보인 시인이 모더니스트인 '이상'과 유교적 절개를 지닌 '육사'라는 점을 보더라도 잘 알 수 있다. 시인은 시어에 대한 도저한 고뇌와 함께 절체절명의 순간 극점에 가닿는 가열찬 극한의식을 동시적으로 보여준다.

> 권투를 할 걸 그랬어
> 옆구리에 꽂히는 주먹에 헉, 하고
> 숨이 멈춰지는,
> 턱을 돌리는 주먹에
> 피 묻은 마우스피스가 터져 나오는,
> 매번 승패가 뚜렷한
> 그런 삶을 살 걸 그랬어
> 숨결이 느껴질 정도로
> 가까이 있는데,
> 물 먹은 한지처럼
> 얼굴에 붙어 있는 적이 보이지 않아
> 어느 순간 숨을 헉헉거리며
> 껴안고 있는 그가
> 손을 뻗어도 안개처럼 잡히지 않아
> 무릎을 꿇어도 좋아
> 한 번만이라도
> 단, 한 번만이라도
> 또렷이 보이는 그의 턱을 겨누어
> 전생의 무게를 날릴 수 있는
> 그런 삶이었으면 해

— 「적」 중에서

시인은 일상의 시간과 다른, 일상의 생활과 다른 극한의 비등점으로 자신을 밀어 올리고자 한다. "권투를 할 걸 그랬어/옆두리에 꽂히는 주먹에 헉, 하고/숨이 멈춰지는,". 시인은 전신을 얻어맞으며 비틀거리는 복서의 마지막 투혼을 이야기한다. 주먹에 숨이 멎을 것만 같지만 숨이 멎어 적조차 보이지 않을 것 같지만 시인은 자신의 모든 것을 던져 "단 한 번만"이라도 전생의 무게를 실어 '펀치'를 날리고자 한다. 시인은 미끄러지듯 흘러가는 일상의 밋밋한 시간 속에서 생의 모든 계기를 걸어 보기를 꿈꾼다. 완벽한 자기 투신의 순간, 파멸에 가까울 만큼의 완벽한 몰입을 꿈꾼다. 박현수에게 생이란 진하고도 깊은 파열적인 기쁨이자 고통인 것. 하여 시인은 존재의 파괴 속에서 오히려 존재가 무한히 확장될 수 있는 창조적 부딪침을 향한다. 어느 순간 적조차 보이지 않고 손을 뻗어도 가 닿을 수도 없지만 시인은 최후의 일격을 노리고자 한다. 그것은 곧 어떤 순간에도 무릎 꿇지 않는 '새로운 적의敵意'의 순간이다.

하여 박현수의 시에서 '육사'와 같은 유교적 지조의식은 '날선 정신'으로 살아난다.

폭음한 새벽처럼
속을 게워낸 육신들이 흔들린다
그토록 단단히 지켜온 것이
텅 빈 강령이었다니
부딪칠 때마다
관절음 온 숲에 떨어져 내리고
어깨 툭툭 치며
베어져도
날선 정신들 비로소 눈뜨다

　폭음한 새벽에 속을 다 게워내고 시인은 비로소 자신을 단단하게 지켜온 것이 무엇이었는지를 보게 된다. 놀랍게도 그것은 몸의 숲에서 일어나는 대나무의 관절음. 몸을 움직일 때마다 뼈마디에서 소리가 나고 관절에서 소리가 울려난다. 뼈와 뼈 사이에서 나오는 소리, 시인은 "베어져도/날선 정신들 비로소 눈뜨"는 정신의 한 가운데 있다.

　"촛불을 켠다/흔들리는 불꽃 가운데/곧은 심지가 자라고 있다"(「심지」) "그의 머리/어디쯤 손을 쑥 질러 넣으면/두부처럼/만져질 듯한 그의 명상들"(「무뇌설법」) 정신적 수직성을 향해 나아가려는 시인의 직관 의식이다. 시인은 절대적 순수의 세계, 숭고한 것으로서의 종교적 법열을 향한다.

　때로 박현수는 어린 유년시절을 보냈던 탄광촌의 기억을 시간의 페이지에서 끌어올리기도 하고(「석탄박물관」) 어린 자식과의 일상사, 혹은 가장으로서의 무거운 젖은 외투를 노래하기도 한다(「마이웨이」「달팽이」「표절」). 그러면서 시인은 심연의 밑바닥에서 항구적인 정신적인 고독을 잊지 않는다.

　박현수는 잠자는 물 속에 수련이 두근거리듯 시의 언어 앞에서 고요하고 조심스럽게 한숨을 쉬기도 한다. 언어의 생즙을 찾아내기 위해 글자의 성애학에 빠진 독서가처럼 진지하기도 하다. 박현수는 새벽녘의 고독한 사내처럼 그윽한 공허와 유년의 슬픔을 지니기도 하고 형이상학적 가치를 가열찬 의지로 추구하는 예언가의 목소리를 지니기도 한다. 그럼에도 박현수의 시가 우리의 가슴에 따뜻함으로 남게 된다면 그것은 그가 본래적으로 살아있는 모든 것들에 어떤 솟구치는 뜨거움과 연민을 지닌 인간이기 때문이다. 순수한 몽상가이며 오래된 책의 독서가이기 때문이다. 그러니까 그의 시는 언제나 미래에 있는 시의 시원을 바라보려는 철학자의 기도이다. 그의 시가 진지하면서도 익살맞고 고독하면서도 한가한 것은 그의 인간적 품이 가지는 철학적 깊이와 깊이가 지닌 어둠 탓이다. 이 심연이 그의 삶을 투명하게 하기도 하고 진하게 하기도 한다. 그래서 우리는 박현수의 시를 좋아하는 것이다.

치사랑의 사랑과 고독

― 황학주 시세계

1. 잠식하는 고독

얇은 창호지에 핏물이 번지듯 고독이 영혼으로 스며든다. 시인 영혼의 살갗은 너무나 얇아 때로 사랑이, 때로 슬픔이 통과하곤 한다. 투명한 듯 불투명한 듯 시인의 혼은 언제나 가늘게 떨리고 있는 것이다. 이 불안정한 결여가 시인의 영혼을 채우고 있는 것이었으니. 진한 고독이란 차라리 날것으로의 생에 칼 베이는 안온함 같은 것이다. 시인은 '고독으로서' 비로소 살아있다[生].

황학주는 1987년 첫 시집 『사람』을 낸 이후 2005년 다섯 번째 시집 『루시』를 내기까지 한국 시단에서 지속적으로 자기만의 독특한 어법과 개성을 보여준 시인이다. 황학주 시인의 은유는 마치 섬광처럼 사물의 비밀을 꿰뚫어 삶의 직관에 닿아 있다. 은유는 독특하여 그의 삶과 서로 뒤섞인다. 미미한 사물들의 세계를 구체적인 질감의 감각으로 새겨낸다. 시인의 상상력이 살아 있는 지점이 바로 이곳이다. 오랜 유랑같은 삶도, 남루한 속옷같은 사랑도 황학주의 시에서는 짙은 고독의 은유로 점화된다.

시인은 좀더 깊은 시인의 고독에 떨어지고 싶은 것이다. 새로운 정신으로 절대적 자유의 길로 나아가고 싶은 것이다. 시인은 최대한 극대치로서의 고립과 치명적인 고독에 가닿고자 한다. 그렇지 않고서는 사는 것이 사는 것 같지 않기에, 시인은 자신을 저 멀리의 극한 속으로 내던지면서 극단의 고통과 절망과 사랑의 단절에 몸을 떨기를 원한다. 새로운 고통의 환희로 점멸하고자 한다.

> 더 검으면 더 강할 지장천변의 삶에
> 간 치지 않은 건대구 길쭉길쭉 뜯듯
> 진눈개비 떨어질 때
> 어디엔가 두고 온
> 벌벌 흔들리는 검은 핏덩이들의
> 서럽도록 뜨겁고 징그러운 것이 밑불로 살아 있는
> 사랑이라는 말의 뜻은 알았지만
>
> 완행이 놓쳐 버린 소읍의 시간
> 딸라 이자처럼 늘어나며 봉투를 뿌리는 눈 속으로
> 사북 3리 검은 다방 안에 앉은 나의 사랑은
> 아 나의 사랑은 썩은 정육처럼 유리 안의 꽃이지 아니면 무엇이냐
> 아니면 구두처럼 닦은 나의 절망이란 것도 너무나 세련된 것이지, 아니냐
> 혼자서는 아프지 않은 편지를 쓰며

입술은 눈물을 깨물며 어딘가를 찾아가는 것이냐
병반 광부와 을반 광부가 교대하는 이 시간에
사랑이라는 말의 뜻은 알지만
심산유곡에
아아아 아니다 버스가 없고 기차만 가는
사랑을 마련하지 못한 밤에

—「지장천을 보며」 전문

　사북 탄광촌에서는 사랑과 시간도 더 진한 격정으로 흐르나 보다. 시인은 검은 석탄물이 "검은 핏덩이들"처럼 서럽게 뜨겁게 흘러가는 지장천을 바라본다. 흩어지듯 지장천에 진눈깨비가 내려 탄광촌은 검고 흰 것들이 서로 몸을 섞고 있다. 시인은 비로소 삶의 밑불로 살아 끓고 있는 '사랑'이라는 말의 뜻을 떠올린다. 핏덩이처럼 흘러가는 검은 공포 속에 실은 고통과 생명의 불길이 함께 흘러가고 있었던 것. 완행기차의 시간마저 놓치고 시인은 이 소읍에서 '사랑'과 '절망'을 떠올린다. "병반 광부"와 "을반 광부"가 교대하는 이 시간에 비로소 '사랑'이라는 말의 뜻을 다시 떠올린다. 너와 나의 사랑은 서로 비껴가고 서로 교대하면서 스쳐간다. 검은 것은 흘러가고 흰 것들은 흩어지면서 그렇게 시간은 흘러가는 것인가. 사북 3리 검은 다방 앞에서 검은 것은 더욱 강한 절망처럼 내달리고 시인의 사랑은 "썩은 정육처럼 유리 안의 꽃"처럼 희망 없을 뿐. 사랑은 속절없이 언제나 때늦은 것이고 놓쳐버린 완행처럼 허무한 것이다. 불꽃 같은 핏덩어리도 가슴을 찌를 듯한 경련도, 여인이 떠나고 나면 사랑은 기껏 밑바닥까지 벗겨진 자기 인생의 공허만을 드러낼 뿐이다. 무엇이란 말이냐. 검은 얼굴의 광부들이 사금파리 같은 빛 조각 하나 캐내기 위해 저 깊고 깊은 땅 속으로 들어가는 것이 사랑이란 말이냐.

　시인은 하여 "사랑이라는 말의 뜻은 알지만…… 사랑이라는 말의 뜻은 알지만"하고 되풀이해서 중얼거린다. 검은 불덩어리같은 지장천이 흘러갈 때 시인은 "사랑의 말의 뜻"을 생각하며 삶이라는 말의 뜻을 생각한다.

　황학주의 이와같은 진한 삶에 대한 치명적인 질문은 독특한 은유적 환기에서 생겨난다. "간 치지 않은 건대구 길쭉길쭉 뜯듯/진눈개비 떨어질 때", "딸라 이자처럼 늘어나며 봉투를 뿌리는 눈", "썩은 정육처럼 유리 안의 꽃"같은 사랑 "구두처럼 닦은 나의 절망"(「지장천을 보며」), "자식같이 아름다운 머리통이 들어 있는/고통이여"(「구애」). 진눈개비를 간 치지 않은 건대구 길쭉길쭉 뜯은 것으로 표현하거나 많아진 눈을 딸라 이자처럼 늘어난 봉투로 표현하는 부분, 사랑을 썩은 정육으로 절망을 구두처럼 닦고 있다고 표현하는 부분들은 매우 흥미롭다. 은유는 가난하고 소박한 삶의 한 지점을 독한 고독의 방식으로 통과한다. 이를테면 "사랑보다 더 늙은 몸이라는 비애"(「나의 비애」) "사랑이 쉬어간 내 엉덩이/엎어두었더니/영혼이 물처럼 눌렸다"(「검은여」) "떨어진 손잡이처럼 손 안에 남은/당진,"(「초라한 청춘」) "너의 부름에 대답하는/젖은 겨자씨 하나가 구두 안에 번진다"(「비가 온다」). 황학주 시는 구체적 날카로운 절망으로 우리 의식 속으로 육박해 온다.

2. 치사량의 사랑과 유랑

　시인은 이 지상에서 가장 강렬한 삶을 살기를 원한다. 그러기에 시인은 자신을 다 바쳐 빛나는 사랑의 비애에 몸담그는 것이다. 사랑은 지독한 비논리적 열정으로 삶의 비의를 드러내는 극점이다. 사랑은 우리 자신을 전적으로 헌신하고 바치는 형이상학적 의미의 증거다. 하여 사랑은 지옥이자 성스러움이며 궁극적으로 스스로의 존재에 대한 질문이다.

사랑보다 더 늙은
몸이라는 비애를 만지며
금곡리 저자거리의 저녁을 지나네
퇴근길에 가을비는 술국을 끓이고
다방 아가씨 손톱을 깎고
수북하게 마음 안쪽을 분지르네
나의 비애로 제압해야 하는 가을이
없는 길을 끝내 가게 하면
내 사랑 감출 곳이 없네

(중략)

모든 것의 타향 쪽으로 가지 않으면
나는 더욱 어두워질 것 같은데
한 치 앞을 모르는 상처 속에 사랑이 있으니
사랑은 끝없네
비 맞은 비애의 겨드랑이 사이
길을 찾을 수 없는 날의 저녁이
또 하나 쏜살같이 지나가네

—「나의 비애」중에서

사랑의 허무에 빠진 자는 신체적으로 깨어있지만 사실 비에 젖어 있는 비애이다. 몽유병 환자처럼 늙은 몸의 비애를 만지며 저녁의 저작거리를 헤맬 때 시인은 이 고장을 가로질러 세상 끝까지 도달할 것 같은 마음의 길을 주체할 수 없다. 비애는 가을비처럼 술국을 끓이고 수북하게 내 마음을 불질러 시인을 분화시킨다.

'비애'라는 시어는 얼핏 1920년대 한국 근대시 낭만주의 시인들의 퇴폐적 피상적 슬픔을 환기시킨다. 그러나 비애는 황학주 시에 와서 더 어두워지고 구체적 질감으로 환생한다. 고향을 등진 자는 "눈만 남은 사람처럼" 마르고 외로웠으니 시인은 "비 맞은 비애의 겨드랑이 사이", 길을 찾지 못하는 저녁이 저 멀리 재빠르게 사라지는 것을 본다.

사랑은 어쩌면 우리의 영혼이 놓쳐버린 허공 중에 떠돌아다니는 무정형의 실제일지도 모를 일이다. 사라질 듯 실제하는 듯한 소실점의 극점에서 '비애'가 비등한다. 시인의 비애가 더욱 어두워질 때 시인은 집도 절도 없이 고향떠난 유랑자인 것. 사랑의 비애는 제2의 몸처럼 시인의 몸에 찰싹 들러붙어 그의 영혼을 뒤흔든다. 작은 시골 저자거리의 저녁은 그렇게 비애에 젖어 시간의 소실점 속으로 사라진다. 시인은 다만 이 지속적인 불균형의 상태, 슬픔에 저항하며 형이상학의 심연을 헤매고 다닌다.

사실 유랑자에게 사랑은 걸맞지 않다. 그에게 자유가 있기 때문이다. 유랑자의 욕망과 허기를 달래주는 것은 유랑의 끝에서 발견하게 되는 자유와 달콤한 고독이다. 시인은 노래한다. "나는 시장에 쌓인 고향들을/하나씩 입속에 굴려보며 지나네/팔려간 고향이 되어 객지와 살고 있으니/고향을 의심하는 나는 외롭네"(「나의 비애」). 시인의 위안은 길 위에 서였으니 길이 몸이고 몸이 길이었던 셈.

한 산 쏟아 덮은 눈이네

밖으로 어떤 나무가 서 있는지 알지

을종 여관에 목덜미가 돌덩이처럼 잠기고

하염없다 해도 피 같은 것을 내 길에 표시해 두었으니까

한밤중 눈덩이 날아오는 데를 봤으니까

삶의 구렁 속에 들어가

그 구렁에 내 몸을 맞추 볼 수도 있으니까

남녘 들피진 그때 순간

아버지의 눈보라야 비바람이야 말 안해도 다가오지

황량한 땅을 잘 아는 나무들이 가깝고 잘났더라고

이 길에서 한 잠 자고 또 가네

구멍이 양말을 뚫고 다가와 살갗을 애무하는

—「이 길에서」 전문

    낭만적 유랑자의 행보에서 눈은 가장 위안이 되는 동료이다. 을종 여관에서 시인은 한 산 쏟아진 듯한 눈을 본다. 밖에는 어떤 나무가 서 있을 것이고 눈은 하염없이 내려 시인이 가야할 길을 흐려놓는다. 그러나 시인은 눈이 흩뜨려놓은 그 길 위에서도 "피 같은 것을 내 길에 표시해 두었"다 노래한다. 허공 중에 길을 만드는 새처럼 시인은 자신의 피를 뿌려 이정표를 세우고 있었던 셈. 한밤중 눈덩이 날아와 삶의 구렁을 만들 때 오히려 시인은 그 구렁에 들어가 자신의 몸을 맞추어 본다. 삶의 구렁에 적극적으로 들어가 제 몸을 맞추어보는 것으로 이 길의 운명을 자신의 운명으로 삼는다. 삶의 방랑을 제 삶의 문제로 받아들이면서 길의 유랑자는 일찌감치 자신의 내부에 방랑의 내적 숙명을 자각한다. 들판에 "아버지의 눈보라" "비바람"이 다가오고 황량한 땅에 나무들이 서

있다. 시인은 이 길에서 한 잠 자고 또 간다. 길은 시인에게 침대가 되고 대지는 그의 집이 된다. 마침내 "구멍이 양말을 뚫고 다가와 살갗을 애무"할 때 시인은 자신의 구두를 잠시 벗어 햇빛에 말릴지도 모른다. 시인은 끝없이 갈라진 길들의 미로 속에서 자신을 잃어버림으로써 삶으로부터 달아나려 한지도, 아니 삶의 광대한 깊이 속으로 침몰하려 한지도.

시인은 끝없이 길의 몸을 자신의 몸으로 삼고자 한다. 바람의 운명을 자신의 숙명으로 삼고자 한다. 시인은 "나그네로는 돌아갈 수 없는 집/(중략)/바람 속으로 나 돌아간다"(「바람 속으로」) "바람 많은 사람을 한량없이 가게 하는/사랑이 있었나 봐요"(「집 찾아가는 봄밤」) "내 몸 하나를 등짐지고 떠돈 삶이었네"(「초라한 청춘」). 시인의 마음은 구석진 객실들로 구성되어 있고 그의 인생은 여관 숙박부에 빨리 말라 버린 인생이었다(「여관 숙박부에 빨리 말라 버린 인생」). 시인은 무슨 저주와 신탁처럼 이곳 저곳을 떠돌며 인생을 저당잡혔고 저당잡혀 사랑을 찾아내기를 바랬던 것. 그러나 사랑은 내부의 악마처럼 끝없이 시인의 곁을 빠져나가는 연기와 같다.

> 쏘옥 불들이 꺼지듯 내 등뼈 기진한 밤에
> 골목 안 나뭇가지를 가까이서 너는 스치는 것 같고
> 아직도 옷궤짝 속에서 헌 상처를 꺼내 입는 것 같다
> 깨금발을 해 달을 밀어가는 밤
> 오래 떨어지는 한숨의 별똥 아래
> 나는 눈알도 무겁고 무슨 말인가 하는 진실도 무겁다
> 갯벌에 이마를 찍으며 조개를 캐던
> 너를 원했다 하나
> 지질지질 너의 환부가 냉장고처럼 열리는 걸

물러나면서 나는 보기만 했다
여군 하사관으로도 못 가고 유부남을 따라가지도 못한
여관 숙박부에 빨리 말라 버린 사랑같이
너의 입술을 놓친 정류장에서 급히 잃은 세상이 있네

—「여관 숙박부에 빨리 말라 버린」 중에서

언제나 '너'는 골목 안 나뭇가지 가까이서 스치는 것 같다. 아직도 옷 궤짝 속에서 헌 상처를 꺼내 입는 듯 네 기억에 대한 환부가 생생하다. 시인은 너의 입술을 놓친 정류장에서 급하게 세상을 잃어버린다. 시인은 언제나 사랑을 육체의 무덤과 자궁처럼 앓고 있다. 잃어버린 듯한 또 다른 육체를 찾아 달아나는 의식을 붙잡듯 그렇게. 그러나 사랑은 지상의 조그만 한 귀퉁이를 차지할 어떤 위안도 주지 못하고 늘 도망가고 사라지고 만다. 손가락 사이로 빠져나가는 모래알처럼.

시인은 이 몹쓸 사랑을 찾기 위해 떠도는 것이냐, 떠돌며 헤매다 사랑을 찾게 된 것이냐. 사랑은 유랑하는 인간의 영혼들 사이 지문처럼 번지는 핏자국인지도 모른다. 황학주 시에게 와서 사랑은 유랑과 한 몸이 되는 그리하여 그것으로 괴로운 인간의 뜨거운 몽상이 되고 만다.

황학주의 시가 따뜻하기보다는 뜨겁고 부드럽기보다 치명적인 상처로 다가오는 것은 이때문이다. 외로움 속에서 시인은 비로소 몸을 얻고 마음을 얻고(「여관 숙박부에 빨리 말라 버린」) 쉽게 누기에 젖는 사랑을 가졌기에(「집 찾아가는 봄밤」) 시인은 또 너무 많은 지친 길을 가야만 했던 것.

3. 치욕의 시대와 관능적인 가난

초하루 벼락 먼저 끼얹고 오는 정월
길에 깔리는 어둠은 씨근덕거리고
길게 따라가면 나루터도 얼어들어
술집들만 등빛에 어슬렁거리고 있다
고작 이쯤에서 씹할 힘도 없이
어디론가 우리는 걸어가고 있었다
큰어머니 열 손톱이 대추나무 마른 대추로
쪼그라져 있었다는 이야기,
놋수저에 한숨 뱉아가며
그 한숨 옷소매에 닦던
어두운 지문 반쪽 달이 아니었을까
그런 이야기 해가며

그 해 오월은 섬진강에도 있었다
도청 앞 분수대 근방이나 충장로 우체국 앞
골목길마다 뫼들이 많았는데
벌거벗고 있을 이유가 없는 계집년이 하필 거기 있어가지고
큰아버지 심은 오동나무도 그만 쓰러졌다며

— 「섬진강 내일」 중에서

지난 1980년 오월에 우리는 어디에 있었나. 시인은 그해 오월 섬진강에 있었다 말한다. 도청 앞 분수대 근방 충장로 우체국 앞, 핏방울처럼 파열하는 황금빛 태양의 열기 아래 사람들은 총성을 들으며 비명을 지

르고 화염에 휩싸여갔다. 그해 오월 광주에서 무슨 일이 었었나. 붉은 개양귀비꽃처럼 사람들이 뫼를 이루며 모여들고 쓰러져갔던 오월의 광주. 시인은 섬진강 물을 먹고 섬진강의 기운으로 자라나던 그 순박한 사람들의 한숨과 쓰러짐에 대하여 노래한다.

달빛에 그을린 어둠이 새파랗게 놀란 혼처럼 튀어오르는 시대. 우리의 혀는 어디에 있었던 것인가. 길에 깔리는 어둠은 씨근덕거리고 세상으로 통하는 모든 길들은 얼어 있었다. 술집들만 어슬렁거리고 있다. 우리는 어딘론가 걸어가고 있었지만 어디론가 걸어가지 않고도 있었던 것. 시인은 "고작 이쯤에서 씹할 힘도 없"다고 말한다. 큰어머니는 놋수저에 한숨 뱉어가며 그 한숨에 옷소매 닦아가며 쪼그라져 그 시절을 보냈다. 광주 시청앞 미친여자가 돌아다니고 큰아버지가 심은 오동나무도 썩어 쓰러졌다.

파열된 역사의 현장, 맹렬하게 돌진하던 시민들은 무참히 살해되고 시신들은 산을 이루었다. 오래된 나무는 썩어 쓰러지고 순결한 여인들은 치욕을 당했다. 역사 갈등의 총화는 개인 갈등의 총화인 것. 시대의 치욕은 철저하게 개인을 포식하고 게걸스럽게 먹어치웠다. 오직 이 음산하고 표독스러운 역사 앞에서 시인은 광증과 난폭한 허무감만을 만끽할 뿐이다.

해진 옷에 심하게 내리는, 옛날 가슴의
붉은 해를 지우는 눈보라
사람이 절망할 때, 아주 조그맣게 빨려들어 가고만 싶을 때
불륜의 아기를 가진 시대의 먼 길 앞에서
급커브를 도는 눈의 흰 화물트럭.
　　　　　　　　　　　　　　　　　　　　　　　—「눈보라」전문

눈은 심한 통증처럼 비명을 지르며 내리고 있다. 눈보라는 해진 옷을 더욱 헤집으며 쏟아진다. 분노에 찬 눈은 붉은 해를 지운다. 사람이 절망하여 세상으로부터 철저하게 도망가고 싶을 때, 어딘가로 조그맣게 빨려들어 가고만 싶을 때 눈마저 이 시대의 길을 버리고야 만다. 눈은 흰 화물트럭처럼 "불륜의 애기를 가진 시대의 먼 길"을 급커브하며 돌아가 버린다.

시대의 광증은 사랑을 더럽게 만들고 사랑의 몸을 짓무르게 만든다. 하여 지상의 모든 사랑은 진눈깨비처럼 울음 우는 것이다.

"사랑이/더럽게 식은 비계국 같은 저녁/내가 나에게 날아들었던 부나비처럼/다 짓무른 몸을 지상에 안아 내리는/눈송이…… 결국 저렇게 자기를/도도록하게 자기를 안을 뿐인 진눈깨비를/누가 운다고 하지 않고 내린다고 하나//일제히 우는 눈송이들 말짱한 정신들이 살아 돌아갈 곳을 찾아/한사코 흩어진다"(「혹한」).

"더럽게 식은 비계국 같은 저녁"이 온다. 이런 때 눈도 자기 혼자만의 맨 몸뚱이가 된다. 이미 다 짓무른 몸으로 지상에 내리는 눈송이. 눈송이는 제 스스로를 도도하게 안으면서 슬픈 몸뚱이처럼 홀로 운다. 맨 몸뚱이로 우는 눈송이는 저 광포한 현실에 대한 가난한 사랑의 노래였던 바, 시인은 남루한 가난으로 오히려 상처를 보듬기를 원한다.

> 뻘 앞에 세워진 우리의 살림집
> 라이터 불을 켜서
> 두 사람 신발을 마루 밑에 넣으면
> 말꼬리 치는 눈보라 공중에 뱃샀을 내고
> 지상에 떨어진 두
> 상처의 별똥

용서해줄 텐가
딱히 더 내디딜 곳 없음을

흙집 밑동 남루한 불에
뻘밭이 무늬를 굽는다

—「뻘 앞에」 전문

이 아름다운 사랑노래는 넓은 지상에, 황량한 벌판에 홀로 두 몸뚱아리만 남은 가난한 연인의 모습을 보여준다. 지상의 모든 것이 텅 비어 있는 뻘밭에, 푹푹 꺼지며 모든 것을 흡입할 것 같은, 아무 것도 없는 텅빈 공터에 우리 살림집을 세운다. 라이터 불을 켜서 두 사람의 신발을 마루 밑에 넣고 나면 눈보라가 공중에서 내리고 만다. 지상에 떨어진 상처의 별똥처럼 그렇게 더 이상 디딜 곳 하나 없는 이 삶의 벼랑끝에서, 뻘밭에서, 흙집의 남루한 불을 지핀다. 흙집 밑동 남루한 불이 피어오르자 뻘밭은 비로소 안온한 고치처럼 무늬를 구워낸다.

거친 현실에 손상당한 영혼은 시인으로 하여금 순결하고 고립된 사랑의 몸뚱이를 찾게 하였던 셈이다. 이 세상과 분리된 채 철저하게 고립된 사랑, 그 누구도 찾지 못하고 오직 둘만이 나눌 수 있는 궁핍하지만 순정한 사랑.

나는 떨어진 단추를 입 가까이 올려달고
해진 소매 속 같은 길로 들어가
당신이, 같이 쓰는 주인집 부엌에서 다시 딸각거린다면
부끄럽겠지 그런 생각을 하며
팔을 끼고 있었다

울며 떨어져 남은

내 사랑의 허구한 날의 이파리 깔리는 뒤안

왼쪽 길과 오른쪽 길이 어굴語屈하게 붙은

금곡리 산 32번지,

부끄러울 것이라고

매화가 나뭇가지에 있던 자리를 지우는 동안

우리는 헤어지면서 피 빨린 사랑의 얼룩을 보고 소리쳤다

— 「산 32번지」 중에서

시대에 대한 고달픔을 지닌 1980년대지만 황학주 시에서 사랑은 산동
네 달동네 '부부 이야기'는 아닌 듯하다. 시인이 보여주는 것은 올 데도
갈 데도 없는 없는 두 남녀, 세상을 피해 겨우 도망치듯 산동네로 올라와
단지 몸 두 개만으로 화기를 만드는 남자와 여자일 뿐이다. 이 세상에 오
직 그들의 사랑만이 유일한 안식인 듯. 세상의 더러움을 피해 함께 만났
지만 언제 어떤 알 수 없는 이유로 헤어질지도 모르는 서글픈 사랑. 그들
이 함께 사는 동네길은 헤진 소매 속같이 낡았다. 사랑하는 그 여자는 주
인집 부엌을 함께 딸각거리면서 옹색한 생활에 부끄러움을 느끼겠지.
하여 시인의 사랑은, 산 32번지다. 가난하면서 남루한 사랑은 매화가 나
뭇가지에서 떨어져 자신의 자리를 지우듯 그렇게 그들의 사랑의 얼룩만
을 남기고 사라진다.

황학주 시에서 사랑은 이 세상에 유일한 몸뚱아리 같은 벌거벗은 사
랑이다. 그 사랑은 세상으로부터 철저하게 고립되어 있다. 유일하게 남
은 것이 서로의 몸뚱아리밖에 없을 때 황량하게 버림받은 세상에서 시
인의 사랑은 더 맹렬하게 상대의 몸을 찾고 더듬는다. 가난과 남루한 것
으로 사랑은 극히 고통스럽고 극단적인 관능의 격렬함을 보상받는다.

하여 시인은 외친다. "정말 살려면 춥고 가난해져 꼭 가서 사랑한다고 말할 것이다"(「정말 살려면」).

4. 바람의 허파, 아, 아프리카

황학주는 1980년대를 유랑과 가난과 극단적 사랑에 몸 삭히며 보내다 1990년대 홀연히 아프리카로 떠난다. 살아있는 것이 더욱 살아 있고 죽어 있는 것이 더욱 부패해 가는 곳, 생과 사가 동시적으로 잉태되는 곳, 근원적 자유와 평화과 기쁨과 저주와 혼돈이 함께 섞이는 곳, 난민촌과 평원과 끝도 없는 지평선의 나라. 시인이 아프리카에서 발견한 것은 "내 슬픈 엉덩이"다.

> 킬리만자로 산에 더 이름을 붙이지 않았다
> 산정까지 비치는 유리에 불을 붙이러 오르내리는
> 별들을 발라 두고
> 눈 녹은 물웅덩이 옆에
> 내 조립식 주택, 제일 추운 사막
> 그 마음에 밭을 가는 나는
> 평지 한쪽에 독립한 산 하나를
> 세운다 당신의 슬픈 꼭대기까지
> 내 슬픔의 엉덩이를 밀어 올리면
> 감람나무 가지처럼 휘는 만년설 한 줄기
> ― 「킬리만자로」 중에서

세상의 모든 것들이 그를 부르다 그를 다시 아프리카로 내동댕이친 것인가. 황학주는 홀연히 아프리카에서 혼자다. 이 세상 속에 있었으나 끊임없이 방황하였고 게걸스럽게 사랑을 갈망하였으나 다시 깊은 침묵으로 잠겨야 했던. 그러나 시인은 아프리카에서 어떤 마음의 밭을 찾는다.

아프리카 킬리만자로산은 고독과 죽음과 내 존재를 거머쥐게 하는 곳인지도 모른다. 킬리만자로 산정에 별들이 내려와 유리에 불을 붙이고 올라간다. 눈 녹은 물웅덩이 옆에 시인의 조립식 주택이 있다. 가장 외롭고 제일 추운 사막, 시인의 집은 그런 곳이어야 제격이 아니겠는가. 시인은 조립식 주택을 지어놓고 마음의 밭을 간다. 시인이 세운 그 산 하나는 "당신의 슬픈 꼭대기"이기에 나는 슬픔의 엉덩이를 당신의 꼭대기까지 밀어 올린다. 킬리만자로 내 마음의 밭에서 짓는 경작은 부끄럽고 초라하지만 감람나무, 만년설 한 줄기를 만나는 필멸의 운명이다. 비의와 같은 삶의 신비다. 시인은 이제 격렬한 격정에서 벗어나 평화로운 슬픔을 선택한다. 슬픈 엉덩이와 같은 평화로운 슬픔.

황학주 시에서 이러한 관능은 섹슈얼리티를 추구하기보다 일종의 탐미주의에서 발생하고 있다.

시인이 떠돌며 찾던 그 길은 아프리카에 모두 모여 있었던 것이다. 아프리카는 모든 곳이 길이며 가는 곳마다 길이 된다. 시인은 아무데서나 길 위에 누워 저물도록 떠내려가 버릴 수 있다.

비닐을 똘똘똘 뭉쳐 공을 차는
구호품 옷 입은 아이들의 울긋불긋한
긴 외길 가, 한참 그 뒤로도
나를 맨발로 날려보네

가끔은 길에 맞추지 않고 가 보고 싶은 생이여

공처럼 찌그러져 날아도 오르고 가랑이 벌리고 날아가고

아이의 허기 안쪽에 바나나를 차 넣으며

아무데나 나를 떨어뜨리며 가보고 싶은

가끔은 사막에서 배영을 하네

만수위에 누워 저물도록 떠내려가 버리네

—「카지아도 외길」 중에서

　시인은 떠돌다 떠돌다 이 땅의 대척적 꼭지점 아프리카에 누워 있다. 사막의 바다에서 배영을 하며 만수 위에 누워 저물도록 떠내려가기를 바란다. 아프리카에서는 문명이 와 닿지 않은 원시적 행복과 결백성을 만나게 되는 것이다. 아이들은 비닐을 똘똘 뭉쳐 맨발로 축구를 하고 추장의 부인 셋은 젖을 말리고 있다. 석양 속 저수지 지평선에 아카시아 몇 그루만이 서 있다. 아프리카 광야에서 원주민들은 "담 없는 목숨"(「광야에 학교부지 20에이커를 사다」)을 산다. 담이 없는 광야 위에서 끝간 데 없는 지평선 위에서 순결한 목숨을 살아간다.

　그러나 아프리카에는 문명인들이 상실해 버린 원시적 행복과 거친 황폐함이 낭만적 우수와 함께 섞인다. 시인은 이 순결한 땅에서 일곱 살의 구름과 백살의 전갈과 노는 아이들에게 공부를 가르치는 것이 죄가 되는 것은 아닌지 고민한다. 문명의 폭군적 습관이 원주민 사회에서 오히려 야만적이고 비합리적인 것은 아닌지 고민한다. 동시에 아프리카가 진보사회의 문명의 오염이 없는 순결한 처녀지로서 원시적 에너지를 간직하기를 기대한다. 아프리카에는 원주민이 생존의 한계를 극한까지 보여주는 것으로 미개한 것이 갖는 비애감이 있다. 동시에 거기에는 위계 서열에 의한 인간적 파괴가 존재하지 않는 평화가 있다. 아프리카는 인간이 광대한 자연의 일부가 되는 것으로 본연의 인간을 만나면서, 거친 자연과 분리되지 않는 데서 오는 슬픈 시원의 몸뚱아리를 만나기도 한다. 시인은 생명의 경이와 슬픔, 이 미묘한 균형 앞에 서 있는 것이다.

시인은 "희미한 소똥 냄새와 벗겨진 나무껍질 냄새"를 맡으며 구릉을 넘는다. 마지막 주소지에 염소 몇 마리가 노을 위에 펼쳐져 쪼그라든 젖꼭지를 떨고 있다. 돌담에 샘은 말라 있다. 시인과 그들 일행은 하루 종일 루시를 찾지 못한다(「루시」) (루시, 가장 오래된 화석 인류 중의 하나). 어떤 시간적 침범을 당한 적이 없는 시원의 공간, 최초의 맨몸을 찾기 위해 시인은 이 원시적 과거로의 여행을 계속한다.

마침내 황학주는 아프리카에서 태초의 인간이 느끼는 전신감각적인 우주를 발견한다.

> 가족은 너뿐이다
> 세상 뒤 항문 같은 데 미끄러지다
> 안에서 다시 뜨는 몸은
> 그리하여, 붉고 환하다
> 물 빠진 하늘에서 너는 그렇게 손도 대지 않고
> 날 먹었다 뱉었다 하고 있었다
>
> — 「달」 전문

어떠한 몸짓에는 우주의 모든 울림이, 내 몸 안의 모든 죽음이 담겨있기도 하는 법. 시인의 떠돌던 상처는 마침내 육체의 시작이자 마지막이며 신체의 내부이자 외부인 달의 신비에 도달한다. 달은 시문학 전통에서 동양적 상징과 신비주의를 간직하고 있지만 황학주에게서 달은 밀교적 비밀스러움과 탐미적 관능성의 극치를 뿜어내고 있다.

달은 세상 뒤 항문 같이 미끄러질 것 같고 나를 삼키고 뱉는 감각적 관능의 실체다. 달은 한 방울의 물이자 깊은 수심水深이고(「어느 항문」) 운명의 내부이자 영혼의 또다른 빛이기도 하다. 시인은 달이 갖는 전통적인 신비주의를 새로운 관능으로 재해석하면서 원시적 탐미성으로서의 극치를 드러낸다. 달은 꽃이 피었다 지는 항문이며 생이 솟아났다 지는 웅덩이라는 사실.

황학주가 발견하는 이 야성적 관능과 생의 직관은 아프리카에서 날것으로 생을 맞닥뜨리는 체험에서 비롯된다. 거친 황야의 영혼, 마술적인 고립감을 느낀 자만이 호흡할 수 있는 고통스러운 심미이다.

황학주 시는 초기 1980년대 시대적 고통과 가난과 실존적 비애감에 휩싸여 있다 2000년대 저 생의 거대한 웅덩이, 아프리카 태초의 시간으로 되돌아간다. 생에 대한 허기는 이런 삶에서 저런 삶으로 끝없이 이어지게 하고 시인을 이곳에서 저곳으로 떠돌아 다니게 한다. 그러나 시인을 한결같이 지배한 것은 부재하는 '당신'에 대한 관능적 감각과 사랑이다. 그리움이다. 시인은 전 우주적 생명을 관통하는 '달'을 통해 신비한 태초의 낭만성과 사랑의 관능을 회복하고자 한다.

하여 황학주는 탐미적 댄디스트이며 허무한 나르시소스의 환영을 지닌 시인으로 기억될 것이다. 그는 바람의 허파를 가졌기에 그 손바닥 붉은 지문에는 우주의 관능과 감각과 순결의 모든 생의 길이 담겨 있다.

고행자와 익살꾼

— 최승호, 오탁번

1

사막은 문득 '순수한 증오'를 불러일으킨다. 모래는 서로 엉겨 붙지 않고 철저하게 얼굴을 돌리고 있다. 모래는 서로가 서로를 배척하는 것으로 갈색의 바다를 이룬다. 모래는 바람에 날려 파도처럼 머리를 풀어헤친다. 고독한 항해, 세상과 등진 배교자의 여행은 이곳에 와서 비로소 빛의 공포와 직면한다. 사방팔방이 모두 뚫려 있어 햇빛의 감옥에 갇혀버린 배교자는 자신의 혀마저 잘려 버렸다는 것을 알게 된다. "우리는 서로 말이 없다/보이는 것보다/보이지 않는 것들로 붐비는 곳/아무것도 아무것도 없는데/내다보고 또 바라본다/낯설기 짝이 없는 어느 행성의/황량한 표면을 가로지르는 것처럼/내다보고 또 둘러본다"(「덜컹거리는 시간」)

최승호의 이번 시집 『고비』는 공격적 어둠으로 가득찬 사막의 한 가운데를 항해하는 한 배교자의 행군기록이다. 무엇이 시인을 이 사막의 한 가운데로 몰고 간 것인가. 사막은 메마름과 단단함, 견고한 돌들의 세계다. 익사할 것 같은 햇빛의 감옥이다. 이 광대무변한 대양大洋, 광물질의 세계에서 시인은 비로소 순수한 증오, 순수한 황량함을 대적하고자 한지도 모른다.

> 어제는 막막하고 황량했다
> 가도 가도 드넓게 메마른 대평원이었다
> 황량한 대평원은 그 너머도 황량한 대평원이다
> 지평선이 보이지만 지평선은 다가서면 또 멀리 물러난다
> 어쩌면 지평선이란 말로 존재할 뿐
> 그런 선이란 없는 것인지도 모르겠다
> 대평원은 황량하다
> 지평선 가까이에 이글거리는 푸른빛 신기루
> 강이 없는데 강을 향해 걸어가다 죽은 자
> 호수가 없는데 호수를 향해 걸어가다 죽은 자
> 바다가 없는데 바다를 향해 걸어가다 죽은 자
> 그들은 모두 목마르게 걸어가다 목이 말라 죽은 자들이다
>
> ―「황량한 대평원」 중에서

인간의 삶이라야 땅 위를 기어가는 달팽이처럼, 사막을 걸어가는 낙타처럼, 메마른 한 줄의 물기가 삶의 보상 다가 아닌가. 걸어가는 그곳, 향일성의 필연적 의지 끝에 무엇이 있는 것인가. 문명의 도시 세속도시에서 추방된, 아니 스스로 도망친 시인의 도주공간은 시인에게 분명하고 뚜렷한 '황량한 진실'을 일깨운다. 시인은 모래바람이 부는 이 무無

의 공간을 걸어가지만 그 끝에 이르는 것은 결국 그것이 절멸을 향한 의지였을 뿐이라는 것을 깨닫는다. "어쩌면 지평선이란 말로 존재할 뿐/그런 선이란 없는 것인지도 모르겠다". 가까이 가면 지평선은 또 그만큼 멀어져 있다. 다가가면 지평선은 그만큼 도망가 있다. 애초에 지평선이란 그런 선은 없는 것인지도 모른다. "강이 없는데 강을 향해 걸어가다 죽은 자/호수가 없는데 호수를 향해 걸어가다 죽은 자/바다가 없는데 바다를 향해 걸어가다 죽은 자". 그러하기에 점점 눈동자는 "황량하"고 "대평원을 둘러봐도 텅 비어 있을 뿐"이다. 세속도시를 도망친 배교자는 혀를 뽑힌 채 황량한 대평원에서 막막함과 지루함이라는 어둠 속에 익사한다. 대평원은 오직 "침묵하"는 것을 가르친다. 사막은 불의 거울이 되는 것이다.("벙어리인 사막"「거지」)

사막에는 죽은 자들로 가득하다. 호수를 향해 걸어가다 죽은 자, 바다를 향해 걸어가다 죽은 자. "죽은 이의 해골만이 길을 가리키는 지표가 되어주"(「그림자」)는 사막, 바람이 거셀 때마다 "뼈들이 껑충껑충 사막을 뛰어 다닌다"(「바람」).

시인은 고비에서 비로소 모든 것이 죽음이고 삶이며 텅 빈 공허로 가득 찬 울음이란 것을 발견한다. 모래 칼바람은 공격적인 본능으로 울부짖으며 눈물을 흘린다. 사막에서 만나는 유일한 피눈물, 유일한 고함소리는 바람이다. 시인은 고비의 바람을 맞으며 텅 빈 공간 속에서 고뇌로 몸부림치는 동물적 원시를 만난다. "날이 없는 칼처럼/그 무엇이든 도려내는 고비의 바람/아무것도 아무것도 없어 울부짖으며/허공을 물어뜯는 고비의 바람"(「바람」). 사막은 허공을 물어뜯는 바람소리로 유일하게 살아있다. 유일하게 눈물을 흘린다. 메마른 열기만이 살아있는 모든 것들의 증표라도 되는 듯.

고개를 숙이면 돌, 모래, 시든 풀, 그리고 고개를 들면 눈부신 뙤약볕이 이글거리는 적막 속에서 나는 다시 고개를 늘어뜨리고 느릿느릿 걸어가다가 언젠가 내가 쏟아놓은 똥무더기를 발견하고는 아직도 내가 살아 있다는 사실에 놀라 갑자기 이상한 울음소리를 내며 울었을지도 모른다.

— 「쌍봉낙타」 중에서

마른 모래벌에 버림받아 말라있는 똥(「똥」), 시인은 고개를 숙이고 걸어가다 문득 자신이 "쏟아놓은 똥무더기를 발견하고" 비로소 자신이 아직도 살아있다는 사실에 이상한 울음소리를 내며 울지도 모른다 말한다. 시인은 유령처럼 이 척박한 땅을 어두운 창자를 지나오듯 살아온 것이니 시인의 길이 똥의 길이 아니고 무엇인가. 똥의 슬픔이 아니고 무엇인가. 사막에서는 똥 눌 곳이 없어 함께 온 사람들의 눈을 피해 멀리 떨어져 똥을 누고 잽싸게 모래로 똥을 덮어야 한다. 그러나 태양은 똥을 모래밭에서 발라내 돌맹이처럼 말리고 있었으니.

사막은 철저한 메마름과 열기와 텅 빈 공허로 존재를 씻기고 있었던 것. 이 사막의 세례 속에서 시인은 순수한 증오와 깜깜해지는 어둠의 공포 앞에 서게 된다. 물티슈로 며칠째 세수를 해도 얼굴과 손은 흙먼지로 가득한 공간. 눈구멍과 콧구멍과 귓구멍이 흙먼지로 가득한 공간, "칸나꽃 수만 송이를 토해낸" 태양이 두개골을 뜨겁게 굽고 있는 공간, 모든 시간들이 액화液化하듯 녹아 흐를 듯한 공간. 단단한 햇빛의 빗줄이 사방으로 뻗어 목을 조아오는 태양의 어두운 흑점에서 시인은 살인을 꿈꿀지도 모른다. 「이방인」의 뫼르소처럼. 모든 것들이 의식의 극점에서 들끓어 오르며 반사되는 햇빛의 어둠, 반짝이는 백열화白熱化된 욕망만이 사막을 다스리고 있다.

그러나 이 향일성의 극점에서 시인이 궁극적으로 도달하는 것은 "무밭"이다. 가도 가도 거대한 공허가 따라오는 이곳은 그야말로 무잎을 갉아먹으며 나비를 꿈꾸는 무밭의 어느 지점이다. 풍성한 생명의 극점인 "무우밭"이면서 동시에 "무無밭"이기도 한. 시인은 끝도 없이 펼쳐진 황량한 사막의 중심에서 끝없이 펼쳐진 무밭의 장관을 상상해내는 것으로 없는 것의 풍성함, 공허함으로 가득참을 찾고자 한다. 이중어법의 기묘한 동일화를 통해 시인은 문득 고비사막에서 우주적 중심을 발견한다. 햇빛의 칼날로 살인하고 결국 자신의 목숨을 잃을 것같은 황량한 의식의 극점에서, 언어를 빼앗긴 배교자의 여행의 끝점에서 시인은 서늘한 진실, 사막도시에 입문하는 일종의 의식儀式을 맞게 된다. "텅 빈 원 속에/원의 중심에/내가 있"(「지평선」)는 거룩한 공허의 진실을 말이다.

2

오탁번은 익살꾼의 시인이다. 그의 시적 천진성과 동심과 유년의 놀이공간은 단순한 시적 기억을 넘어선다. 낙관적 자연주의 정신을 넘어선다. 오탁번의 천진성은 세속의 산문성에서부터 완벽한 자유로움으로서의 익살이며 유희다. 이것이 그를 천상 시인으로 만들어내는 광대의식, 천상 '어린아이'로 만드는 순정이다. 시인은 우리를, 세상을 놀리고 있는 것이다. "메롱메롱"하면서(「처제를 위하여」).

오탁번의 시집 『손님』을 읽기 위해 독자들은 다시 유년의 눈과 귀와 입을 가져야 한다. 단순한 장난기와 귀를 맑게 해주는 의성어와 숨박꼭질의 리듬을 살리는 듯한 운율의 리듬들을 회복해야 한다. 이 희한한 대화법은 그리하여 이렇게 시작한다.

하루 걸러 어머니는 나를 업고

이웃 진외가 집으로 갔다

지나다가 그냥 들른 것처럼

어머니는 금세 도로 나오려고 했다

대문을 들어설 때부터 풍겨오는

맛있는 밥냄새를 맡고

내가 어머니의 등에서 울며 보채면

장지문을 열고 진외당숙모가 말했다

—언놈이 밥 먹이고 가요

그제야 나는 울음을 뚝 그쳤다

밥소라에서 퍼주는 따끈따끈한 밥을

내가 하동지동 먹는 걸 보고

진외당숙모가 나에게 말했다

—밥때 되면 만날 온나

—「밥 냄새 1」 중에서

어릴 때 젖동냥으로 자란 시인은 어릴 때 밥 얻어먹던 기억을 해학과 정겨움으로 드러낸다. 하루 걸러 어머니는 어린 오탁번을 업고 이웃 진외가 집으로 간다. 우연히 그냥 들른 것처럼. 어머니는 짐짓 금세 나오려 시늉을 한다. 어린 오탁번이 맛있는 밥 냄새를 맡고 울며 보채면 진외당숙모는 "언놈이 밥 먹이고 가요"라고 말한다. 어린 오탁번이 허둥지둥 먹는 것을 보고 진외당숙모는 "밥때 되면 만날 온나"라고 말한다. 어린 시절 배고팠던 밥 이야기는 어머니와 진외당숙모와 어린 오탁번 사이에서 마음과 마음끼리 연결되고 연민과 동감으로 이어진다. 어린 아들을 업고 밥때 진외가로 들르는 어머니, 밥 냄새로 울며 보채는 어린 아이,

어린아이에게 따끈따끈한 밥을 주며 "밥때 되면 만날 온나"라고 말해 주는 진외당숙모. 오탁번의 시는 문득 따뜻한 유년, 시원의 기억처럼 마음언저리를 회람한다.

오탁번의 천진성이 시적 놀이처럼 이심전심의 동양주의 감각을 회복하는 것은 무엇보다 언어를 활성화시키는 '리듬감'이다. "언놈이/밥 먹이고/가요" "밥때 되면/만날 온다"에서 3음보 2음보의 리듬감이 시의 원형성을 얻어내고 있다는 사실.

> 손님이 온 날 저녁이면
> 형과 누나는 보리밥을 먹었지만
> 손님과 나는 겸상으로
> 흰밥을 맛있게 먹었다
>
> ─ 「손님 2」 중에서

오탁번 시에서 리듬감은 대개 규범적이고 질서 있는 4음보격이라기보다는 흥겹고 서민적인 3음보격을 유지하고 있다. 3음보격은 시적 자유로움과 원초적 공간을 회복하려는 시인에게 사물과 세계를 구현해내는 가장 적절한 숨결이다. 하여 성적 해학과 능청은 어김없이 3음보격의 웃음으로 번져간다.

> ─ 여보, 카섹스가 뭐래유?
>
> (중략)
>
> 계집이 사내에게 물었다

(중략)

― 아유, 아유, 나 죽네
(중략)

뻐꾹뻐꾹 울던 뻐꾸기가
울음을 딱 그쳤다"

― 「방아타령」 중에서

성행위도 또 하나의 리듬인지라 몸과 언어의 리듬이 필요한 법이다. 오탁번의 성적 해학은 다음과 같은 시에서도 나타난다. 남도 땅끝 마을 외진 동네 삼동이 들어 폭설이 내리자 사람들은 모두 집에 갇혀버린다. 폭설을 치워도 또 폭설이 왔다. 그날 밤 집집마다 모과빛 장지문에는 뒷물하는 아낙네의 실루엣이 비친다. 다음날도 온 천지가 흰 눈으로 덮이자 "좆심 뚝심 다 좋은 이장은/윗목에 놓인 뒷물대야를 내동댕이치며" 외쳤다 " ―주민 여러분! 워따, 귀신 곡하겠당께!/인자 우리 동네, 몽땅 좆돼버려쇼잉!'(「폭설」).

웃음을 만들어내는 원리는 지극히 간단하다. 웃음은 단조로운 일상의 리듬을 비트는 상큼한 불협화음이다. 고정된 박자의 흐름을 흩뜨리는 엇박자이다. 오탁번의 익살스러움은 어린아이의 천진성에서 흘러나와 성적인 해학과 넉살스러움에서 절정에 달한다. 광대적 유희는 예인적 천재성을 유감없이 발휘한다. 시인은 팽팽한 일상의 긴장을 시적 일탈과 장난기와 웃음으로 이완시킨다. 화제를 유머로 끝없이 전화시킨다. 웃음과 장난기야말로 산문성의 세계를 희화화하는 시적 역설과 아이러니의 세계인 것이다.

고독과 몽유의 형식

— 박주택 시집 『카프카와 만나는 잠의 노래』

박주택 시는 일종의 어떤 분위기를 드러낸다. 분위기는 세계를 구성하는 것이 아니라 세계를 감싸고 있는 어떤 것이다. 세계를 둘러싸고 있는 말할 수 없는 본질의 세계, 주체를 감싸고 있는 휘장같은 어떤 '우수'를 보여준다. 주체는 해독할 수 없는 근원적인 본질에 둘둘 휘감겨 있다. 예술은 우리에게 본질 속에 휘감겨 있는 시간들, 본질로 감싸여진 세계를 보여주고자 한다. 예술가는 잃어버린 시간을 되찾는 유일한 길을 전해준다. 그것은 시간 이전 초시간 속에서 존재의 심층적인 상태를 향해 있다. 『카프카와 만나는 잠의 노래』는 이와 같은 예술가의 본질로서의 고독과 그 고독에 휘휘 감겨 있는 근원적이고도 복합적인 시간에 대한 계시의 시편이다.

다시는 가지 말자던 술집에 앉아 기우는 저녁해를 바라본다
저 해의 상형문자, 저곳에는 어떤 망령의 책들이 있길래

기다림의 문장들이 실명한 채 바람에 나부낄까
얼룩진 의자 위로 먼지가 귀순을 꿈꾸며 부유하고 있다
먼지에는 울음소리가 박혀 있다

다시 태어나리라는 그 모든 것들은
이제, 남은 생애를 저 저녁의 남은 빛에 맡기리라
바람을 읽으며 누군가는 잘못 씌어진 기록에
세상과 맞서 싸운 길 위에서 어이없는 웃음을 지을 것이며
또 누군가는 잠이 들다 깨어
스스로 독이 된 긴 편지를 쓰리라

—「판에 박힌 그림」 중에서

모든 살아있는 것들은 사라지는 지점을 향해 가고 있다. 지고 있는 저
녁해를 보면 세상이 남기고 간 무수한 유서들이 휘날린다. 시인은 해가
지는 풍경을 보며 문득 현실적 시간의 추적을 멈추게 하고 인간이 남긴
혹은 남길 무수한 시간에 대한 상념에 잠긴다. 저녁 무렵은 남은 생애의
시간들이 귀순한다. 현재를 비롯하여 과거의 시간이 돌아와 다시금 내
면을 울린다. 시인은 저녁해를 바라보며 "망령의 책들"을 읽고 있는 것
이다. 저녁해는 잊었던 기억(망령)으로 하나의 거대한 텍스트를 만든다.
기다림의 문장들이 바람이 나부끼고 얼룩진 의자위로 먼지가 울고 있
다. 저녁의 시간은 시간의 거대한 텍스트였으니 삶의 최초의 기억과 지
금의 쓴 웃음과 쓰여질 미래의 편지가 담겨있다. 시인은 저녁해를 바라
보며 지금 이곳의 울음소리와 기다림과 다시 오게 될 미래의 슬픔을 생
각한다. 시인은 저녁해를 바라보며 결국 자신의 삶에 대해 쓰고자 한 것
이다. 무엇보다 자기자신과 좀더 훌륭하게 화해하고자 한 것이다. 기나

긴 시간들을 불러오고 다시 읽어보면서 시인은 우리 삶에서 일어나는 운명의 진행과 우리 삶에서 일어나는 꿈들의 이미지를 배열한다.

그러나 시의 후반부에서 밝히듯 "길이라고 타이른 수많은 기다림"만이 울음을 터뜨릴 뿐이다. 시인은 "그것이 우리가 만나는 사랑의 모습이다"라고 말한다. 그러니까 삶의 시간들이 남긴 것은 수많은 기다림이고 울음 뿐이었다는 것, 그 회한이 "사랑의 모습"이었다는 것. 이 모든 시간들의 반복, 기다림의 길들은 시인이 바라보는 기우는 저녁해의 모습처럼 "판에 박힌 그림" 같은 것이다. 기우는 저녁해는 반복되는 삶의 역사와 운명, 지루하게 무수하게 반복되는 풍경이지만 그 권태와 같은 반복이 우리의 계속되는 기다림이며 사랑이라고 쓰고 있다.

하여 시인은 「풍경이 상처를 만든다?」고 노래한다. 세상의 풍경은 사실 아름답다는 이유만으로 모든 스러져가는 것에 대한 운명을 예감케할 뿐이다.

> 카페의 옥상에 앉아 녹음 짙은 여름을 내려다보았다
> 저녁이 바람이 멈춘 틈을 타 몇 그루 남지 않은
> 미루나무 위로 내려앉았다 신기하게도 뻐꾸기가 울었다
> 서울 쪽으로 진군하는 강이 두려워하며 석양에 밀려갔다
> 아주 먼 옛날 이곳에 앉아보았다는 느낌이, 이처럼
> 아름다운 풍경이 상처를 만들 수도 있겠다는 생각이
> 들 ─ 었 ─ 다
>
> ─ 「풍경이 상처를 만든다?」 중에서

시인은 다시 카페의 옥상에 앉아 풍경을 바라본다. 관조, 세상에 대한 관조는 물체를 순수성으로 환원시킨다. 세계를 목적성에서 떼어내 중성

화하며 바라보는 것. 시인이 내려다보는 세계는 이미 다른 시간에 소속되게 된다. 시인은 이곳에 언젠가 왔었다는 기시감에 시달린다. 그리고 다시 아름다운 풍경이 상처를 만들 수 있다는 생각을 천―천―히 한다. 시인은 세계를 일상의 유용성 밖 세계에 위치시켜 놓고 보는 것으로써 비로소 과거의 자신, 내면의 깊이로 들어갈 수 있다.

"또 다른 나무 아래에서 자신의 옆을 머뭇거리는/침묵을 가엽게 내려다보고/별은 두껍게 쌓여 있는 어둠으로부터 자신을 구해내기 위해/한사코 자신의 목숨을 파고들고 있었다". 사물들은 스스로의 이미지들로 은둔하면서 서로 섞이며 고독을 나누고 있다. 어둠 속에서 별이 자신을 구해내기 위해 자신의 목숨을 파고들고 있는 장면, 이 쓸쓸한 운명의 풍경들은 시적인 언어가 저 고독의 언어와 만나고 결합할 때 생겨날 수밖에 없는 어떤 본질적인 풍경이기도 하다. 진실한 사람은 어두운 내면의 심연 속에서 삶의 운행하는 거대한 영혼들을 만나게 되기 때문이다.

그렇다면 시인이 표제로 한 「카프카와 만나는 잠의 노래」는 세계의 풍경과 자신의 사상 속으로 빠져드는 글쓰는 자의 본질적 고독과의 만남인 셈이다.

그 무렵 잠에서 나 배웠네
기적이 일어나기에는 너무 게을렀고 복록을 찾기엔 너무 함부로 살았다는 것을,

(중략)

나 다시 잠이 드네, 잠의 벌판에는 말이 있고
나는 말의 등에 올라타 쏜살같이 초원을 달리네

전율을 가르며 갈기털이 다 빠져나가도록
폐와 팔다리가 모두 떨어져나가
마침내 말도 없고 나도 없어져 정적만 남을 때까지
　　　　　　　　　　　　　　―「카프카와 만나는 잠의 노래」 중에서

　카프카는 글쓰기를 통해 자신의 불안을 자신에게서 몰아내기를 원했
다. 그는 불안의 심연을 밀어내고 종이의 심연 속으로 빠져들고자 한다.
글쓰기의 심연 속에서 생존의 투쟁을 해나가던 카프카의 글쓰기는 박주
택 시인에게 고스란히 계승된다. 시인이 원했던 것은 무엇인가. 시인은
잠 속에서 그 혼몽의 현실 속에서 전율을 가르며 말ㄹ을 타고 초원을 달
리기를 원했던 것이다. 하여 마침내 언어도 없어지고 그 주체도 없어져
무無로 회귀하는 저 전율의 체험 속에 놓이고자 한다. 존재는 부재의 영
원한 체험을 향하고 있다. 시인은 세상 밖으로 무한한 이주의 꿈을 꾼다.
글쓰기를 통한 무의 체험이자 혼몽의 체험이다. 불멸에 대한 잠행인 것
이다.
　박주택의 시가 가지는 금욕적일만큼의 철저한 고독의 분위기는 시에
서 '상징'으로 구현되곤 한다. 시인의 삶에 대한 쓸쓸함은 독성과 중독
성을 지닌 것인데 시인은 그와 같은 과잉된 자의식을 하나의 '상징'적
풍경으로 드러낸다. 상징주의는 시에서의 의미를 모두 배제한 채 사물
의 밀도 자체만을 드러내는 이미지 지상의 한 체험이다. 시에서 의미를
지향하면 유원幽園한 아름다움을 얻기 어려우므로 시인은 내용을 통해
서가 아니라 분위기를 통해서 주관적 내면을 상징적으로 드러낸다.

　금요일은 나무 사이로 온다
　달은 잎사귀를 갉으며 푸른 곳을 골라 머리카락을 늘이고

환각은 점점 몸으로부터 빠져나와
우주의 역사를 만든다, 가을이 되자 열매의 광채들은
거리를 메우려 자신의 동근 몸을 팽팽히 불리고
아버지들은 아버지들대로 세상의 길 위에서
자신의 힘이 너무 광대한 것에 놀란다

(중략)

금요일은 천천히 나무 사이로 오고
아이들은 아이들대로 학교에서 돌아와
문이 열릴 때까지 침묵에 감긴다
과수원을 지나가듯이 시간은 흘러가는 법
그러면 의미 따위는 환각을 모방하여
역사를 넘어서려 하고 바람조차도 잎을 떨구며
순간적인 것을 영원한 것으로 받아들인다

—「金曜日」중에서

　　정신의 놀라운 활동은 잠의 환몽처럼 망상의 상태에서 사물의 속성들과 만난다. 시적 언어는 환각의 은유적 언어를 만들어낸다. 금요일과 나무, 시간의 흘러감, 아이들과 역사, 바람과 영원한 것, 이 무상한 흐름들은 서로 섞이고 혼류된다. 의식의 흐름은 꿈의 언어를 서로 섞어놓는 상이한 것들의 동시성을 보여준다.
　　하여 시인은 금요일은 나무 사이에서 온다고 말한다. 나무 사이에서 시인은 아이들이 학교에서 돌아오는 것을 보고 침묵을 보고 다시 시간과 환각과 역사와 바람 속의 잎들을 본다. 시인의 부드러운 상상력은 사물들 사이를 넘나들며 신비스러운 소통을 나누면서 환상의 길과 동시에 훌륭한 꿈의 계시들에 귀기울이게 한다. 시인은 자신의 현실을 파악하는 데 있어서 유기적인 세계관을 포기하고 파편화되고 미시적인 세계 속에서 다중인화의 시간 해체작업을 보여준다. 세상의 모든 대상들이 서서히 시간의 소실점으로 사라져가면서 남기는 흔적들, 그 의미의 단편과 단편을 연결하고 통합한다. 시인은 삶의 일상을 일종의 환각처럼, 의미들이 배제된 사물의 환유적 연쇄를 통해 흘러가는 시간의 본질을 드러낸다.

내가 박주택의 시집에서 가장 의미있게 읽은 시는 「부음」이다.

> 기차 시간표를 보다 좁은 계단 아래로
> 커다랗게 자루가 미끄러지는 것을 본다
> 사람들의 두꺼운 옷에서는 살에서부터 스며오는 이상한
> 냄새들이 풍겨오고 대합실 의자에는 껌이 붙어 있었다
> 열차는 침목 위를 덜컹거리며 눈이 부려진 들과 역의 이름을
> 뒤로 남겨놓으며 바다가 있는 곳으로 달릴 것이다
> 바람이 그 달리는 속도에 맞서 가슴을 떼며 비명을 지르며
> 팔짱을 낀 애인들은 머리를 서로의 어깨에 널 것이다
> 창밖으로 갈대가 햇빛을 받아 반짝인다
>
> ― 「부음」 중에서

박주택 시의 특장은 시적 대상을 무한한 묘사 속에 이어지게 하고 그 상이한 대상을 필연적인 고리 안에 가두면서 고독한 삶의 감각을 드러내는 데 있다. 시인은 부음 소식을 접하고 기차를 타고 죽음의 공간을 찾아간다. 열차 안에서는 이상한 냄새가 나고 기차는 침목 위를 덜컹거린

다. 역의 이름을 뒤로 남겨 놓으면서 바다를 향해 달린다. 바람은 달리는 속도에 비명을 지르고 기차 안에 애인들은 서로 어깨를 넌다. 창 밖에 햇빛이 반짝인다. 시인은 열차 안에서 경미한 두통과 흩어지는 구름과 열차의 굉음을 경험한다. 슬픔의 하얀 소금기, 죽음의 추상적 이미지들이 덕지덕지 묻어있는 시적 묘사들, 죽음과 삶이 함께 섞이면서 오는 이상한 평온함을 놀라운 시적 분위기로 묘사해낸다.

이를테면 시인은 "슬픔을 과장한 몇몇 노래가 제 몸에 격정의/비늘을 세운 뒤 저 멀리 스며 퍼지면/오래도록 오지 않는 것들이 아련히 사라졌음에/항구의 저녁 불빛처럼 쓸쓸하리라"(「비늘」)고 노래한다. 시인은 슬픔이 "격정의 비늘"로 몸떠는 겨울비 내리는 항구의 혹한을 보여준다. 생의 처연하면서 숙명적 고뇌와 슬픔을 시인은 절묘한 시적 묘사와 분위기로 묘파해낸다.

한국 현대시단에서 새로운 상징의 미학을 구축해 가려는 박주택 시인의 시적 도정은 가열하다. 박주택 시의 상징이 어떤 창조적 섬광을 드러내면서 독자의 공감대를 얻어갈지 추상화된 삶의 명제들을 어떤 식으로 구체화해 나갈지 앞으로 행보가 궁금하다.

심미적 인식과 시의 사상

— 허만하, 문태준, 송승환

한국문학은 오랫동안 사회적 상상력에 머물러 있었다. 사회현실에 대한 주목과 발언에 몰두해왔다. 한국근대 역사의 전개가 문학의 실천적 당위를 주동해 온 셈이기도 하다. 지금까지 한국 현대시의 독해와 향수의 과정은 '시인'과 '당대'를 읽어내려는 어떤 국면이었다. 시를 읽으면서 찾게 되는 것은 그 시인 뒤에 숨어 있는 인간의 격정과 고뇌이다. 대개의 경우 시를 읽을 때 미적 쾌감이란 현실 속에서 한번은 만난 듯한 인간의 운명, 슬픔을 다시 접하는 듯한 일루젼에서 비롯된다. 시작품에 온 정신과 주의를 빼앗긴다는 것은 일상생활에서의 한 국면과 첨예하게 맞닥뜨리게 하는 핍진성, 현실을 극명화하는 시적 발견과 관계한다. 예술을 통해 흥미있는 인간사와 접촉하면서 인간적 감동을 느낀다. 예술적 감동은 대개 인간적 감동과 연결된다.

　문학적 체험이란 역사적 체험이며 인간적 체험이라는 측면을 전제한다면 1990년대 이후 변화된 사회현실은 문학적 현실에 대한 물음과 고민을 하게 만들었다. 숙지의 사실이듯 현실적 근거에 기반을 두던 이념이 휘발되었다거나 사회적 역사적 맥락 속에 놓여 있던 문학 작품의 구체적 현실성의 근거가 사라지게 되었다는 점이다. 자본유통에 의해 문학 자체가 스스로 생산과 소비의 메커니즘 속에서 혹은 체제 시스템의 구조 속에서 일반경제의 영역 속 일부가 되었다는 점, 허구로서 생산된 이미지나 정보에 의해 포착된 현실이 텍스트의 일부로서 문학적 현실이 되었다는 점 등을 생각해 볼 수 있다. 문학과 현실의 소통적 관계수립이 문학 비평적으로 중요한 소명의 거점이 되어왔던 한국문학적 전통을 상기할 때 문학작품의 구체적 현실성은 무엇인가 고민하게 된 셈이다.

그러나 사실 예술은 어떤 대상에 대하여 인간적 감정을 갖게 하는 것이 아니라 대상을 형상적으로 재현해내는 그 창조적 재현방식과 관계한다. 예술의 방식은 일상에서 느끼는 것과 똑같은 '사람에 대한 온기'나 '격정'이 아니라 인간적인 현실과 전적으로 분리되는 미적 향유자체다. 문학작품의 현실적 근거였던 역사와 체험의 실제계가 사라진 지점에 예술적 감각 특유의 미적 쾌락이 찾아온다. 이제 시적 쾌감의 방식은 이웃의 기쁨과 고뇌를 공감하는 인간적인 감수성과 의욕에 전제하는 것이 아니라 시적 인식과 상상력의 역동성을 만끽할 수 있는 예술적 감수성에 전제한다. 시에서의 미적 쾌감이란 진부한 수사를 뚫고 나가는 치열한 부정성, 삶을 형상화해내는 진지한 유희정신이다. 사이버스페이스의 대중 소비와 인간적인 현실을 허구로 채우는 무수한 문화 경계의 점이지대에서 현대시는 대중을 위한 것도 아니요, 인간적 감동을 느끼려는 일반인을 위한 것도 아닌 예술감각을 향유할 수 있는 자들만의 '미적 쾌감'이라는 현대예술의 한 지점을 통과하고 있다.

현대시에서 예술적 감수성의 향수는 결국 객관과 주관의 겹침에서 오는 주관적 감응이다. 시적 대상과 주체의 만남, 시 작품과 독자의 만남에서 심미적 인식의 왕래가 이루어지기 위해서는 사물의 이면을 꿰뚫고 들여다볼 수 있는 투시적 상상력, 생동적 형식에 대한 주관적 감응력이 필요하다. 결국 시는 사물의 상처를 조금씩 더 열어나가면서 마음의 한계와 존재의 한계를 조금씩 더 밀쳐내는 과정이다.

해가 떨어지면 청순한 별빛에 젖고 대낮이면 다시 가뭄에 튼 논바닥같이 마르기를 거듭하는 모진 윤회, 늦가을 햇볕 속에서 마지막 화전의 맛을 다지고 있는 양구 해안 마을 시래기 다발의 느슨한 흔들림.

창자를 비운 몸무게를 싸리 줄기에 매달고 살을 에는 내설악 칼바람과 시린 겨울 햇살 따가움에 번갈아 시달리며 더덕같이 부드러워지는 용대리 덕장 황태 행렬의 암갈색 침묵.

투명한 유리로 태어나기 위하여 야성의 모래들이 1천 5백도를 넘는 잉걸불의 적막에 몸을 던지고 사람이 불어넣는 숨결을 따라 천연에 없는 새로운 형태로 변신하는 눈부신 부활을 보라.

보라! 초록색 가시덩굴을 머리에 감고 두 팔을 날개처럼 벌리고 번득이는 창날에 옆구리를 맡긴 거룩한 몸무게를 보라. 한 인간이 이승에서 가장 외로운 노을에 젖고 있다.

— 허만하 「강원도의 Ecce Homo」 전문

위대한 시인의 참다운 운명은 불가시적인 근원성을 드러내는 '사물의 운명'과 동궤에 놓인다. 시인은 인내와 열광의 불가사의한 피륙으로 내면의 몽상을 빈틈없이 짜나간다. 허만하의 시가 탄탄한 것은 그의 시가 무수한 동어반복같은 수사의 무기력을 벗어나 견고한 시적 묘사와 몽상의 피륙을 짜나간다는 점이다. 이것을 나는 '견고성의 비밀'이라고 부르고 싶다.

　시인은 밤에는 별빛에 젖고 대낮이면 가뭄의 햇빛에 마르기를 거듭하는 논바닥의 "모진 윤회"에 대하여 몽상한다. 화전의 맛을 다지면서 양구 해안 마을 "시래기 다발"이 늦가을 햇빛 속에서 몸을 방전시키고 있다. 용대리 덕장 황태는 창자를 다 비우고 몸무게를 싸리 줄기에 매달아 놓았다. 명태는 "내설악 칼바람과 시린 겨울 햇살 따가움"에 번갈아 시달리며 더덕같이 부드러워진다는 것. 유리는 투명하게 태어나기 위해 잉걸불의 적막에 몸을 던지고 새로운 형태로 변신하고 있다. 이 모든 것들은 야성의 머리칼을 휘날리면서 1천 5백 도의 불길 속에서 스스로를 담금질하는 존재의 연금술로 가능하다. 햇빛 속에서 마르기를 거듭하는 논바닥, 시래기 다발, 명태, 유리. 눈부신 부활을 준비하는 것들은 모두 "거룩한 몸무게"를 견디고 있다. 격렬한 연금의 불길 속에서 열렬한 인내의 과정에 참여한다. 자진하여 격노의 담금질 속으로 존재를 내놓다.

　시인은 살을 에는 칼바람 속에 몸을 맡긴, 창날에 옆구리를 맡긴, 따가운 햇빛에 몸무게를 매단, 저 야성의 몸뚱아리 속에서 "이승"에서의 한 인간을 생각한다. 이승의 한 인간은 이승에서 "가장 외로운 노을에 젖고 있다". 그는 십자가를 지고 담금질의 불기운 속에 외롭게 서 있는 최초의 인간이다. 해안가 마을의 시래기 다발같이, 창자를 비우고 매달린 황태 행렬같이, 잉걸불의 모래같이, 인간은 이승에서 가시덩굴을 머리에 감고 두 팔을 날개처럼 벌리고 연단의 핏빛에 물들어 있다.

　허만하의 시는 생에 대한 분석적인 지적 시선을 견지하면서 생을 하나의 명상 수준으로 응축시킨다. 그것이 가능한 것은 견고한 '견자見者'의 시선을 시적 대상 안에 새겨주기 때문이다.

마음은 빈집 같아서 어떤 때는 독사가 살고 어떤 때는 청보리밭 너른 들이 살았다

별이 보고 싶은 날에는 개심사 심검당 별 내리는 고운 마루가 들어와 살기도 하였다

어느 날에는 늦눈보라가 몰아쳐 마음이 서럽기도 하였다

겨울방이 방 한켠에 묵은 메주를 매달아 두듯 마음에 봄 가을 없이 풍경들이 들어와 살았다

그러나 하릴없이 전나무숲이 들어와 머무르는 때가 나에게는 행복하였다

수십 년 혹은 백 년 전부터 살아온 나무들, 천둥처럼 하늘로 솟아오른 나무들

뭉긋이 앉은 그 나무들의 울울창창한 고요를 나는 미륵들의 미소라 불렀다

한 걸음의 말도 내놓지 않고 오롯하게 큰 침묵인 그 미륵들이 잔혹한 말들의 세월을 견디게 하였다

그러나 전나무숲이 들어앉았다 나가면 그뿐, 마음은 늘 빈집이어서 마음 안의 그 둥그런 고요가 다른 것으로 메워졌다

대나무가 열매를 맺지 않듯 마음이란 그냥 풍경을 들어앉히는 착한 사진사 같은 것

그것이 빈집의 약속 같은 것이었다

— 문태준 「빈집의 약속」 전문

시인이야말로 돌표면의 울퉁불퉁한 내면을 발견하듯 '벽의 뒷면'을 들여다보는 자라는 점이다. 시인은 보이지 않는 불가시태 안에 무한히

열린 외재 지평을 소유한 자다. 시인은 마음의 빈집에 깃드는 무수한 사물들을 자신의 세계 속에 풍경처럼 펼쳐보인다. 마음은 늘 비어있어 독사가 살고 청보리밭도 볕 내린 고운 마루도 늦눈보라도 겨울방 묵은 메주도 풍경처럼 들어와 산다. 사실 시 속에서 그려지는 풍경이란 시인의 시선 속에서 재구성되는 것이 아니다. 시인의 마음이 명경明鏡처럼 푸르고 맑아 시인은 마음의 거울에 반사되는 세계를 다만 비쳐보여주기만 하면 된다. 사물을 포착하기 위해 시선을 가다듬는 것이 아니라 세상이 마음 속 호수에 비치도록 마음거울을 맑게 닦으면 된다. 시인은 마음을 늘 빈집처럼 비워두고 사물들에게 마음 문짝을 들락날락하게 한다. 마음 풍경을 새겼다 지우고 하면서 마음의 적막을 길러내는 것이다.

그러나 시인은 "하릴없이 전나무숲이 들어와 머무르"던 때가 가장 행복했다고 고백한다. "수십 년 혹은 백 년 전부터 살아온 나무들", 그 나무들에 뭉긋이 앉은 울울창창한 고요 속에서 시인은 "미륵들의 미소"를 본다. 미륵의 오롯한 큰 침묵에서 시인은 말들의 세월(詩, 언어의 세월)을 견디어왔다. 전나무의 미륵 미소, 큰 침묵이 시인의 마음 속에서 세월을 견디게 한다. 그러나 마음은 늘 빈집이어서 전나무 숲도 들어앉았다 나갈 뿐 그뿐이다. 마음은 풍경을 들어앉히기 위한 부재의 공터만으로 남을 뿐이다. 시인은 그것이 "빈집의 약속 같은 것"이라고 말한다.

시는 모든 가시성이 함축하고 있는 비가시태의 몫을 드러낸다. 마음에는 독사와 청보리밭의 너른 들과 메주, 전나무숲이 들어와 살기도 하지만 마음을 찾아오는 사물들은 무한하게 서로 반향하면서 마음 속 풍경으로 구성되다 사라진다. 시인은 저 마음의 무심無心을 성취하면서 부재의 순수를 암시한다. 육신을 감싸고 있는 세상의 현전들은 있다가 사라지는 허공의 꽃일 뿐이다. 동양시학에서 시는 사무사思無邪(생각하는 데 있어 사특함이 없다)라 하였다. 시인은 사물들의 심층으로 들어가 세계의 심층에 가닿으려 하기보다 스스로 마음의 경계를 풀고 존재를 열어둠으로써 무위의 상태, 비어있음으로 모든 것을 충만하게 하는 마음의 연금술을 보여준다.

사물들은 자유롭게 창조적 마음 속을 왕래한다. 맑은 눈에는 모든 것이 거울이다. 진지하고 엄숙한 시선에는 모든 것이 깊이다. 청정한 마음의 자리는 곧 시의 자리다.

> 새
> 불 살라먹은 물에 녹아
> 단단한 몸 안에서 출렁이지
> 단 한 번 입 밖으로 토해내기 위해
> 그리고 기다려
> 찰나를
> 돌가루 튀는
> 울음소리에 피어오르는
> 푸르른 풀
> 꽃
> 붉은
>
> 그 새의 이름은 없어
>
> 지금 저 자욱한 공장 굴뚝 연기 사이로 날아가는
> 보이지 않는 새
>
> — 송승환 「라이터」 전문

보이는 것 너머의 세계를 보려는 시인의 투시력은 생동하는 상상력으로 출렁인다. 송승환의 시는 공기의 순수하고 아름다운 진홍빛의 피를 남겨준다. 라이터 안의 출렁이는 가솔린 기름은 불살라먹은 물처럼 돌가루를 튀기다 찰나적으로 짧은 울음소리를 내면서 "푸르른 풀"처럼 "붉은 꽃"처럼 이름없는 "새"처럼 날아오른다. 그렇다. 단단한 라이터 안에 불살라먹은 물처럼 "보이지 않는 새"가 잠들어 있다. 새는 "단 한 번 입 밖으로 토해" 나오기 위해 기다린다. 새는 찰나적으로 튀어올라 이름도 없이 "저 자욱한 공장 굴뚝 연기 사이로" 날아가 버린다. 라이터의 붉은 불꽃이 차가운 허공 중에 투명하게 공기 중으로 피를 맑게 토해낼 때 공기의 충격은 소리와 빛깔과 파장을 일으키면서 시적 상상력을 분출시킨다.

　　불꽃과 공기와 물이 만들어내는 붉은 꽃, 이름모를 새, 시인은 물질의 연금술을 보여준다. 공기, 불, 물 등은 우주의 진화론을 구성하는 요소들이다. 유형의 물이 개스의 불꽃으로 공기중에 흩어지면서 무형적으로 변화되는 과정에서 시인은 "새"를 유형적으로 회복시킨다. 공기는 조형성과 시적 감수성으로 되살아난다.

　　시인은 이미 존재하는 현실에다 상상의 세계를 더해줌으로써 우리의 세계를 풍부하게 해준다. 저자author라는 말은 auctor(늘리어주는 이)에서 유래했다고 한다. 그것은 로마시대에 장군들이 새 영토를 정복하여 제국의 영토로 만들었을 때 그들에게 수여된 칭호였다. 새로운 마음의 영토를 확보하는 것, 물질의 변용 속에 창조적 직관력을 보여주는 것. 시는 이와같이 '자연'의 모사가 아니라 창조적 지성을 구성해내는 시적 영감, 정신적 감염으로 번지는 감응력인 것이다. 즉 '산' 현실을 강조하는 것이 아니라('산' 현실은 너무 압도적이어서 인간의 공감을 자아내게 하지만 결국 그렇게 되면 현실을 객관적인 순수성에서 지각할 수 없게 된다—오르테가 이 가세트) 현실을 심미적으로 재구성해내는 인식의 깨달음이 심미적 쾌감의 근원이다.

　여기서 분명한 것은 미적 쾌감을 위한 예술적 형상화에서 사물과 정신의 관계가 수사를 위한 포오즈가 될 때, 그것은 사상(성)이 빈곤한 시로 전락할 위험이 있다는 것이다. 시인은 시적 대상인 사물을 통해 삶에 대한 새로운 인식과 사상을 드러내야 한다. 시인이 창조적 열정으로 개성의 성취를 드러낸다는 말은 궁극적으로 자신의 관념(이념), 사상(성)을 '실현시키는 것'이다. 시인이 싸우는 현실이란 현실의 우상을 파괴하고 기성의 상상력을 깨뜨리면서 새로운 영토를 확장하는 것이다. 삶에 대한 깊은 성찰적 지성과 사상이 필요하다. 이것이 시인이 싸워 성취해야 할 시적 현실성이다.

직관과 존재

— 김지하, 이덕규, 김광선

최근에 학계와 문단에서 화두로 삼고 있는 것들은 이런 것이다. 탈식민주의(포스트콜로니얼리즘)와 문학 담론, 지젝을 중심으로 하는 정신분석적 문화정치학, 근대 초엽 제도로서의 문학에 대한 문제, 문화적 맥락들(근대의 풍속과 조선 근대문화에 관한 논의) 등이다. 민족문학 연구자들은 이념 논쟁의 붕괴 이후 21세기 민족문학이 어떤 방식으로 진행되는가에 여전히 관심을 모으고 있으며 외국 이론의 번역자들은 새로운 서구 이론들을 한국문학에 소개, 적용하기에 여전히 여념이 없다. 이같은 양극성은 문학의 자생적 힘과 자국적 역사를 추적하는 작업(1930년대 『文章』지의 고전 추구)이나 서구 이론에서 근대의 흐름을 좇으려는 과정(1920, 30년대 상징주의와 이미지즘 수용)이라는 20세기 초엽 조선 문단 형성기와 매우 흡사한 진행이다. 문제는 최근의 논의들이 얼마나 이론의 단순한 수용을 넘어서 한국문학 자체 내에서 한국문학 연구의 방법론을 스스로 만들어낼 수 있을 것인가에 관건이 놓여 있겠다. 그러나 분명한 것은 각 나라의 경계가 붕괴되고 지구촌이라는 세계화의 급속한 진행 속에서 민족문학이나 서구 이론 수입이라는 문학의 오랜 동어반복들이 훨씬 첨예한 지점에 놓이게 되었다는 사실이다.

백 년 전 조선 개항 이후 한국문화와 문학은 일종의 '외래적인 것' 과의 혼종성(하이브리드)을 숙명적으로 감당해 왔지만 지금 이 시기만큼 한국문학에서 '혼성성' '혼종성' 을 경험하는 때는 없는 듯하다. 오히려 문학 순혈주의의 아집에서 벗어나는 것이 현 문학에서 '진화' 를 의미하며 '생존의 조건' 이 될 정도다. 이를테면 문학은 문학과 영상의 만남, 문학과 게임의 만남 등 문학과 문화의 모든 경계 해체를 맛보고 있는 셈이다.

이와 같은 문학, 그 변방(?)과의 교합 탐색이라는 새로운 지형도 속에서 한국문학, 한국문학 비평에 대한 인식도 좀더 진화된 관점을 요구받는다. 이를테면 포스트콜로리얼리즘의 관점은 과거 민족주의와 다른 관점, 즉 단순한 반외세 국수주의적 성향을 초월해 더욱 포괄적이고, 더욱 복합적인 형태의 민족주의를 지향하고 있다는 점이다. 예를 들면, 탈식민주의는 외국의 영향을 전면적으로 부정하고 순수한 자국문화만의 세계를 추구하는 것이 불가능하다는 것을 인정하면서 차라리 교묘하게 섞여 들어와 우리 문화를 파괴하고 있는 제국주의적 외래문화의 검색과 해체가 더 현실적이고 절박한 문제임을 주장한다. 저항과 해체의 방식 자체가 포스트모더니즘의 전략적 방식을 취하고 있음은 최근 젠더 연구인 페미니즘 담론과 일치하는 점이 있다.

문학은 인문학과 문화의 코아로서 중심 담론을 형성할 형성력을 잃어버린 지 오래지만 여전히 문명사에 대한 비판적 성찰적 입장을 견지하면서 현실 삶에 대한 역사철학적 물음을 계속하고 있다는 점이다.

문제는 현 단계에서 시학이 담당하는 첨예한 국면에 대한 부분이다.

서사학이 탈식민담론, 문화와 풍속론의 신역사주의의 지점들을 통과하면서 한국문학에 대한 새로운 국면들을 제시하는 데 반하여 시학은 분명하고도 뚜렷한 어떤 담론 형성이 부재하다는 점이다. 1990년대 이후 일기 시작한 정신주의, 생태주의(녹색운동)는 실제 신서정 내지는 문명에 대한 역담론으로서 저항 이데올로기를 전제하면서 시학에서 중요한 담론으로 자리해 왔다. 환경 문제와 자연에 대한 경험이 계층, 성차, 인종의 문제와 연결된다는 점에서 사회학적 상상력이 동원되고 있다는 점, 그리고 소외되고 배제된 자연의 의미와 가치를 복원시킨다는 전제 하에서 상호의존성에 기반한 유기적 은유, 시적 은유를 되살아나게 한 점은 무엇보다 의미 있는 지점이다. 생명의 근원성을 회복하자는 것은 문학의 근원성을 회복하자는 것과 상통한다.

그러나 국토의 대부분이 인공화되고(산은 국립공원이고 풀밭은 가공된 잔디밭이거나 꾸며진 정원이다), 눈과 비는 산성화되고 바람은 황사바람이다. 오존주의를 염려하며 햇빛 속을 걸어가야 한다. 나무는 살충제 냄새를 풍기고 꽃은 인공 재배로 고유의 향을 잃어버렸다. 국토의 대부분이 산업화되고 농업이 사양길로 들어서는 지금의 시점에서 시골 한가한 저녁풍경을 자연 생태주의 시로 그려내는 것이 얼마만큼 유효한 '시적 현실'을 지닐 수 있을 것인가 하는 문제다.

또 다른 시적 경향으로서 불교적 적멸의 순간을 하나의 에피파니로 적실하게 드러내는 시적 초월의 한 관점에 관한 것이다. 문정희의 시 「돌아가는 길」(2004년 정지용문학상 수상작)은 궁극으로 회귀하는 물物 자체의 자연회귀를 보여준다. '무無위자연과 종교적 법열'이라는 '전율'의 한 지점을 제공한다. 불가적 도의 극점을 적요로움으로 드러내는 기존의 시와 달리 존재 탈각의 한 순간을 극적으로 재구성하는 시적 어법이 예사롭지 않다. 사실 정현종, 황동규, 김지하, 최승호에 이르기까지 선적 도가적 깨달음과 불교적 초월의 경지는 이미 청년의 격랑을 거쳐 온 중년 대가 시인의 전유물이 되다시피한 감이 없지 않다. 이미 대가로서 문단적 심급이 확정된 사정은 이들이 이룩한 '도의 깨달음' 이라는 경지에 어떤 의심도 없이 일종의 '아우라' 적 후광을 덧입히고 있다. 지난 문학사에서 획득한 일정한 시적 성취가 지금 '법열' 의 경지에서 획득하는 '깨달음' 의 경지와 동일시되면서 시적 평가를 선취先取해 내고 있다는 사실이다.

> 벚꽃 지는 걸 보니
> 푸른 솔이 좋아
> 푸른 솔 좋아하다 보니
> 벚꽃마저 좋아
>
> — 김지하 「새봄 · 9」 전문

　무구한 새봄, 꽃과 솔의 향연이다.
　그러나 중년 시인들이 거의 일관되게 보여주는 자연법칙과 삶의 순환 원리, 자연유비에 의한 생태주의의 상상력이 이제 다른 진화의 길을 모색해야 하지는 않을까 하는 진단을 해본다. 긴장의 부재, 절대적 화해로의 환원주의가 역사현실에 대한 인식적 지평을 드러내지 않는다면 그것의 심미적 인식도 담보해내지 못할 것이다. 심미적 인식이란 현실과 삶에 대한 판단 중지하에서 일어나는 주객체의 추상적 합일이 아니다. 그것은 삶의 복합적 요인들과 대응하는 인식 주체와 객체의 대응 속에서 일어난다. 최근 중년 시인들이 보여주는 전형적인 소재들, 미륵부처, 머리가 잘려나가고 몸통만 남은 돌부처, 인각사, 부처 옆에 핀 꽃, 수수꽃다지 등 고적하고 적요로운 불가의 분위기는 너무 매너리즘화되어 어떤 점에서 작위적이고 지나치게 의도적이라는 혐의가 들 정도다. 어떤 점에서 하이꾸식의 단시 형식과 사물 자체에서 우러나오는 합목적적 형식은 오히려 복합적 자아의 모든 갈등을 잠재우는 역설적 단순화에 기여할 수도 있다. 나는 이제 이와 같은 종교적 심미 체험은 근원적 삶의 충동, 한정된 시적 대상의 한계를 탈피하여 더 넓은 사물에 대한 전망, 사물에 대한 섬세한 식별이 필요하다고 생각한다. 종교적 법열은 절대적 '자아'의 체험 안에 갇혀 '선적 깨달음의 강요'를 드러낼 수도 있다.

무엇보다 구체적 삶의 실감을 놓쳐서는 안 된다. 구체화된 삶의 현실이 시적 현실이 되는 부분에 주목이 필요하다. 나는 이덕규의 시에 주목한다.

어머니는 우리 집에서 칼을 제일 많이 쓰는 사람, 칼을 가장 능숙하게 잘 쓰는 사람, 자르고 썰고 족닥이고 생선대가리를 아무 생각없이 뎅겅뎅겅 날려 칼집을 내고 저녁상을 차리는 어머니

한밤중에 물 먹으러 부엌에 나갔다가 움푹 파인 도마 위에 파랗게 실눈을 뜨고 누워 있는 식칼을 보고 들어와, 半月刀처럼 웅크리고 칼잠 자는 어머니를 반듯하게 고쳐주면 날을 세우듯 다시 모로 눕는 어머니

자는 척 늘 깨어 있는……, 이제는 당신 마음을 다스리던 忍耐의 사원 그 시퍼렇게 빛나는 천근 칼날 지붕 아래에서도 평온한 어머니, 칼을 들었을 때 절대 다른 생각을 하지 않는, 칼끝이 오직 자식을 향해 열려 있는

도마 위의 그 날렵한 칼솜씨를 보면 무인가문의 후손이 확실한 어머니, 그러나 칼의 볼모로 잡힌 이래 집 밖으로 칼을 내돌리지 못하는 몰락한 칼

잡이의 딸, 쓰─윽, 나도 모르게 감쪽같이 내 가슴을 가르고 들어온 날선 匕首 한 자루

— 이덕규 「칼과 어머니」 전문

젠더 측면에서 '어머니'란 아이콘을 상정하지 않더라도 '어머니'란 명명은 오랫동안 절대적으로 고정된 관념으로 추상화되어 있다. 여성은 자발적으로 모성성이라는 희생과 봉사의 생득적 자질을 지닌 것으로 간주된다. 심지어 프로이트에 의하면 여성은 마조히즘적 희생에서 쾌락을 찾는 존재로 묘사된다. 모성성의 창조적 긍정과 동시에 가부장적 이데올로기에 의해 억압된 모성성 신화는 페미니즘 문학이 안고 있는 이중적 딜레마이기도 하다. 사실 '어머니'는 우리 내면 자체에 '용해되고' 우리들 내면에 '배치되어 있는' 설명될 수 없는 동일화와 연루된다. 어머니와 한때 우리는 한 몸이었다. 어머니의 몸 속에서 우리는 갇혀 살았거나 보호받은 기억을 간직하고 있다. 어머니에 대한 부정은 궁극적으로 자기존재에 대한 단절을 의미한다.

무수한 시인들이 '어머니'에 대한 시를 노래했다. 그것은 어머니를 통해 우주적 감각의 조건인 보편적 생명의 순환을 다시 확인하고 싶기 때문이다. 보편적 생명의 순환 속에서, 거대한 전체로서의 유기체 속에서 내적 불균형은 존재의 통일성을 다시금 회복한다.

시 안에서 '어머니'는 신화적 관념으로 강박적일만큼 고정되었다. 그리고 그렇게 구성되고 재현된 모성성은 다시 현실 속에서 여성들에게 일괄된 강요의 조건으로 기능하기도 한다. 모든 여성은 어머니로서 사회에서 요구하고 가공된 어머니의 '역할'을 살아내고 수행해야만 한다.

특히 어머니의 생명력과 모성성의 완성은 시에서 '물'의 이미지나 '원형' 이미지(신경림의 「어머니와 할머니의 실루엣」, 오탁번의 「장독

대」 등)로 전형화되어 있다. 그런데 이덕규는 '어머니'를 칼잡이로 독특하게 캐릭터화 하면서 새로운 '어머니' 상을 구축한다. 「칼과 어머니」에서 어머니의 손은 부드럽게 쓸어주고 다독거려주는 따뜻한 손이 아니다. 어머니는 "칼을 가장 능숙하게 잘 쓰는" 사람이며 날렵하게 "생선대가리를 아무 생각없이 뎅겅뎅겅 날려 칼집을 내고 저녁상을 차리는 어머니"다. 지금까지 '칼'은 비죽하고 공격적인 남성성의 상징으로 여겨졌다. 칼은 남성 성기의 상징이기도 하다.

이덕규 시의 특징은 이와 같은 고정 은유로서의 칼을 다각도의 이미지로 그것의 인상을 심화시키고 있다는 점이다. 예를 들면 칼은 한밤중 물 먹으러 부엌에 갈 때 "도마 위에 파랗게 실눈을 뜨고 누워" 있기도 하고 "半月刀"처럼 칼잠을 자는 어머니가 되기도 하고 "천근 칼날 지붕"이 되기도 하고 칼질로 "忍耐의 사원"을 차리기도 하고 칼질하며 오직 집중되는 자식애로 모아지기도 한다. 어머니는 칼날 같은 가부장제의 집안에서 칼질을 하며 마음을 다스리고 정신의 칼날 끝을 오직 자식을 향하게 함으로써 사랑을 이어가기도 한다. 칼은 억압의 주체이면서 억압을 풀어주는 위안이 된다. 어머니는 "칼솜씨로 말미암아 무인가문의 후손"으로 희극화되기도 하다가 "그러나 칼의 볼모로 잡힌 이래 집 밖으로 칼을 내돌리지 못하는 몰락한 칼잡이의 딸"이 되기도 한다. 즉 몰락한 칼잡이의 후손은 집안에서만 칼을 쓰는, 집안에 사로잡혀 있는 여성일반의 구속된 삶을 대변한다.

이덕규 시가 가지는 '칼'과 어머니의 독특한 변형과 결합은 다음 시 「고슴도치—진화 예측론」에서도 독특하게 드러난다.

고슴도치를 보았습니다
숲 곳곳에서 난무하던 칼들이

그의 등에 다 꽂혀 있었습니다
어디, 내게
더 꽂을 칼이 없냐는 듯
착한 눈을 꿈벅이고 있었습니다
몸 전체가 칼집이 되어
잔뜩 웅크린 채 풀벌레소리를 듣고 있었습니다

어서어서
내가 죽어야 모두 편안들 하다고
간절히 눈빛으로 말하곤
어디론가 조용히 돌아서가는
그의 뒷모습에 대고
나는 나직이 엄마, 라고 불러봅니다
                        ─ 이덕규 「고슴도치─진화 예측론」 전문

「칼과 어머니」에서 칼을 든 어머니는 이 시에서 등에 온갖 칼을 다 꽂은 고슴도치로 나타난다. "더 꽂을 칼이 없냐는 듯 착한 눈을 꿈벅이고 있"는 "몸 전체가 칼집이 되어" 있는 간절한 눈빛의 어머니, 시인은 고슴도치를 나직이 "엄마"라고 불러본다. 그렇다면 시인이 말하듯 고슴도치가 진화되어 어머니가 되었다는 말인가. 이덕규의 상상력에서 칼과 어머니의 변주는 고슴도치라는 숲 속에서 본 착한 짐승으로 변신하고 다시 그것은 조용히 뒤돌아보는 뒷모습의 어머니가 된다.

이덕규 시에서 어머니는 이데올로기에 의해 제공된 사회적 모성과 구별된다. 어머니는 독특한 자기개성과 개체성을 가지면서 훨씬 실체험된 어머니로 등장한다.

풀통이 넘어져 모자란 만큼 물을 채웠다

넘어져 흐른 자리는

굳어 엉기고 점성은 강해져

만지는 손마다 쩍쩍 들러붙는다

풀이라는, 찐득찐득해야 하는 성질

물을 탄 풀은 점성이 떨어지고

느슨해지고 아무 일도 일어나지 않는

대낮을 설명해야 하는 날이 길어졌다

아이들도 말수가 줄었고

아내도 외면하는 날이 많아졌다

넘어진 풀통을 성급하게 일으켜

가슴 깊이 희석해버린, 쉽사리

증발하지 않을 것 같은 수분이지만

그래도 넘어지지는 않겠지 (중략)

서로를 적셔야만 붙는 거라고

조금은 얼룩져도 함께 마르며

딱지가 않는 거라고, 흡착력은 비록 떨어졌으나

가슴 맞대고 기다리는 사람살이

— 김광선 「풀통」 전문

    서로의 접착력으로 찐득하게 들러붙어있는 가족은 풀통으로 비유된다. 풀통이 넘어서 모자라자 시인은 물을 채워넣었다. 물을 탄 풀은 점성이 떨어져 집안에는 아무 일도 일어나지 않는 대낮이 많아졌다. "아이들도 말수가 줄었고/아내도 외면하는 날이 많아졌다" 그래도 시인은 약간의 수분기로 "서로를 적셔야 붙는 거라고/조금은 얼룩져도 함께 마르"
는 거라고 그리하여 딱지가 앉는 거라고 말한다. 시인은 풀통이 마르고
다시 물에 의해 희석되는 점성을 통해 사람살이의 눈물겨움과 연민을
노래한다. 물과 희석된 풀통은 점성이 떨어졌지만 그 수분기로 서로를
적시고 가슴 맞대고 그렇게 살아가는 삶의 지속적인 힘을 보여준다.

이와같은 구체적 체험으로서의 어머니에 대한 실감, 풀통의 끈적한
접촉을 통한 가족애와 사람살이에 대한 실감은 인간의 삶이 끝없이 불
연속적으로 느껴지는 근대 삶에서 의식적인 접촉을 통해 존재의 근원성
과 소통하고자 하는 지향이다. 한 개체는 다른 개체와의 기억을 통해 의
식의 통일성을 회복하고 위대한 무의식과 소통한다. 과거와 미래 사이
의 안정된 지점을 발견하고 시간의 도주를 넘어 영원에 도달하게 되는
것은 결국 이와같은 어머니, 가족이라는 '유기적 기억'에 의해 가능하
다. 유기적 기억은 생성과 결합하면서 표면적인 비존재를 넘어 존재의
연속성을 획득하게 하는 신비를 준다.

이덕규 시에서 새로운 어머니에 대한 발견, 김광선 시에서 서로 적시
며 조금은 얼룩지면서 가슴 맞대는 사람살이에 대한 시적 발견은 놀랍
다. 최근 시단에서의 산문적 요설과 난해한 사변, 혹은 그 반대로 지나치
게 선적 초월 불교적 적멸로 넘어가는 형이상학적 초월의 몸짓을 이 시
들은 훌쩍 뛰어넘는다. 삶의 구체적 실체로서의 시적 현실을 적실하게
보여준다

우수와 파문

— 허수경 시집 『청동의 시간 감자의 시간』
— 이윤학 시집 『그림자를 마신다』

1. 허수경이 그리는 상징 그림

허수경은 우리 각자를 관통하고 있는 '삶의 우수'에 대하여 가장 민감하게 지각하는 시인이다. 우수란 생명의 양상들이 궁극적으로 겪게 되는 모호한 감정들, 운명적으로 갖게 되는 병의 씨앗이면서 동시에 일시적으로 꾸는 꿈의 예감 같은 것이기도 하다. 허수경 시가 매우 슬프면서도 아름다운 것은 설명할 수 없는 삶의 묘한 친화적 연관, 살아있는 것들끼리 마음과 마음의 유기적 관련성, 그 자체가 뿜어내는 연민과 사랑, 동시에 서글픔에 대한 마음의 운율을 드러내기 때문이다.

허수경 시는 따뜻한 기억 속에서 생명과 우주와 꿈의 이미지를 건져 올리기를 원한다. 하여 허수경 시는 논리적 계기성보다 환유적 연관 속에서 '말' 자체가 가지는 중얼거림, 독백적인 구어체를 향한다. 그녀의 시는 상징계 너머의 순수한 의식을 찾아가는 말의 행보를 지닌다.

그 잎 여릴 적, 우리 만나 잎 따서 삶아 밥해 주던 할머니집에 앉아 여린 잎에 하얀 밥 싸 먹으며 벙그러지는 입술 오므리며 깔깔거리다가 어머 어머 할머니 설거지 많겠네, 어쩌나, 그때 그 잎 여려 할머니의 아가 같은 손 힘으로도 뚝 뚝 꺾이는 것을,

그 잎 커다랗게 자라 그늘 만들고 그날 아래 비 그으며 수박 오이가 익는 것 들을 때까지 기다리자, 하며 할머니가 떠 오는 설거지물에 마치 오랜 시간 씻듯 양은 밥주발 씻으며 할머니가 잎 옆에 달린 꽃 머리에 꽂으며 벙그렇게 웃는 것 보며 그래, 그래 저 잎 더 무성해져

산 덮고 그 산, 잎그늘 아래 축축한 땅의 수줍은 곳 열어 버섯 돋아오르면 그때 또 할머니가 지어주는 버섯밥 먹자, 좋겠네, 저 잎 여릴 때 만나 무성하게 산그늘 될 때까지 붙어 있다가 그래 그래 할머니 머리에 꽂힌 저 붉은 꽃 좀 봐, 무슨 열대 섬 사는 아씨 같은 할머니 좀 봐, 그때까지 설거지물에 담긴 양은 주발 새로운 시간처럼 씻으며, 그래 그래, 저 잎

—「그래, 그래, 그 잎」 전문

시인은 "그 잎"이 어떤 품종의 잎인가를 말하지 않는다. 다만 그것은 '그' 잎일 뿐, 시인의 어릴 적 기억 속에서 여리던, 삶아 밥을 해서 싸먹던 그 잎은 다만 할머니와의 따뜻하고 몽환적인 기억 속에 있는 "그 잎" 일 뿐이다. 독자가 상상으로 그 잎의 이미지를 마음 속으로 완성하게 될 때 비로소 "그래, 그래 그 잎"이라는 공감의 시학을 얻어낼 수 있다. 그 잎은 "여려 할머니의 아가 같은 손힘으로도 뚝뚝 꺾이는 것"이었다. 그 잎은 커다랗게 자라 무성해져 산을 덮는다. 그 잎 아래 버섯이 솟아 오르면 할머니는 버섯밥을 짓기도 한다. 할머니는 머리에 붉은 꽃을 꽂기도

하고 설거지 물에 담긴 양은주발 속에서 새로운 시간을 씻기도 한다.

 그 잎을 삶아 밥을 짓고 잎은 무성해져 산을 이룬다. 할머니는 꽃을 따 머리에 꽂아 열대 섬 사는 아씨 같다. 할머니에 대한 기억은 유년과 음식과 모성에 대한 향수를 분명 암시하고 있다. 여리고 순한 것들은 우리로 하여금 태초의 무의식의 지대로 돌아가게 한다. 설거지물에 오래오래 씻는 양은주발의 "새로운 시간", 그것은 현실적인 '밥의 시간'이면서 휴식의 시간, 모성의 시간, 꿈의 시간이다. 허수경은 "그래, 그래, 그 잎"이라고 고개 주억거리며 마음깊이 숨겨진 근원적 풍경을 드러낸다. 그 풍경은 무한한 공간을 암시하는 것 같은 극도의 상징적 그림으로 나타난다. 어떤 상상의 잎, 그 잎과 그 하얀 밥과 붉은 꽃을 꽂고 있는 할머니와 버섯밥. 구체적인 양은주발의 시간이 가장 현실적인 밥의 공간이면서도 동시에 신화가 창조되는 곳이기도 하다.

 "대구를 덤벙덤벙 썰어 국을 끓이는 저녁이면 움파 조곤조곤 무 숭덩숭덩/붉은 고춧가루 마늘이 국에서 노닥거리는 저녁이면//어디 먼 데 가고 싶었다/먼 데가 어딘지 몰랐다". 시인은 대구국 끓이는 저녁, 냄새를 맡으며 그 어디 먼 곳으로 가고 싶은 마흔 살 넘은 계집아이의 심정이 되는 것이다. "어디 또 먼 데 가고 싶"으면서도 "먼 데가 어딘지" 모르는 이 열망과 막막함의 경계에 허수경의 시가 놓여 있다.

 저 물 밀려오면 무얼 할까,

 그 물 위 수 놓을까, 어쩔까

 그 물 위 한 뭉텅이 짐승의 살 다질까, 말까

 그 물 위 뒤 모래밭에서 깨어난 새 마늘 찧을까, 말까,

 그 물 위 햇고추 말릴까 말까, 무얼 잃을까

햇빛 다지듯,

달빛 으깨듯,

그날 읽었던 책장에 든 낡은 짐승들이 사라진 기억

다질까, 으깰까, 웃다가

이 생에 한 사람으로 태어나

먼 밤 잠 못 드는 저 물 밀려오는 소리, 듣는

그 물 위 당신이 뱉어낸 별들 안아 들일까, 말까

그 물속 사라지는 저 빛 어쩔까, 나 말까

그러다가, 사라질까, 무엇이 될까,

잊어버릴까

— 「저 물 밀려오면」 전문

밤 물 소리는 내밀한 감정이 솟구쳐 올라오게 한다. 그것이 일종의 내적 화해이든 회한이든. 삶의 막막함은 보이지 않는 실체 속에 담긴 슬픔의 모습이랄까. 시인은 격앙되거나 들끓는 비극처럼 흥분하지 않는다. 시인은 나직하게 중얼거리고 있다. "저 물 밀려오면 무얼 할까,/그 물 위 수 놓을까, 어쩔까/그 물 위 한 뭉텅이 짐승의 살 다질까, 말까,/그 물 위 뒤 모래밭에서 깨어난 새 마늘 찧을까, 말까". 시인의 무수한 의문들은 진정 무엇을 묻고 있는 것인가. 시인은 정작 대답을 찾고 있었던 것은 아닌 듯하다. 물이 밀려오고 밀려나가면서 햇빛이 다져지고 달빛이 으깨어진다. 다지고 으깨지고 울다 웃다 이 생의 한 사람이 태어나는 것이다. 밤 물 위에 밀려오는 물 위에 무엇인가 안아 들이고 또 사라지고 또 무엇이 되는 것, 무엇을 기억하고 또 무엇인가를 잊어야 하는 것. 그렇게 밤

물은 밀려오고 햇빛에 으깨지고 달빛에 살을 다지는 것.

허수경 시는 지독한 생에 대한 저주나 정염을 드러내기보다 의식의 근저에 깔려 있는 희미한 영혼의 노래, 허무한 듯 따뜻한 이 생에서의 시간들을 노래한다.

그러나,

삶에 대한 설명할 수 없는 막막함과 모호함, 슬픔과 신비를 지닌 여인은 이라크의 모래사막에서 끔찍한 전쟁의 현실을 동시적으로 목격하게 되기도 한다. 탈냉전시대의 혼란은 민족과 인종, 인류 평화라는 이상향을 회복한다는 명분 아래 폭력이 정당화되는 데 있다. 모래사막에서 가공할 전쟁은 평화라는 명분 속에서 대량살상과 통제불능의 폭력을 자행하는 새롭고 낡은 폭력현실을 드러낸다. 허수경은 근원적 마음의 세계, 음식의 공간을 '감자의 시간' 이라 명명하고 가공할 전쟁터의 시간을 '청동의 시간' 이라 구분한다. 폭력의 흔적들은 천진한 아이의 세계와 결합하면서 파괴의 현실을 더욱 극단적으로 심화한다.

아이들 자라는 시간 청동으로 된 시간
차가운 시간 속 뜨겁게 자라는 군인들

아이들이 앉아 있는 땅속에서 감자는
아직 감자의 시간을 사네

다행이군요,
땅속에서 땅사과가 아직도 열리는 것은
아이들이 쪼그리고 앉아 땀을 역청처럼 흘리네

물 좀 가져다주어요
물은 별보다 멀리 있으므로
별보다 먼 곳에 도달해서
물을 마시기에는
아이들의 다리가 아직 작아요

— 「물 좀 가져다주어요」 중에서

천진스러운 아이들은 포악한 금속들 속에서 자라나고 있다. 따가운 햇빛 속에서("부지런한 태양") 아이들은 청동의 총을 갖고 훈련을 하고 노동을 한다("땀을 역청처럼 흘리네"). 그리고 자라서는 군인이 되고 스무 살이 되면 죽는다("언젠가 군인이 될 아이들은 스무 해 정도만 살 수 있는 고대인이지요"). 살갗을 태울 것 같은 태양의 검은 흑점은 아이들을 노려보고 아이들은 불꽃을 뿜어내는 청동 총을 가지고 뜨거운 군인이 되어간다. 이것이 모래도시 아이들이 자라나는 청동의 시간이다. 시인은 고통받는 아이들의 희생과 참혹한 상처에 대한 시적 재현에 참여한다. 이와같은 고통의 연대는 언어를 박탈당한 자들의 음성을 닮아가면서 악몽, 환각, 울음과 같은 형태로 나타난다.

우물에 뜬 해 속에서 다친 아이들이 걸어나왔다오,
오 오 그날의 해가 우물 속으로 간 까닭을 아무도 알 수는 없지만.

우물에 뜬 달 속에서 다친 여자들이 걸어나왔다오,
오 오 그날의 달이 우물 속으로 간 까닭을 아무도 알 수는 없지만.

— 「우물에」 중에서

상처입은 자들에 대한 고통의 언어는 꿈 이미지처럼 종교적 신비적 형태를 띠고 있다. 우물은 물을 길어올리는 생명수의 의미이면서 생활의 한가운데 있는 죽음의 웅덩이이기도 하다. 강으로 가기 힘든 사람들은 가장 가까운 우물 안에 몸을 던져 스스로 자진해갔으니 우물안은 죽음이, 그 영혼이 살고 있는 웅덩이이며 화덕인 셈. 저승으로 가지 못하는 원혼들은 우물 속에서 걸어나왔다. 다친 아이와 다친 여자들이 우물에 해가 뜨고 달이 뜨면 걸어나왔다. 해와 달은 종교적 상징처럼 우물 속에서 영혼들을 건져올리고 있다. 허수경은 전쟁의 폭력과 학살의 현장을 재현적 현실로 드러내는 것이 아니라 환각적 이해로 드러내면서 꿈의 이미지로 죽음의 진실을 이야기하고자 한다. 원혼들을 들여다보는 시적 환각들은 반복의 운율을 지니면서 굿의 현장처럼 저절로 입에서 흘러나오는 말처럼 되풀이되고 흘러 넘쳐난다.

전쟁은 너무나 끔찍하여 '꿈'의 흔적을 빌어 비로소 고통의 연대를 이룩하는 것이다.

알 수 없는 거리에서 자라나는 아이가
꿈으로 들어왔다

아이는 총을 들고 아이는 군복을 입고
주머니에 박하사탕을 한 웅큼 넣어달라고 했다

―「그때」중에서

원혼은 꿈을 통해 자신의 이야기를 제대로 전달하고 이해받을 수 있다. 전쟁의 살상은 이성적 현실로 연결될 수 없기에 분명하게 드러나지 않는 모호한 기억으로, 받아들일 수 없는 강요와 피해의 느낌으로 자리한다. 거리에서 총을 들고 서 있는 아이는 "마치 불타는 뉴질랜드 숲의 동물들처럼 사라"져갔다. 여자처럼 생긴 남자들은 울면서 가슴을 두들기고 있는 그때 시인은 환각과 기억의 방식으로 전쟁의 고통을 추모하고 애도한다.

허수경의 시집 『청동의 시간, 감자의 시간』은 결국 금속의 시간과 땅속에 숨겨져 있는 친화의 시간이 겹쳐져 있다. 우리는 지구의 한 쪽에서 여전히 두 개의 시간을 동시적으로 살고 있는 것이다. 하나는 스크린에서 하나는 스크린 밖에서. 허수경이 보여주는 이 두 개의 시간은 환각적 악몽으로 신비한 제의처럼 하나의 상징적 그림을 그려보고자 한다. 땅속에서 익어가는 오랜 관습과 향수로서의 시간, 밥을 함께 지어먹고 누천년의 시간을 견뎌온 일상과 연민의 시간들, 그리고 그 반대편에는 금속으로 쟁쟁거리는 청동의 시간, 폭력의 시간이 익어가고 있다.

그러나 이 대립적인 시간도 시인의 기억과 환몽 이미지 속에 함께 녹아 있다. 그것은 시인이 사물에 대하여 갖는 근본적인 측은지심, 삶에 대한 설명할 수 없는 막막한 깊이, 따뜻한 허무의색과 맞닿아 있는 것이다.

2. 이윤학 시와 사물의 그림자

이윤학의 시는 '응시와 묘사' 의 시로 자주 언급되어 왔다. 그의 시는 고요한 관조와 단조로운 묘사로 이루어져 있다. 시집 『그림자를 마신다』에서도 시적 절제와 관조적 인상은 지속된다.

성환고등학교 소사 아저씨가 일요일마다
찔통에 인분을 퍼와 뿌리는 시금치밭.

철조망이 세 줄로 쳐진 시금치밭.
봄마다 시금치가 치고 올라와 휴지가
보이지 않는다. 내겐 왜 인분 냄새가
나지 않았나. 겨울 시금치밭이었나.
나는 왜 네 생각만 하고 살았나.
몇 번이나 갈아엎어졌나.

— 「시금치밭」 전문

　이윤학 시는 고요의 느낌을 통해 묘사의 객관성을 만들어낸다. 이 고요함은 단순히 소리가 없음을 의미하는 것이 아니다. 그의 시에서 풍경은 화자의 심리적 태도와 밀접하게 관계되어 있다. 객관적 풍경에 대한 즉물적 제시와 그를 통한 심적 투사. 이것이 이윤학 시가 간직한 실제와 그림자다. 철저한 자연의 묘사와 그 속에 숨겨져 있는 고요하고 맑은 마음의 암시들. 그런 점에서 어찌보면 이윤학의 시는 마음의 내적인 격렬함이 그 격렬한 의지를 극단적으로 가라앉히면서 기율과 절제를 이루어가는 도덕적 기조와 관계 있다. 이를테면 한국 전통 서정시에서의 전경후심前景後心과 같은 전형적 형태를 취한다. 풍경을 제시하고 다시 내면을 들여다본다. 이윤학 시는 시적 대상이 내면을 다스리거나 내면으로 환원하기 위한 전통적 양식이 된다. 사실 이윤학 시에서 정물의 제시와 감정의 억압은 지독한 유교적 내면절제와 닮아 있다. 세상의 험난함과 경험 세계의 복잡함을 단순한 심상으로 제시하는 것은 어떤 방식으로서의 '언어적 수행修行 과정'으로 느껴진다.

　시 「시금치밭」은 하나의 풍경을 제시하는 것으로 시작한다. 성환 고등학교 소사 아저씨가 인분을 퍼와서 뿌리는 시금치 밭. 시금치 밭은 화자의 마음 밭으로 전이되면서 정서적 파문을 준비한다. "네 생각"으로

"몇 번이나 갈아엎"은 화자의 마음밭은 끝없이 인분을 뿌렸지만 "겨울 시금치밭"처럼 인분 냄새 하나 풍기지 않는다.

> 잠든 아이를 업고 나온 할머니
> 대문 앞을 서성이고 대추꽃이
> 허옇게 핀 대문 앞은 울렁인다
>
> 뒤로 돌려 손가락 깍지 낀 할머니
> 팔 그네 위에 앉아 잠이 든 아이
>
> 대문 앞까지 찾아와
> 환하게 바닥에 깔린
> 햇볕 위에서 할머니
> 느린 스텝을 밟는다
>
> 길쭉하게 늘어난 그림자
> 콘크리트 바닥 전봇대 담벼락에
> 끌리고 꺾이고 부딪히며
> 할머니를 따라 돌아간다
>
> ─「대문 앞」전문

　대문 앞에 잠든 아이를 업고 서성이는 할머니, 허옇게 대추꽃이 핀 대문 앞에 할머니는 햇볕을 받으며 아이를 추스른다. 잠 든 아이를 뒤로 돌려 손가락 깍지를 끼고 할머니는 느린 스텝을 밟는다. 다만 길쭉하게 늘어난 그림자만이 전봇대 담벼락에 "끌리고 꺾이고 부딪히"고 있는 것.

할머니가 잠든 아이를 업고 있는 실제는 다시 그것이 콘크리트 바닥 전봇대 담벼락에 꺾이고 있는 그림자의 일렁임을 통해 내면에 투사된다. 길쭉하게 늘어난 할머니의 그림자는 어김없이 바닥에 끌리면서 부딪히면서 할머니에게로 돌아가고 있다. 범속한 인간존재의 일상, 고단하고 피곤한 한 풍경은 이윤학의 시 안에서 다시 그 내면의 깊이로 도드라진다. 스산하고 쓸쓸하게 고즈넉한 한 내면을 드러낸다.

하여 이윤학의 시는 담백하다. 맑은 사물 그 자체의 존재적 현시로 나타난다. 이미지는 단단하고 심상은 맑다. 불투명함을 버리고 마음의 명경 속에 비치는 사물을 통해 뭉클한 파문을 이끌어낸다.

> 주먹을 불끈 쥐고
> 기침을 시작하는 아버지.
> 금 캐러 광산에 다닌 아버지.
> 돌가루 쌓아놓고 사는 아버지.
>
> 새벽 4시를 알리는
> 아버지의 기침 소리.
> 뭉텅이별이 쏟아지는
> 아버지의 기침 소리.
>
> ―「기침」 중에서

묘사적 태도는 감정적 표피를 배제하는 대신 표면적 존재 속에 감추어진 존재의 심리적 삶을 드러낸다. 심정적 부분을 철저하게 거세할 때 오히려 존재에 대한 연민이 조심스럽게 솟아나온다.

아버지는 "주먹을 불끈 쥐고/기침을 시작" 한다. 아버지는 금 캐러 광산을 다녔다. 돌가루 쌓아놓고 사셨다. 아버지는 새벽 4시만 되면 뭉텅이 별 같은 기침을 쏟아내신다. 아버지는 지금도 경운기를 몰고 풀 깎으러 나간다. 아버지의 허리에는 넥타이 끈이 허리띠처럼 졸라매져 있다. 시인은 어떤 연민도 드러내지 않는다. 다만 시로 하여금 말하게 한다. 어떤 진술적 의미도 제거한다. 그렇게 함으로써 사물이 스스로 사물 그 자체의 삶을 살게 한다. 시의 내부는 결국 시적 대상이 스스로 말하고 움직이고 울게 함으로써 완성된다. 어떤 설명도 제거될 때 비로소 사물은 스스로의 이미지를 만들고 시적 상징을 일깨운다.

시는 그러니까 침묵함으로써 말을 하는 것이고 부재함으로써 존재를 드러내는 것이라는 사실을, 거대한 가시可視의 세계 속에 실은 불가시의 꿈과 이미지와 서글픔이 담겨 있다는 사실을, 이윤학은 말하려 한 것일까. 이와 같은 절제된 편린은 도덕적 억압에 가까울 만큼의 언어에 대한 염결성, 결벽적일 만큼의 자기 은폐를 통해 성취되는 것이다.

  험상궂은 중년 남자
  잠든 아이를 품에 안고 있다
  어디론가 휴대폰을 걸고 있다

  왼손은
  아이의 등을 토닥거리고 있다
  무릎을 굽혔다 폈다 하고 있다
  아이의 잠을 부추기고 있다

  ― 「남부터미널」 전문

도시의 진창은 시외버스터미널에서 시작되고 있는지도 모른다. 시인의 삶에 대한 직관은 끈질긴 응시의 힘으로써 이루어진다. 시인은 도시적 삶의 밑바닥인 시외버스터미널에서 한 사내를 바라보고 있다. 험상궂게 생긴 사내는 잠든 아이를 품에 안고 있다. 아이는 버려진 아이일 수도 있고 아니면 아이의 아버지가 사내일지도 모른다. 시인은 어떤 정보와 전후의 사정도 배제한 채 즉물적인 정황과 풍경만을 제시한다. 사내는 잠든 아이를 안은 채 한 손으로 핸드폰 통화를 하고 한 손으로 아이를 재우면서 양 다리를 접었다 폈다 하는 것이다.

안절부절, 정신적 낙망함이란. 사내는 잠든 아이를 어쩌지도 못하고 시외버스터미널에서 떠나지도 못하고 머물지도 못한 채 누군가에게 다급하게 전화를 하고 있다. 아이의 평화로운 얼굴이 험상궂은 사내를 천사로 만들어 버린 것인지 사내의 품안에는 아이의 평화로운 잠이 활짝 피어 있다. 대체 젖어미는 어디로 간 것일까. 터미널 대합실 창 밖에는 펄펄 진눈깨비가 내리고 있는데…….

세상의 혼탁에 맞서는 심상을 찾는 것에 어떤 신비로운 은유와 상징들을 찾아낼 수도 있을 것이다. 그것들은 흔히 시인의 보석으로 여겨지기도 했다. 그러나 이윤학은 오히려 사물에 대한 철저한 묘사와 재현으로 단단한 사물 그 자체의 명징성을 보여주고자 한다. 그것이 현실에 대한 지속적인 현재적 지각을 가능하게 하는 것인지도 모른다. 주관적 편견과 인지판단을 급속하게 중단한 채 독자들을 현상학적 관찰 속으로 뛰어들게 하는 것. 오히려 역설적인 사물의 '자연스러움'이다. 지극히 있는 그대로의 즉물적 대상 속에서 우리는 삶의 본질적인 운명들, 서글픔이나 스산함, 회한의 유적들을 찾아내게 되는 것이다. 응시의 힘이란 곧 관조 속에서 오는 어떤 보이지 않는 깨달음으로의 여정이라는 것을, 도덕적 유교적 억제가 실은 커다란 정서적 울림의 진동을 내포하고 있다는 사실을, 그 파문의 일렁임이 사물이 내부에 품고 있는 운명적 그림자라는 사실을 이윤학 시는 보여준다.

세상 이탈의 한 틈새

— 조용미, 전동균, 천양희

예술의 충동은 결국 한계 지어진 존재를 넘어서려는 존재 이행 과정이라 할 수 있다. 이 세상 너머의 것에 대한 열망, 초월에 대한 추동이다. 가시태의 세계 안에 감춰진 깊이를 들여다보려는 자의 시선, 표상의 체계 안에 숨겨진 피안을 향해 열린 '심연'에 대한 예감. 시인은 저 너머 멀리 있는 것으로 이행해가기를 원한다. 사실 초월은 내면이 시키는 고유의 필연적 순서에 따라 스스로를 펼쳐가는 존재론적 운동이다. 그것은 우리에게 개관할 수 있는 총체로 나타나는 것이 아니다. 시선 저 너머로 끊임없이 물러서는 소실점을 지닌 무한으로 나타난다. 시인은 자신의 내밀한 가능성을 통해 '자신의 본연本然인 저 머나먼 곳으로 에워싸여 있는 존재의 상황'을 회복한다. 삶의 깊이에 대한 느낌을 일깨우려 한다.

1980년대 전위의 시대를 살 때 시인들은 '지금 이곳'의 환멸을 시적 상상을 통해 초월하고자 하였다. 황지우가 "새들도 세상을 뜨는구나"라고 탄식했을 때 시인은 '시적인 것'의 발견을 통해 구속된 삶의 한계를 벗어나고자 하였다. 강요된 침묵에의 굴종, 정치적 죄의식 속에서 지식인들은 어떤 방식으로든 '자유'의 이미지를 떠올렸다. '새'는 '이 세상 밖' 어딘가로 떠날 수 있는 자의 전형적 상징이 되었다. 영화 〈세상 밖으로〉(여균동 1994)는 현실체제에 순응할 수 없는 자(범법자, 창녀, 지체아)들의 이탈과 비애를 담고 있다. 한국 가요 〈고래사냥〉에서 '고래'는 바다 깊은 곳에 숨겨져 있는 은밀하게 은폐된 저 비의적인 것의 상징이다. 비가시적인 것을 향해 아득한 공간을 열고자 하는 시인은 보이는 것 너머의 내면의 심층으로 내려가고자 하는 것이다.

1980년대를 넘어 시인들은 정치성 부재의 혐의를 벗어났지만 여전히 '속俗된 일상'의 지리멸렬함에 시달렸다. 근대의 정신은 원래 자율적 주체의식을 주면서 동시에 세계와 불연속적 단절감을 던져준다. 급속한 과학기술과 매체변화, 숨겨진 욕망의 발현, 대중문화의 위상변화에 따른 본격문학의 존립위기 등 한국문학은 포스트모더니즘이라는 일련의 수입된 이론과 물결의 세례 속에 놓여 있었다. 그러나 무엇보다 중요한 것은 자연과 삶의 일체성을 급격하게 잃어버리게 되었다는 사실이다. 예술의 충동은 인간의 근원적인 충동일진데, 창조적인 기쁨으로 진리와의 조화를 실현해 보려는 충동일진데, 작금의 문학은 재현과 체험의 영역을 잃어버린 셈이다. 자연은 철저하게 인공화 되어가고 체험의 영역 밖의 것이 되었다. 자연은 스크린이나 사진 상으로 존재한다. 자연은 오랫동안 문학의 소재였고 대상이었고 주제였다. 자연의 후퇴는 삶에 대한 유기적 일체성의 감각을 손상시키는 결과를 낳았다. 공간의 인공화, 이질화, 소외 속에서 생태주의, 정신주의, 신서정의 화두가 불거졌지만 과연 지금, 이곳 현대시에서 자연의 복원이란 것이 어떤 의미를 지니는 것인지에 대하여 숙고해 볼 필요가 있다. 무위적 자연과의 합일과 향유가 가능한 것인지. 이를테면 인공물로 체험되는 자연의 경험 공간에서 현대인에게 문학에서 구현되는 자연이 얼마만큼 체험적 일체와 교감을 일으킬 수 있는 것인지. 사람과 세계와의 이질화가 결국 주체적 시간의 손상을 가져온 것은 아닌지.

삶을 파편화로 몰아가는 근대의 논리가 이미 현대인에게 끝없이 낭만적 초월과 이탈의 꿈을 던져주고 있는 지도 모른다. 탈근대 문명론으로 이어지는 예술적 유토피아를 낳는 것인지도 모른다. 디지털 시대에 신화적 상상력에 대한 광적인 열광, 테크놀로지와 주술성의 결합, 토템과 원시성의 부활 등을 주목해 볼 수 있다. 예술적 유토피아는 모더니즘 문명의 시원에서 잊혀진 총체적 형태의 사유 경험으로 되돌아가면서 모더니즘 이후의 문명과 자연을 구상하고 있다.

시인은 의식 너머 감추어진 깊이, 보이는 사물들 너머에 있는 것을 바라본다. 동양학에서 예로부터 표면적인 것에는 진리가 나타나지 않는다고 생각했다. 진리는 보이지 않고 숨겨져 있는 것이며 침묵하고 있다고 생각했다. 보이지는 않지만 그것이 어딘가에 숨겨져 있다고 믿는 믿음, 그것에 가 닿고자 하는 추구가 결국 초월에 대한 끝없는 시적 추구로 이어지게 한다. 이를테면 어둠에 쌓인 그 안쪽을 들여다보고 싶어하는 것, 모래바람이 부는 텅 빈 사막에도 어딘가 종교적 구원이 숨겨져 있다는 징후, 하여 고독과 기원祈願은 초월의 운동 안에서 같이 움직이며 회귀하는 변증법적 존재운동이다.

천년수에서 어둑한 대숲터널 저쪽을 통과하는 자만이 탁 트인 하늘 높은 산중턱의 암봉과 옛절터에 우뚝 솟은 오층석탑을 볼 수 있다 대숲터널을 지나쳐버리고 나면 오층석탑을 보는데 다음 생까지 천년이 더 걸릴 수도 있다

만일암터에서 천년수까지는 천리길이다. 천산북로를 거기서 보았다고
하면 당신은 내 마음을 탓할 것인가 천산북로나 명사산을 만일암터의 대
숲터널에서 본다는 것, 끝이 보일 듯 짧고 어둑한 저 초록터널은 빛과 모래
의 입구, 시간과 죽음의 출구

— 조용미 「만일암터」 전문

시인은 대나무가 숲을 이루고 터널을 이루는 만일암터에 와 있다. 그
곳은 "대숲으로 둘러" 쌓여 있고 바람소리만이 댓잎소리를 쓸고 간다.
오층석탑과 천년수 사이에 "짧은 시누대 터널"은 "한 사람이 겨우 지나
갈 수 있을 만큼 좁고 빽빽하고 어둑하다". 시인은 "어둑한 대숲터널 저
쪽을 통과하는 자만이 탁 트인 하늘" 암봉과 "오층석탑"을 볼 수 있다고
말한다. 시인은 순간, 좁고 어두운 대숲터널에서 죽음과 삶, 불가와 속세
의 길을 흘긋 훔쳐보고 만다. 허나 "한 사람이 겨우 지나갈 수 있을 만큼
좁고 빽빽하고 어둑"한 길, 대숲 초록 터널, 그 너머의 세계로 가는 데는
천년이 더 걸릴지도 모른다. 불교의 교리를 전하던 실크로드, 오아시스
와 사막이 있던 멀고도 먼 저 인생의 여정이 숨겨져 있는지도 모른다. 시
인은 끝이 보일 듯 짧고 어두운 대숲터널의 끝에서 "빛과 모래의 입구,
시간과 죽음의 출구"를 본다.

시인은 '그 너머의 세계'를 흘긋거리면서 존재의 연속성을 생각하고
있다. 거대한 존재 밖 세계와 자기 존재가 대응을 하고 있다고 느낀다.
생과 죽음이 공존하는 내적 순간의 일치를 만끽한다. "시간과 죽음의 출
구", 시인은 시간-공간-의식이 하나의 점 위에서 일치되는 그 입구를 바
라보고 있다. 시간의 지속은 순간적으로 중지된다. 섬광의 순간, 시인의
눈에는 일련의 계시啓示처럼 "천산북로", "명사산"의 사막과 무수한 시
간의 퇴적물이 펼쳐졌으니, 시인은 이미 '형이상학적 간지러움' 속에

놓여 있다.

녹음이 하도 좋아
차를 세웠다

초평지 큰 섬 앞이라 했다

막막한 물 건너
섬에 가서야
비로소 숨을 내쉬듯 이마를 높이 들고
숨겨둔 제 숨결과 살결을
환히 드러내는,

연두와 초록이 반반씩 섞여 물결치는
오후 두 시의 녹음을
한참 바라보자니

어디선가, 혹
자욱한 피 비린내가 끼쳐왔다

마흔 넘어서
눈이 새까만 계집아이 둘 옆에 누이고서도
출가의 꿈을 꾸며
몸 뒤척이는
몹쓸 날들

큰 섬 옆 막막한 물을 건너 국도변에 녹음이 좋다. 시인은 차를 세워 "숨겨둔 제 숨결과 살결을/환히 드러내는,//연두와 초록" 오후 두 시의 녹음을 "한참 바라" 본다. 바슐라르는 나무의 녹음을 초록으로 타오르는 불꽃이라 했던가. 오후 두 시의 녹음은 연두과 초록이 섞인, 진하고 연한 것(삶의 무거움과 가벼움)이 적당하게 섞인 삶의 풍경을 드러낸다. 시인은 어디선가 "혹, 자욱한 피비린내"가 끼쳤다고 말한다. 섬 갯벌에서 풍겨오는 것일까. 오후 두 시 햇빛 아래에서 뿜어낸 녹음의 광기였을까. 순간적으로 장대한 자연의 리듬 속에서 생의 비릿한 현실감, 혹은 진한 생의 내적이고 신비한 원천을 느낀다. 순간적인 어지러움증, 시인은 이탈의 꿈을 다시 한번 기억해낸다. 시인은 마흔이 넘어서도, 눈이 새까만 딸아이 둘을 두고서도 "출가出家"의 꿈을 꾼다고 말한다. 허무한 지속 속에서 순간적으로 "혹" 하고 끼치는 현실이탈의 잠재, '지금 이곳'에 잘못 살고 있다는 견딜 수 없는 고독감은 변칙적이고 갑작스런 생의 탄성彈性처럼 존재를 들썩이게 한다. 딸 아이를 두고도 "출가의 꿈을 꾸며/몸"을 뒤척이는 몹쓸 날들. 인간은 '잃어버린 시간'을 기억해내는 순간 뻐근한 아픔을 느낀다.

국도변 녹음 좋은 곳에 차를 세워두고 문득 느끼는 생의 숨결과 동시에 회한이라니. 기억의 변주와 시간의 고뇌라니. 몹쓸 것이라고 꿈을 탓하며 몸을 뒤척이는 쓸쓸한 청승이라니. 전동균은 풍성한 초록의 시간 속에 순간적 고독을 기억해 낸다. 잠재워 두었던 도피의 '피냄새'를 맡으며 이탈의 기미를 노래한다. 시인은 언제나 이방인처럼 이 생을 떠돌고 있는 것이다.

물결이 먼저 강을 깨운다 물보라 놀라 뛰어오르고
물 소리 몰래 퍼져나간다 퍼지는 저것이 파문일까
파문 일으키듯 물떼새들 왁자지껄 날아오른다

오르고 또 올라도 하늘 밑이다
몇번이나 강 너머 하늘을 본다
하늘 끝 새를 본다
그걸 오래 바라보다
나는 그만 한 사람을 용서하고 말았다
용서한다고 강물이 거슬러 오르겠느냐
강둑에 우두커니 서 있으니 발끝이 들린다
내가 마치 외다리로 서서
몇시간 꼼짝 않는 목이 긴 새 같다
혼자서 감당하는 자의 엄격함이 저런 것일까

물새도 제 발자국 찍으며 운다
발자국, 발의 자국을 지우며 난다

— 천양희 「목이 긴 새」 전문

천양희 시인은 삶의 고적함을 고고한 외로움과 기품으로 품격화해 온
시인이다. 시인은 강을 깨우는 "물결"을 보고 있다. "물소리" 번져가며
이는 "파문"을 본다. 물새가 날아오르자 시인은 하늘 끝 새를 오래 지켜
본다. 새는 날아 올라도 하늘 밑이다. 그리고 세상에는 날개없는 것이 너
무 많다고 생각한다. 순간 시인은 "그만 한 사람을 용서하고" 만다. 강물
과 새와 하늘이 시인을 순간적으로 일깨운 것일까. 시인은 울음을 터뜨

리듯 한 사람을 용서한다. 마음의 엉켜 있던 새 떼를 날려 보낸다. 그러나 다시 시인은 용서한다고 시간과 생을 거슬러갈 수는 없다고 번복한다. 시인은 다만 강둑에 우두커니 "외다리"를 하고 선 목이 긴 물새의 기분이다. 시인은 몇 시간이고 꼼짝없이 서서 지속의 고단한 시간을 견디는 물새를 생각한다. 목이 긴 새가 가지는 고독의 품격, "혼자서 감당하는 자의 엄격함"을 생각한다. 하늘 밑에 날개없는 것이 너무 많다는 것, 이곳을 벗어나기에 적당한 날개가 없다는 것, 하여 물새도 이 땅에 "제 발자국" 찍으며 울 수밖에 없다. 그러나 물새는 다시 이 세상의 흔적을 지우듯, 이 세상을 영 떠날 듯 제 발자국을 지우며 다시 세상을 난다. 세상을 뜬다. 시인은 하늘을 향해 목을 길게 뽑고 다만 비루한 세상을 외다리로 견디는 귀족적 금욕과 염결성을 보여준다.

1980년대 황지우의 물새 떼는 천양희 시에 와서 혼자 생을 감당해야 하는 자의 고고한 엄격함을 드러냈으니 세상 이탈과 초월의 꿈은 훨씬 견고한 시적 혼으로 나타난 셈이다. 천양희의 시는 제 발자국을 찍으며 울고 다시 제 발자국을 지우며 날아가는 물새의 외마디 울음소리를 낸다. 천양희 시는 이탈의 꿈을 견딤과 자기엄격의 절창으로 뽑어낸다.

사는 것은 무상할 뿐이다. 결국 존재를 허무라는 적극적인 친근감 위에 기초하게 한다.(하여 우리는 이 세계를 벗어나고 싶은, 깊은 구렁과 같은 초월에 매력을 느낀다. 그것은 지금 이곳 너머 심연, 우주적 연금술에 의해 이 세상 다른 곳으로 갈 수 있다는 현기증이며 공포다.) 시인은 지속의 기나긴 삶의 시간 속에서 순간의 섬광으로 예술적 초월의 한 지대를 힐끗glance 본 자다. 존재의 의식과 감각으로 그 자유로운 확산과 확장으로 미끄러지려는 자다.

1990년대 이념의 시대가 끝났을 때 한국 현대시는 이와 같은 형이상학적 체험으로서 본질에 대한 탐구를 문명 현실에 대한 전략으로 담론

화해왔다. 문학은 본래부터 설명하는 논리가 아니라 공감하고 이해하는 상상력인지라 통상적인 언어의 공리계산이 아니라 시적 언어의 암시와 침묵으로써 초월의 지대를 드러낸다. 사실 선시적 풍모를 지닌 시 혹은 선취시仙趣詩가 지니는 문학적 신비주의는 비판적 성찰이 필요하다. 그러나 분명한 것은 예술작품이 일상을 뛰어넘게 하는 초월의 한 지대를 드러내는 방식이란 점이며 본질적 신비를 통해 주체의 무한한 창조적 유동성과 우주적 감응을 드러낸다는 점이다. 결국 생을 가능하게 하는 가장 큰 바탕 또는 지평은 '불가사의한 것' 일 수밖에 없다. 그런 점에서 현대시에서 초월의 문제는 도피나 이탈이라기보다 근원적 생으로의 회귀(생 밖으로 나가는 것이 아니라 오히려 생의 깊이 안쪽으로 들어오는) 운동이다.

다만 구체적 현실에 대하여 일찍 눈 감아 버리는 현대시의 '조로' 에 대하여 나는 매우 비관적이다. 정지용 문학상과 소월 문학상이 뿜어내는 전통 서정의 아이콘이 자연생태적 선적 불가적 상상력을 의식적으로 유행적으로 유포하는 것은 아닌지, 형이상학적 종교적 신비에 스스로 서정의 몸을 묻어버리는 것은 아닌지 성찰해 보아야 할 것이다.

낭만적 호명

— 마종기, 정일근, 최영철

1. 누군가를 부른다는 것은 – 마종기 『우리는 서로 부르고 있는 것일까』

　　누군가를 부른다는 것은 무엇을 말하는 것일까. 새벽 공기들은 숲과 어떻게 만나는 것인가. 나무들은 서로를 부르기 위해 몇 걸음씩 서로 물러서 있는 것일까. 이름이란 세상에 자신을 등기하는 전표 같은 것이지만 이름이 불리어질 때 우리는 풀잎처럼 바스락 떨게 되고 만다. 이름이 불리어질 때 우리는 풀의 끝에 꽃이 솟아나는 것을 보게 될지도 모른다. 살아있는 것들은 서로를 부르며 날개를 찢고 서로를 부르며 울고 있다.

　　마종기는 1959년 등단 이후 척박한 현실의 어둠을 따뜻한 서정의 화법으로 보여준 시인이다. 마종기 시는 현실과 비현실 사이를 신비한 파동으로 이어주는 독특한 서정을 선사한다. 부박한 현실과 서정이 투쟁하는 과정에서 거친 현실을 어떻게 껴안아갈 것인가. 1980년대 마종기는 「안 보이는 사랑의 나라」에서 아들과 아비의 대화를 통해 질식할 것 같은 현실의 그림자를 슬픈 아름다움으로 형상화한다. 끊어질 듯 이어지고 이어질 듯하다 단절되는 이야기, 어떤 슬픈 나라의 이야기를 전해 준다. 시인은 누군가와 끝없는 교신을 원하고 있는 것이다. 시인은 너와 나의 관계 속에서 간절하게 어떤 '목소리'를 찾고 있다. 열려진 삶의 교환을 원한다.

이번 시집에서도 마종기 시의 연대기는 계속된다. 숨쉬는 것들은 서로를 부른다. 개울물은 새벽문을 열며 흘러가고 "안개의 혼들"은 기지개를 켜며 일어난다. 지난 밤의 맑은 눈(별)들은 "또 보세, 그래, 이런 거야," 하며 손 흔든다. 잠시 만나고 가는 것들은 서로의 말들을 남기고 하늘 향해 먼 길을 떠난다. 아침이 서서히 깨어날 때 아침이 두 손을 맑게 서로 씻어줄 때 시인은 처음 열리는 이 하루의 모든 시작을 '기적'이라 부른다(「기적」). 첫 문 여는 소리, 빛과 어둠은 서로 몸 바꾸며 "또 보세" 인사한다. 누군가 눈꺼풀을 닫으면 누군가 눈꺼풀을 열어올리는 법. 생의 교환은 이렇듯 서로가 서로를 부르며 이어주고 닫아주는 과정이라는 것을.

그리하여 마종기 이번 시집에서 수많은 호명이 등장한다. "야, 정말," (「가을, 아득한」), "내 파도여," (「파도의 말 2」) "네가 떠나고 난 후에야" (「땀에게」) "당신은 돌아눕고 돌아눕고 하는가" (「꿈꾸는 당신」) "어머니, 내가 생겨났습니다" (「골다공중」). 누군가를 부른다는 것은 누군가에게 내 숨결을 전해 주는 것이다. 공기의 표면을 날카롭게 가르며 허공 중에 누군가를 더듬거리는 것이다. '이름부르기', 하여 이번 시집은 교신의 시집이라 이름할 수 있으리라.

우리는 아직 서로 부르고 있는 것일까.
검은 새 한 마리 나뭇가지에 앉아
막막한 소리로 거듭 울어대면
어느 틈에 비슷한 새 한 마리 날아와
시치미 떼고 옆 가지에 앉았다.
가까이서 날개로 바람도 만들었다.

아직도 서로 부르고 있는 것일까.
그 새가 언제부턴가 오지 않았다.
아무리 이름 불러도 보이지 않는다.
한적하고 가문 밤에는 잠꼬대 되어
같은 가지에서 자기 새를 찾는 새.

　　　　　　　　　　　　　—마종기「이름 부르기」중에서

　시인은 고국을 멀리 떠나 있었다. 시인은 끝없이 저곳에서 이곳을 부르고 있었는지 모른다. 시인은 이곳과 저곳의 간격 속에서 '모국어'를 찾고 있는지도 모른다("파도들은 너나없이 모국어만 하데."「파도의 말 1」). 나뭇가지에 앉아 있는 한 마리 검은 새, "가까이서 날개로 바람도 만들"고 거듭 울며 자기 새를 찾는다. 그러나 언제부턴가 자기 새는 오지 않는다. "아무리 이름 불러도 보이지 않는다". 우리는 "이름까지 감추고 혼자가 되었다/우리는 아직 서로 부르고 있는 것일까". 이제 오지 않는 새는 너이기도 하고 또 나이기도 하다. 이름을 불러도 이름까지 모두 감추고 혼자가 되어버린. 이제 너와 내가, 그리고 나와 내 안의 내가 서로 뚜렷한 간격으로 혼자가 되었다. 시인은 익명의 누군가를 부르는 것으로 소통을 간절히 원한다.

떨리면서 동시에 안심시키는 목소리, 누군가를 부르는 목소리는 결국 기도다. 기도는 자신을 향해 되돌아오며 집중하는 인격에 다름 아니다. 이 구체적인 육체로서의 호명, 시인은 목소리를 찾는 것으로 방황하는 하늘 속에서의 공허를 멈추고 싶다.

그만큼 삶은 누군가를 떠나보내는 별리의 과정이기에 마종기 시에서 그 누군가는 "떠나고 있고" 그 떠남 이후에야 서늘함은 오한으로 기억된다. ("네가 떠나고 난 후에야/내게도 땀이 있었다는 것/어렴풋한 오한으로 기억한다." 「땀에게」 "바람까지 들락거리는 큰길 사이로/먼 데 어디 날아가실 준비까지 하시는지." 「골다공중」 "잠시의 전망이 되었다가 우리를 떠난다." 「아침 바다」)

부재하는 누군가를 간절히 부를 때, 그러나 그런 자신마저 서서히 꺼져가며 떠나야할 때 시인은 비로소 고즈넉한 자신의 저녁을 맞게 될지도 모른다. 이번 시집에서 일관되게 나오는 4음보격은 생의 무상한 이름 없는 슬픔을 고통스럽지만 선연하게 받아들이는 우리 운명에 대한 음률인 셈이다.

눈 오는/오후에/두 달 된/손녀를 안고
어두워가는/창밖을/넋 놓은 채/보고 있다.
세상은/갈수록/눈에 젖어서/희미한데
아기는/두 눈 뜨고/물끄러미/올려본다.

아들 집에서/내가/도와줄 수/있는 일은
종일 왔다 갔다/손녀를/돌보아주는/것뿐,
책 한 줄/못 읽고/산책 잠시도/못한 채
안고 있는/손녀의 귀에/대고/중얼거린다.

엊그제는/가까웠던/친구가/갑자기 죽어서

이 할아버지는

며칠째

울적하기만

하구나.

— 마종기 「손녀를 안고」 중에서

『우리는 서로 부르고 있는 것일까』에 대부분의 시들은 4음보격을 이루고 있다. 「손녀를 안고」에서 할아버지는 어린 손녀를 안고 둥실둥실 왔다갔다 한다. 종일 아이를 안고 왔다갔다 반복의 리듬은 4음보격의 안정된 평안을 찾고 있다. '세상에 갓 태어난 아이/ 엊그제 죽은 가까운 친구' 는 '생/죽음' 의 극단적 대조를 이루면서 '물끄러미 올려다보는 아기의 두 눈/눈을 감은 죽은 친구' 의 대립으로 이어진다. 시인은 하루종일 손녀를 안고 지내며 비로소 깨닫는다. "한평생 사는 것이 전연 복잡한 게 아니라는 것을". 시간을 뚫고 지나가기 위해 만들던 무수한 생의 의미와 변명들, "한 세월 멀고 어려운 곳만 헤매 다"닌 것에 대한 회한을 되집어보며 시인은 온전한 내부의 한 가운데로 돌아온다. 어느새 눈이 그치고 저녁 건넛집 불빛이 따뜻할 때 생은 간절하게 누군가를 갈망하며 자는 죽음같은 낮잠이라는 것을 알게 된다. 조용하게 4음보의 리듬(왔다갔다 하는)으로 흔들리며 그 운명의 리듬 속에 미끄러지는 '순연한 헌사' 라는 것을 알게 된다.

　마종기 시는 손쉽게 초월의 탈속으로 가지도 그렇다고 비속한 세상에 투정어린 비난을 해대지도 않는다. 우리가 마종기 시를 아름답게 읽는 것은 이쪽과 저쪽 사이에서, 끝없이 서로를 부르는 긴장과 경련의 떨림 사이에서, 반쯤은 깨어있고 반쯤은 잠자는 듯한 생과 죽음 사이에서의 갈망이 팽팽하게 서정의 시간을 당기고 있기 때문이다.

2. 푸른 대지의 거대한 소화력 – 정일근 『착하게 낡은 것의 영혼』

오늘의 서정시가 자연친화적 세계를 보여주는 것은 무엇보다 잃어버린 것들에 대한 근원적이고 심미적 체험을 회복하기 위해서다. 전자매체는 내재적인 특성상 사유를 깊게 하는 것을 방해한다. 빠르고 순간적인 영상의 스침들은 감각적 이미지들로 가득하지만 정작 '물리적 감각'을 오히려 마비시킨다는 사실. 오히려 과잉된 정보와 정보 포만의 시대에 올바른 시비는 불분명해지고 세상에 대한 체험의 감각은 사라지게 되었다. 사이버 공간에서 시각으로 만지고 냄새맡게 되었다. 생태주의적 상상력 속에서 시인들이 끝없이 부추기며 추동하고자 하는 것은 기술주의의 논리 속에서 잃어버린 '자연' 에 대한 감각, 생태주의적 순환고리의 과정으로서 인간적 삶에 대한 겸허한 인정이다. 현대인들이 경험하는 자연들은 모두 인공화되어 버렸다. '동물의 세계' 와 '식물의 세계' 는 스크린으로 경험되는 간접체험의 이미지들이다. 모든 자연물들은 '개발' 되고 '인공화' 되어 실제 현대인들이 경험하는 '자연' 이란 것은 '자연' 으로 '개발' 해 놓은 '제품들' 이다.

정일근 시인이 지속적으로 주목하는 '자연물' 에 대한 관심은 자연주의적 감각, 시원始原의 직관, 조화롭고 건강한 삶에 대한 회복과 관계한다. 그러나 그의 시집 『착하게 낡은 것의 영혼』이 여타의 다른 생태주의 시집과 구분되는 점은 사물에 대한 시인의 공경심, 생명 있는 것에 대한 거룩한 유대감에 있다. 그것은 한마디로 '따듯함' 일 터이고 삼라만상과의 '교신' 일 터이다.

자운영은 꽃이 만발했을 때 갈아엎는다
붉은 꽃이며 푸른 잎 싹쓸이하여 땅에 묻는다
저걸 어쩌나 저걸 어쩌나, 당신은 탄식하여도
그건 농부의 야만이 아니라 꽃의 자비다
꽃 피워 꿀벌에게 모두 공양하고
가장 아름다운 시간에 자운영은 땅에 묻혀
땅의 향기롭고 부드러운 연인이 된다
자운영을 녹비라고 부른다는 것
나는 은현리 농부에게서 배웠다, 녹비
나는 아름다운 말 하나를 꽃에게 배웠다
꽃을 묻은 그 땅 위에 지금 푸른 벼가 자라고 있다
　　　　　　　　　　　　　—정일근 「녹비綠肥」 전문

　일찍이 꽃은 많은 시인에게 전통적인 시적 소재거리였다. 꽃은 대지
가 품고 있던 뜨거운 용암의 혀바닥이기도 하고 숨겨놓은 음란한 성기性
器이기도 하다. 꽃은 신앙이고 ("겨울 속에서 봄을 보려면/신도 경건하
게 무릎 꿇어야 하리라" 「봄까치꽃」), 아궁이 같은 기적이며 ("민들레꽃
속에 무슨 보일러 돌고 있는지 몰라/꽃 속에 어떤 아궁이 있는지 몰라/
오늘 은현리에서 가장 뜨거운 방은 노란 민들레꽃 속에 있다" 「꽃, 가장
뜨거운」), 몸 속에 숨겨둔 악기인지도 모른다("상추 새싹들은 카드섹션
하는 아이들처럼 동시에 연초록 환호성 지른다" 「봄, 인사」).
　꽃은 고통의 사치처럼 보인다. 허위의 아름다운 환영처럼 피어나기도
한다. 인생에서 가장 아름다운 한때, 시인은 은현리 마을 농부가 자운영
꽃이 가장 아름답게 피어날 때 땅을 뒤엎는 아름다운 자기희생에 대하

여 노래한다. "가장 아름다운 시간에 자운영은 땅에 묻혀/땅의 향기롭고 부드러운 연인이 된다". 시인은 농부에게서 자운영을 '녹비'라 부른다는 것을 배운다. 녹비, 푸른 비료, 자운영은 가장 아름다운 그때에 푸른 대지의 거대한 소화력 속에 몸을 던진다.

정일근 시인의 자연에 대한 경배, 공경은 소박하고 단순한 귀거래사의 낡은 관습을 보여주는지도 모른다. 그러나 복잡한 현실의 시스템과 지식 정보의 잉여들 속에 삶에 대한 냉소적 습관, 일상의 타성으로 조로해져 있다면 가장 단순함으로 돌아갈 필요도 있는 법이다. '단순함', 이해타산의 복잡한 게임 법칙에서 물러날 필요가 있는 것이다. 그렇게 될 때 우리 삶의 보편적인 문제에 대한 문제제기가 실감으로 느껴질 수 있다. 사물과 물질에 대한 실제적 감각을 회복할 수 있다.

> 냄비밥 해 먹어 본 사람은 안다
> 쌀을 물에 불리는 중용中庸의 도道부터
> 냄비에서 밥물 끓는 찰나의 미학美學을
> 긴장 놓치지 않고 기다릴 때까지의 집중이란
> 이건 물과 불과 시간을 아는 일이며
> 이건 마음을 아는 일이라는 것을
>
> —정일근 「냄비밥을 하면서」 중에서

시인은 냄비밥을 해 먹은 본 사람은 "세상만사의 화해"를 안다고 말한다. 밥 한 그릇이 공양임을 안다고 말한다. 불길의 마음을 알아 불의 세기를 조종하며 냄비 속 물을 넘치지 않게, "불을 다치지 않게" "쌀과 불과 물"의 평화로운 화해가 이루어질 때 냄비밥은 완성된다. 긴장을 놓치지 않고 "기다릴 때까지의 집중", 이것이 '마음을 아는 일' 마음을 다스리는 일이다. 사물에 대한 깊은 존중심이라 할 수 있다. 모든 살아 있는 것들, 세상에 놓여 있는 사물에 대한 생생한 느낌, 연대감에 대한 기억이라 할 수 있다. 이를테면 "돌아가고 싶은 오래된 미래에서 온/고래의 손 잡고 안부 묻고 싶"어한다거나(「고래의 손」), "큰비 오는 밤에 (중략) 경주 이씨 할머니처럼/나는 두 손 싹싹 비비며"(「큰비 오는 밤에 용서를 빈다」) 용서를 구하기도 한다. 살아있는 것들이 모두 연결되어 있다는 공동체적 의식, 순수한 자연 앞에서 속죄와 공양과 연대의 과정은 자연의 도를 찾아가는 제의 과정과 닮아 있다. 정일근의 시집은 '소박함' 과 '단순함' 이 현대인들에게 삶을 삶답게 하는 또 다른 윤리이며 새롭게 받아들여야 할 '감각' 임을 전수한다. 시인은 샤만처럼 노래한다. 인정스럽게 따듯하다.

3. 섬뜩한 문명의 비만 – 최영철 『호루라기』

최영철 시인은 도시적 일상에 음험하게 숨어있는 죽음의 흔적들 혹은 그 폐허에 대한 관찰에 몰두해 왔다. 도시현실에 대한 신랄한 관찰과 풍자는 실은 세계현실에 대한 치열한 개입과 역사성을 묻는 질문적 태도에서 비롯된다. 시인은 "뜨거웠던 한 시절에 대해/숨막히도록 활활 타오른 그날에 대해" 묻고 싶고 "가슴이 한꺼번에 막히도록 뜨거운 고함을 내지르"(「연탄」)고 싶다. 그것은 이념이나 혹은 신념의 이름으로 신명을 다하던 시절에 대한 회억이기도 하다. 회한은 우리의 욕망을 끝없이 소비 생산하고자 하는 자본 상품, 육체를 관리하고 재구성하고자 하는 일상의 반복에 대한 조롱과 야유로 전화한다.

꽉꽉한 시절 다 보내고 뒤늦게 운동권이 되어
한 시절 운동권이었던 운동권들의 고뇌를 생각느니
오직 한 가지 저지선 뚫고 전단 뿌리고
화염병 던지며 백골단 피해 허겁지겁 달리던 그때처럼
나는 지금 과다한 목표 앞에 땀 흘리며
젖 먹던 힘까지 다 짜내 달리고 있다
이렇게 뛰면 못 넘어설 게 없다며 주먹 불끈 쥐고
이렇게만 가면 세상 거머쥐지 못할 게 하나도 없다며
겁 없이 겁 없이 나아가다 기진맥진 엎어지고 뒷덜미 잡혀
죽을힘으로 내뺐을 그때의 운동권들을 생각하고 있다
                 ― 최영철 「어느 날 나도 운동권이 되어」 중에서

　　1980년대 화염병을 던지고 백골단을 피해 도망치듯 골목으로 달아나
던 좌파 운동권은 오늘날 헬스장에서 기진맥진 러닝머신을 타는 현대인
으로 바뀌어 있다. 체제에 저항하는 학생 운동권은 소비자본주의 하 균
질하게 관리되는 육체의 시스템 안으로 들어오게 된다. 탈 것들이 생기
고부터 사람들은 소화불량에 걸리고 당뇨에 시달리게 되었다. 욕망은
과잉으로 넘쳐흘러 음식 쓰레기가 산을 이룰 정도가 되었다. 하지만 사
람들은 여전히 욕망의 결핍에 시달린다. 과잉 자체가 곧 결핍이 된 시대
를 살아간다. 효용가치 없는 잉여의 살집을 제거하기 위해 일상은 신체
관리의 정교한 시스템에 의해 철저하게 관리된다. "죽을 힘을 다해 러닝
머신의 속도에 적응해야 하는 비만한 일상"(황국명 「상심한 세계의 버
마제비」)일 뿐이다. 백골단에게 덜미를 잡히면 큰일이 나기에 "젖 먹던
힘을 다 짜내 달리"는 그 힘으로 이제 주먹 불끈 쥐고 "과도한 목표 앞
에"서 땀을 흘리고 있는 것이다.

최영철의 이번 시집에서도 폭력적인 세계 현실에 날카로운 풍자와 비난을 쏟아붓고 있다. "브라운관에 재가 수북이 쌓여 있다/아무리 털어도 그대로다/바그다드 소녀 몇 윤간당했다고 전하는 신문에/아니라고 손사래를 치는 미 사령부에/재가 수북이 쌓여 있다 닦아도 닦아도/한 번 달라붙은 재는 지워지지 않는다/한 번 발사된 정충은 돌아가지 않는다"(「재의 요새」), "열여덟 엄마가 책가방을 내려놓고 공중화장실에서 너를 낳았다/열일곱 아빠가 러닝셔츠를 찢어 네 울음보를 틀어막았다/열여섯 엄마가 너를 비닐봉지에 담았다/열일곱 아빠가 네 손과 발을 책가방에 쑤셔넣었다"(「하교」). 중동에서는 여전히 전쟁 중 어린소녀에 대한 윤간이 일어나고 미군은 발뺌을 한다. 하교길에 어린 학생들은 공중화장실에서 아기를 출산하고 아기를 죽인다. 어린 엄마와 아빠들은 지금도 "재잘재잘 깔깔대며" 골목길을 지나가고 어린 태아를 공처럼 걷어차고 탯줄을 목에 감는다. 보신용 개들은 1.5톤 트럭에 실려가면서, 죽을 곳으로 끌려가면서 "막바지에 처한 자신의 생을 수락이라도 하려는 듯"한 표정으로 고개를 숙인 놈도 있고, 교미하는 놈도 있고, 침을 흘리는 놈도 있다. 최영철은 섬뜩한 문명의 현장, 죽음과 삶이 교차하고 엇갈리면서 벌어지는 폭력적 현장을 묘파해낸다. 그것은 일상처럼 흘러가는 어떤 무상한 반복의 모습이기에 더욱 끔찍한 비극성을 내장한다. 도시는 이미 누군가를 끊임없이 죽이고 있고 또 죽이는 것으로 스스로 비만해져 가고 있다.

최영철의 시에서 또 다른 한 경향은 세상을 어느 정도 살아 버린 자들의 내밀한 연정의 세계라 할 수 있다.

풀 뜯고 있는 둔덕 저쪽
나처럼 풀 뜯는 중년 아낙

나도 보고 아낙도 나를 본다
앉은걸음으로 풀 난 자리 따라가다가
서로 가까워지려는 걸음을 딴 데로 돌렸다
등 돌리고 있어도 자꾸 귀가 가렵다
홀아비로 늙고 있는 우리 집 수컷 생각
저 아낙의 토끼가 암컷이면 좋겠다고
뜬금없는 생각을 이어가다가
금방 얼굴이 붉어졌다

— 최영철 「춘정」 중에서

중년의 사내는 풀 뜯고 있던 둔덕에서 중년의 아낙과 마주친다. 아낙과 시인은 서로 보다 눈길을 돌린다. 등을 돌리고도 마음은 그리로 가 "금방 얼굴이 붉어졌다". 서로 가까워지려는 걸음을 딴 데로 돌리면서 이심전심의 마음으로 연정을 나누는 중년 사내와 아낙. 그들은 서로의 붉은 마음을 들킨다. 노년으로 넘어가기 전 사람들은 청춘의 남녀처럼 연정을 비밀스럽게 나누며 격렬하게 그들의 몸을 바꾸기 원한다. 육체의 몰락이 오기 전, 몸이 다시 열리며 개화를 꿈꾸고자 하는 법. 최영철의 시는 사내와 아낙을 적절한 거리에서, 객관화하려는 태도에서 더욱 연민과 연정의 뜨거움을 느끼게 한다. 이를테면 다음과 같은 시.

고창에서 선운사까지 두 명 타고 온 버스
두 남녀는 멀찍이 떨어져 창밖만 보았다
버스가 山門에 당도하자
앳된 소녀는 절을 등지고
후줄근한 사내는 절을 향해 걸어갔다

뒤를 한 번 돌아볼까 하다가
그 마음이 동해 눈이 딱 마주칠 것만 같아
고개를 숙인 채 종종걸음으로 갔다

— 최영철 「선운사 가는 길」 중에서

　선운사로 가는 버스에 사내와 소녀 딱 두 명이 탔다. 버스가 산문山門에 도착하자 사내는 절쪽으로 소녀는 절을 등지고 갔다. 사내는 눈이 마주칠까 뒤를 돌아보지 않았다. 사내는 선운사의 동백과 상사화를 보며 "누구나 한 번은 저렇게 푸른 날이 있는 것"이라 생각했다. "길 반대편으로 가버린 앳된 소녀를 생각했다". 시인은 선운사 붉은 꽃을 보며 푸른 잎 청춘의 때를 회감한다. 말을 걸지 못했지만 말없이 서로 돌아서 가지만 사내와 소녀 혹은 사내와 아낙은 신비하게 서로를 비껴가며 생의 고즈넉한 연민, 슬픈 위안 같은 것을 주고받는다. 최영철의 시는 김소월의 「江村」에 청노새를 끌고 가는 석양의 홀아비와 울며 스쳐가는 홀어미의 풍경을 닮아 있다. 서로의 사정은 알 수 없지만 서로를 스치고 가는 것만으로 삶의 신비한 슬픔이 전이되는 연민과 연정의 빛이 어떤 반짝임처럼 가슴에 새겨진다.

　일상세목들을 파헤치며 죽음의 징후들을 찾아내는 현실비판적 시각과 생명있는 것에 대한 연정과 연민은 얼핏 대립적인 양날 같아 보이지만 궁극적으로는 서로 만나고 있다. 도시 현실에 대한 섬뜩한 비판정신은 생명 있는 것들이 가지게 되는 지난한 운명을 지켜보는 것과 다를 바 없기에.

숭고한 쓸쓸함에 대하여

— 권대웅, 김선태

누군가 아름다울 때는 그가 제 운명과 싸우고 있을 때이다.

오이디푸스는 용맹스럽고 지략이 있는 자였다. 그는 싸움도 능했고 스핑크스를 물리칠 만큼의 꾀도 있는 자였다. 그러나 신이 내린 저주의 당사자가 바로 자신이었다는 사실을 아는 순간 치를 떨 만큼 절망감에 휘말린다. 그는 아버지를 죽이고 어머니와 결혼한, 인간이 범할 수 있는 최고의 불륜과 죄악을 저지르고 만 것이다. 그러나 오이디푸스의 비극은 여기서 끝나지 않는다. 그는 그 사실을 안 순간 스스로의 눈을 찌름으로 새로운 존재적 의미를 획득한다. 그 첫 번째는 빛의 세계에서 어둠의 세계로 들어감으로써 신이 내린 운명의 신탁에 철저하게 반항하는 인간적 저항의 극치를 보여주었다는 점, 두 번째는 눈을 찔러 자신의 모든 것을 버림으로써 아니 철저하게 밑바닥으로 떨어짐으로써 자신의 운명에서 자유로워졌다는 점이다. 우리는 기실 너무 많은 것을 가졌기 때문에 자유롭지 못한 것이다. 신에게서 버림받은 자의 유일한 희망은 운명에 대한 저항이다.

봄날 꽃이 아름다운 이유는 꽃이 만개하여 화들짝 웃고 있기 때문이 아니다. 꽃은 싸우고 있는 것이다. 이제 곧 지게 될 자신의 운명과. 운명에 대항하면서 꽃은 안간힘을 다해 피어난다. 운명과 싸우고 있다.

시인들의 진실이라는 것도 이러한 데 있다. 무의미한 세상과 싸워나가는 모습, 실존의 조건을 뛰어넘어 운명과 대결하고자 하는 안간힘, 권대웅의 시집 『조금 쓸쓸했던 생의 한때』가 우리에게 주는 안쓰러움은 바로 이와 같은 생의 안쓰러움이다. "조금" 쓸쓸하다니. 시인은 절절한 고독감을 "조금"이라는 침묵으로 누르고 있다. 시의 과정은 이러한 슬픔을 말소리의 반향으로 중화시키고 아니 도리어 증폭시키면서 삶이 주는 폭력성에 대항하고자 한다.

> 그 창문에서 저녁을 보았네
> 새들이 몰고 온 노을과 어두워가는
> 가문비나무숲을 보았네
> 디근 자 마당에 쭈그리고 앉아 쌀을 일던 어머니
> 반쯤 열린 대문 밖 삐그덕 들어오던 어둠을 보았네
> 백일홍 시든 꽃밭을 보았네
> 지게꾼처럼 무겁고도 느린 저녁
> 교회 종소리는 언제나 서쪽에서 들려오고
> 어디선가 돌아와야 할 사람 기다리는
> 빈집의 불빛들만 보았네
> 종일토록 낮은 처마 밑에 엎드려
> 우두커니 선 전봇대와 지붕 위를 건너오는 바람
> 세상의 모든 저녁들을 보았네

권대웅의 시는 전통적인 동양시의 모습을 보여준다. 즉 시의 의미 그 자체에 관여하기보다는 시적 대상물들 혹은 사물들이 일구어내는 관계의 망에 관여하고 있다. 시인은 응시하고 있다. 세상의 풍경들은 고즈넉하고 적요하다. 창문에 가까이 온 저녁, 새들이 몰고 온 노을, 가문비나무숲, 어둠 속에서 쌀을 일고 있는 어머니, 시든 백일홍과 지게꾼, 교회 종소리, 빈집의 불빛, 지붕 위를 건너오는 바람. 저녁은 수고스럽고 피곤하면서도 느리게 삶의 우수를 전해 준다. 시인은 세상의 풍경에 일정한 거리를 두고 그것을 바라보고 있다. 응시함으로써 사물에 배어나는 사물성을 전달하는 방식. 각각의 사물이 이미지를 이루면서 시적 정조를 표출한다. 권대웅 시에서 시각적 풍경이 압도적인 것은 이러한 암시적인 사물들의 병치 때문이다. 이것은 사물들끼리 연민이 스며들게 한다. 그것은 시 텍스트가 말하고자 하는 바, 그 자체보다는 작품의 행간에서 함축되어 있는 정조, 분위기에 이 시가 의존하고 있기 때문이다.

세상의 모든 것들이 어둠을 등지고 하루치의 생을 마치고 돌아오는 저녁. 저녁은 이 돌아오는 새떼와 노을, 돌아올 사람을 기다리는 빈집의 불빛과 어머니의 쌀 씻는 소리가 만나는 한 지점이다. 기다림과 회귀의 지점, 부재가 다시 현존으로 나타나는 순간, 사물들이 제각각 존재적 사유를 짊어진 채 적막으로 귀향하는 시간이다. 이 순간은 세상의 무상함을 알리는 순간이면서 동시에 그러하기에 알 수 없는 근원적 생의 연약함과 슬픔이 가득차 오르면서 충만해지는 순간이기도 하다.

그런 점에서 권대웅 시에서 시적 도약이 보이는 것은 시간의 연약성을 훌쩍 넘어서려는 시인의 의지처럼 보인다.

네 눈 속 깊은 곳에

참고 있던 맑은 눈물이 흘러서

봄날 환한 햇빛 위를 날아가네

아 눈부셔라

수정처럼 투명한 네 눈물이 햇빛과 만나는

저 슬픔이 눈부셔

새들은 그 공중을 지나가다가

그만 눈이 멀어버렸네

—권대웅 「황금여울」 전문

"참고 있던 맑은 눈물"이 하늘을 날아오른다. "봄날 환한 햇빛"과 만나면서 눈부시게 명멸하는 순간, '슬픔의 크리스탈화', '슬픔의 결정화'가 이루어진다. 슬픔이 너무 눈부셔 새들이 공중에서 눈이 멀어버린다. 이 순간이야말로 무시간의 세계와 교차하는 순간이다. 한 찰나의 순간, 무시간의 정적이 일순간 현현하는 순간이다. 기억할 만한 지나침의 순간이 '매혹적 합일'로 드러나는 순간이다. 권대웅의 앞 시에서 보여주었던 삶의 슬픈 정조가 탄력을 얻으며 솟아오르는 순간이기도 하다. 눈물이 햇빛 속을 나는 순간, 반짝하고 빛을 발하는 발광체가 되는 순간, 시는 탄력의 샘을 회복한다. 새로운 시적 공간을 탄생시킨다.

몸과 마음이 허공같이 가벼워지고 슬픔이 통풍이 잘 되어 빛에 말려지면서 순간, 빛을 발한다. 눈물의 액체는 빛 속에서 증발되려는 순간 가장 강력하게 반사의 빛을 발한다. 그 빛은 슬픔의 어둠만큼 눈을 멀게 하는 강렬한 빛이다.

근원으로 간다는 것은 무엇인가. 그것은 기억하고 있는 과거와, 과거를 기억하는 현재와, 예단을 점치고자 하는 미래가 함께 공존하는 시간으로 내려가는 것을 의미한다. 어떤 점에서 무시간의 세계와 교차하는 시간이라 할 수 있다. 권대웅 시인이 바라보는 문득 나타나는 시간, 혹은 힐끗 보게 되는 시간의 틈새는 물리적 시간의 연속적 흐름 속에서 슬핏 흘리는 순간적인 섬광의 순간이다. 섬광의 순간이야말로 시적 순간이다. 순간 안에서 명멸하는 진실의 한 순간, 시간이 느껴지지 않는 진공의 현실. 그곳이 바로 '황금여울', 환각적으로 보이는 시의 틈새이다.

권대웅은 이와 같이 "이곳에 또다른 저곳이 있"다고 생각한다. 허공에 나비가 보여졌다 사라졌다 하면서 "이쪽과 저쪽을 드나들듯이/아지랑이가 걸어간 자리/메아리가 갔다 오는 자리/가끔씩 쿵 하고/공간이 하품하는 그 자리"(「이곳 속 저 너머」)에 주목한다. 자아가 한번 죽었다 침묵과 부딪치면서 마음이 보게 되는 그 자리, 시의 자리는 이러한 육체에 새겨진 슬픔의 신탁에 저항하면서, 그 슬픔을 질료화하여 연소하는 외마디의 빛이다.

김선태의 시집 『동백숲에 길을 묻다』는 우주를 호흡하되 우주의 큰 물결 속에서 존재의 근원성을 묻고 있는 쓸쓸함을 드러낸다. 시행은 짧거나 (「파문」「느리게 혹은 둥글게」) 아주 유장하다(「정수사 가는 길」「백련사 오솔길에 들다」). 짧은 단형의 시편들은 우주의 한 정점 이를테면 여름저수지에 돌멩이 하나 집어던지자 퍼지는 눈부신 파문, 한 순간 우주의 눈동자가 휘둥그래지는 생생한 현장 속에서 하나의 경지를 발견한다. 그것은 한 단일한 이미지가 이룩해 내는 하이쿠적 이미지라 할 수 있다. 하나의 풍경이 가닿는 불멸의 경지, 주객의 구분과 물심의 구분이 사라진 경지. 둥근 원 속에서 모든 것이 합일되는 「공」의 경지라 할 수 있다.

딱따구리 소리가 딱따그르르
숲의 고요를 맑게 깨우는 것은
고요가 소리에게 환하게 길을
내어주기 때문이다, 고요가 제 몸을
짜릿짜릿하게 빌려주기 때문이다.

딱따구리 소리가 또 한 번 딱따그르르
숲 전체를 두루 울릴 수 있는 것은
숲의 나무와 이파리와 공기와 햇살
숲을 지나는 계곡의 물소리까지가 서로
딱, 하나가 되기 때문이다.

　　　　　　　　　　　　　　　－김선태 「딱따구리 소리」 전문

　숲 속에서 들리는 딱따구리의 소리는 고요한 여름저수지에 던지는 하나의 돌멩이처럼 소리의 파문을 그려낸다. "딱따그르르" 첫 번째의 그 소리는 "고요가 소리에게 환하게 길을/내어주"는 소리이며, "딱따그르르" 두 번째 그 소리는 숲 전체를 울리며 나무와 이파리와 공기와 햇살, 물소리까지 서로 하나가 되게 하는 소리이다. "딱따그르르"라는 딱따구리의 소리는 수렴과 확산이라는 울림의 두 가지 운동성으로 진행해 나간다. 첫 번째 소리가 고요의 몸을 빌려 고요의 정점을 향해 가는 중심으로의 의식 움직임이라면 두 번째 소리는 숲 속의 각 자연물들로 확대되면서 그들을 하나로 융합하는 무한한 열림의 과정이다.

　즉 "딱따그르르"에서 "딱"은 모든 것을 응축시키면서 하나의 원점에 압축시키는 연구개軟口蓋 폐쇄음閉鎖音 / ㄱ/ 음으로 말미암아 모든 소리를 수렴시키는 데 반하여 "그르르"에서의 / ㄹ /의 유음流音은 확산의 열림을 지향한다. 그렇게 본다면 "딱따그르르" 하고 우는 딱따구리의 소리는 숲을 진동시키는 원심력을 향하면서 동시에 존재의 심연으로 되돌아가게 하는 구심력을 향한다. 이 두 가지의 운동 즉, 존재의 밖을 향하면서 동시에 존재의 안을 향해 진행되는 운동은 사물과 주체의 구분이 해소되는 일체와 몰입의 경지다. 김선태의 시에서 단형들은 이러한 우주의 파동과 파동에서 일치감을 단일한 하이쿠적 이미지로 드러낸다.

이에 반해 유장한 시편들 "장대비 쏟아지는 날 변산에 들어가보네/내 변산 천지에 하얗게 걸리는 크고 작은 폭포를/(중략)/산이란 산들이 온통 울음바다를 이루는 것을 보네/대자연이 우는 장엄한 오케스트라를 보네/우레치듯 우레치듯 그 생명의 울음소리/(중략)/폭포들이 한바탕 자지러지도록 울고 나서야/시원하게 트인 목청 하나 갖게 되는 것을/세월의 비바람을 오래 맞고 나서야/저 밋밋한 바위들도 제 이름 하나씩을 얻는 것을"(「변산시편 1 ─ 비오는 변산」), "상한 짐승처럼 울음을 끌고 백련사 동백숲에 가서/본다. 얼마나 오래 지나갔는지 가지가 부러지는 세월이,/산전수전의 바람은 또 얼마나 사무치게 지나갔는지 본다."(「백련사 동백숲 1」) 처럼 시인은 속내의 영탄과 상처를 드러낸다. 리듬이 길어지면서 언어의 길을 풀어놓을 때 시인의 몸 속 물리적 구조 속에 감추어져 있던 울음을 듣게 된다. 언어의 유장함은 감정과잉을 불러오고 정서를 둘러싼 '감정의 물신화' 가 일어난다. 시인은 자신의 몸 속에서 "세상 칼바람에 찔리고 베인 영혼이란 영혼들/떼지어 상처투성이로 절뚝이며 숨어 들어와선/제 스스로를 보듬고 쓰다듬으며 모질게 견디"(「백련사 동백숲1」)는 것을 본다. 시인은 동백숲에 들어 비로소 자신의 고독을 풀어놓는다.

그러나 시인은 이러한 감정의 과잉, 울음 뒤에 비로소 "완전하게 트인 목청 하나"를 갖게 된다. 자신을 파괴하는 자기부정의 밀도만큼 산화된 감정의 편린들은 마음의 정처를 찾는다. 시인은 "동백숲에서 길을 묻는다" 라고 말하지 않는가.

그러니까 시인은 길을 묻는 자, 저 자연의 한순간에서 운명을 찾는 자이다. 결국 시인은 자연의 햇살과 눈짓에 존재의 일신이 사라지는 한 지점을 만나게 되면서 동시에 자연으로의 초월이 철저하게 좌절되는 근원적 우수를 간직한다. 이것을 '숭고한 쓸쓸함' 이라고 말해야 할까.

시는 운명을 향해 싸워나가는 자의 기록이라는 점에서 아름답다. 그러나 그런 이유로 내면화된 주관성 혹은 낭만적이고 도취적인 응시로 말미암아 빠질 수밖에 없는 나르시시즘이 있다. 이 때문에 내면성의 필연적 도그마를 우리는 경계하며 그것에 혐의점을 두기도 해야 한다.

쿨Cool & 웜Worm

2009년 8월 20일 초판 1쇄 인쇄
2007년 8월 25일 초판 1쇄 발행

지은이 | 김용희
펴낸이 | 孫貞順
펴낸곳 | 도서출판 작가
　　　　서울 서대문구 북아현3동 1-1278 (우-120-866)
　　　　전화 | 365-8111~2　팩스 | 365-8110
　　　　이메일 | morebook@morebook.co.kr
　　　　홈페이지 | www.morebook.co.kr
　　　　등록번호 | 제13-630호(2000.2.9.)

편집 | 김이하 이현호 곽대영
디자인 | 오경은 박은정
영업 | 손원대 설동근
관리 | 이용승

ISBN 978-89-89251-87-3

값 14,000원